J.T. SHERIDAN

Law of Love – Als dein Blick mich traf

Weitere Titel der Autorin:

Law of Love – Für immer mit dir

Legal Love – An deiner Seite
Legal Love – Mit dir allein
Legal Love – Nie wieder ohne dich
Legal Love – Nur du und ich

Vampire Kisses – Die Shadow-Hearts-Reihe in einem Band

Über die Autorin

J.T. Sheridan ist das Pseudonym der Autorin Jessica Bernett. Sie wurde 1978 als Enkelin eines Buchdruckers in Wiesbaden geboren. Umgeben von Büchern und Geschichten entdeckte sie schon früh ihre Begeisterung für das Schreiben. Der Liebe wegen wechselte sie die Rheinseite und lebt heute mit ihrem Mann und ihren Kindern in Mainz. Sheridan hat eine Schwäche für Schokolade, Whisky und die britischen Inseln, die sie besonders in ihren Büchern auslebt.

J.T. Sheridan

LAW of LOVE

Als dein Blick mich traf

Lübbe

NACHHALTIG PRODUZIERT

Die Bastei Lübbe AG verfolgt eine nachhaltige Buchproduktion. Wir verwenden Papiere aus nachhaltiger Forstwirtschaft und verzichten darauf, Bücher einzeln in Folie zu verpacken. Wir stellen unsere Bücher in Deutschland und Europa (EU) her und arbeiten mit den Druckereien kontinuierlich an einer positiven Ökobilanz.

FSC
www.fsc.org
MIX
Papier | Fördert gute Waldnutzung
FSC® C014496

Vollständige Taschenbuchausgabe
der bei Bastei Lübbe erschienenen E-Book-Ausgabe

Umschlaggestaltung: Christin Wilhelm, www.grafic4u.de
unter der Verwendung von Motiven von
© shutterstock: Spectral-Design | chanchai howharn | Andy Shielsk
Satz: 3w+p GmbH, Rimpar
Gesetzt aus der Adobe Caslon Pro
Druck und Verarbeitung: GGP Media GmbH, Pößneck

Printed in Germany
ISBN 978-3-404-19341-7

1 3 5 4 2

Sie finden uns im Internet unter luebbe.de
Bitte beachten Sie auch: lesejury.de

1. Gillian

»Bist du dir sicher, dass das so richtig ist?« Kritisch betrachtete meine Schwester die kleinen braunen Küchlein, die ich in eine große Vorratsdose stapelte. Ich hatte sie am Vorabend gebacken und mir große Mühe dabei gegeben. Im Licht der sommerlichen Morgensonne, das schräg durch das Küchenfenster fiel, schienen meine Backkreationen zumindest recht gelungen.

»Natürlich ist das so richtig! Du siehst hier feinste Schokolade mit einer Kirschfüllung und Zartbitterkuvertüre«, erklärte ich und konnte dabei den stolzen Unterton in meiner Stimme nicht unterdrücken.

Erica nippte an ihrem Kaffee und hob die fein geschwungenen Brauen. Sie hatte sich bereits für ihren Job im Architekturbüro fertig gemacht und wirkte mit ihrem übergroßen schwarzen Blazer, dem weißen Shirt und der hellgrauen Anzughose weitaus seriöser als ich. Wobei das auch nicht schwer war, schließlich stand ich noch im Pyjama und mit wirrem braunem Haar in unserer kleinen Küche mit den honigfarbenen Holzmöbeln.

»Vertraust du mir nicht?«, meinte ich amüsiert und nahm selbst einen Schluck aus meiner weißen Kaffeetasse mit den roten Punkten, bevor ich ihr einen der Muffins reichte. »Probier und sag mir, dass sie gut sind.«

Backen gehörte erst seit ein paar Monaten zu meinen Hobbys. Genau genommen war es aktuell meine einzige Freizeitbeschäftigung, weil mein echter Job einfach zu viel Zeit kostete. Dafür machte sie umso mehr Spaß. Vor allem in Momenten wie diesem, in denen ich andere mit meinen neu erworbenen Künsten überraschen konnte.

Ericas Miene jedoch blieb skeptisch, als sie in das Gebäckstück hineinbiss. Dann aber weiteten sich ihre grünen Augen, und sie gab ein genießerisches »Hmmm« von sich.

Ich nahm ihr den Rest vom Muffin ab und probierte selbst ein Stück. »Sag ich doch, dass sie gut sind«, murmelte ich mit vollem Mund. Die Schokolade explodierte in meinem Mund und vermischte sich mit den saftigen Kirschen zu reiner Köstlichkeit.

»Gut gemacht, kleine Schwester.« Erica drückte mir einen festen Kuss auf die Wange. »Du hast meinen ewigen Dank verdient.«

Tatsächlich hatte ich die Muffins für Erica und ihre Mitarbeitenden gebacken. Sie veranstalteten ein gemeinsames Frühstück im Büro, und meine Schwester hatte sich für Muffins eingetragen, obwohl sie in ihrem Leben noch nie gebacken hatte. Zumindest hatte sie nichts fabriziert, was in irgendeiner Weise genießbar gewesen wäre.

Bei der Erinnerung an ihre wenigen Versuche, die in einem Desaster geendet hatten, musste ich grinsen und nahm schnell einen Schluck Kaffee, um meine Miene zu verstecken. Dabei fiel mein Blick auf die Küchenuhr, die die Form eines schottischen Hochlandrindes aufwies.

»Shit, schon so spät?« Ich musste mich jetzt wirklich beeilen, sofern ich nicht zu spät zu meiner eigenen Arbeit kommen wollte.

»Wenn du beim Duschen schnell bist, fahr ich dich!«, rief Erica mir hinterher, während ich aus der Küche in den kleinen Flur und die Treppen unseres kleinen Hauses hinaufpolterte.

Kaum zwanzig Minuten später hatte ich mein dickes braunes Haar ordentlich gekämmt, sodass es mir glänzend über die Schultern fiel. Den Pony föhnte ich über eine Rundbürste.

»Beeil dich, ich habe nicht ewig Zeit«, rief Erica zu mir hoch und ich hörte bereits die leichte Ungeduld in ihrer Stimme.

»Komme gleich.« Seufzend verzichtete ich auf komplettes Make-up. Wimperntusche und Lipgloss mussten reichen. Schnell schlüpfte ich in eine hellblaue Bluse und einen schwarzen Rock, dazu streifte ich eine dünne Strumpfhose über. Dann suchte ich noch meine Brille, die ich auf dem Nachttisch fand.

»Sehe ich passabel aus?«, versicherte ich mich, sobald ich im Flur auf meine Schwester traf.

»Strenger als sonst, Ms Gillian Hobbs. Hast du irgendeinen Termin?«

Es war ungewohnt, meinen vollen Namen von ihr zu hören, dann musste ich wohl wirklich einen strengen Eindruck machen. Aber es gab durchaus einen Grund, warum ich heute gut aussehen wollte. Freitagabends ging ich immer mit meinen Freundinnen von der Arbeit in einen bestimmten Pub. Mein Herz schlug schneller, wenn ich daran dachte, dass ich dort auf eine ganz bestimmte Person treffen würde.

»Welche Schuhe?« Ich hielt ein Paar Ballerinas und ein Paar Pumps in die Höhe.

»Pumps.«

Kaum war ich in die Schuhe geschlüpft, schnappte ich mir meinen Trenchcoat und meine Tasche, und dann ging es los.

Meistens fuhr Erica unseren roten Mini, da sie als Architektin auch Außentermine wahrnahm und dafür das Auto brauchte. Aber eigentlich gehörte der Wagen uns beiden. Genau wie das Haus. Wir hatten beides von einer Erbschaft gezahlt, die wir von unserer Großmutter erhalten hatten. Und weil das Leben in London einfach teuer war, obwohl wir gut bezahlte Jobs hatten, teilten wir uns Haus und Auto.

»Mist, wenn wir weiter so schleichen, kommen wir nie an«, fluchte meine Schwester mal wieder über den typisch chaotischen Verkehr, während sie sich geschickt durch die Straßen von Crystal Palace schlängelte, die größtenteils von viktorianischen Gebäuden gesäumt wurden.

Lachend stimmte ich ihr zu, wurde irgendwann jedoch auch etwas nervös, als wir gar nicht mehr vorankamen.

»Vielleicht lässt du mich hier einfach raus, dann nehme ich die Tube, das geht schneller und du kannst dir den Umweg sparen«, schlug ich vor.

Erica nickte. »Das ist wahrscheinlich das Beste. Vielen Dank noch mal für die Muffins, Schwesterherz.«

»Immer gerne doch.« Ich zwinkerte ihr zu und kletterte vorsichtig aus dem Auto, um schnell zur nächsten Tube-Station zu kommen. Leider war es auch hier voll. Kein Wunder zu der Uhrzeit. Sämtliche Londoner schien es zu ihren Büros im Bankenviertel oder dem nahe gelegenen Canary Warf zu ziehen.

Völlig außer Atem und verschwitzt erreichte ich schließlich die Räumlichkeiten der Kanzlei *Black & Chase*, die auf fünf Etagen in einem Hochhaus untergebracht waren, das vom Sockel bis zum Penthouse verglast war. Schmuckstück der Lobby war der dunkle Marmorfußboden, der ziemlich luxuriös wirkte.

Heute hatte ich jedoch keinen wirklichen Blick für das beeindruckende Interior, sondern hetzte in einen der Aufzüge, der mich in den achtzehnten Stock beförderte. Glücklicherweise bemerkte niemand, dass ich etwas zu spät ins Büro kam. Die Mitarbeiter vom Empfang grüßten freundlich wie immer und kümmerten sich dann wieder um die sich ständig klingelnden Telefone der Zentrale, während ich meinen Trenchcoat an der Garderobe aufhängte.

Ich holte tief Luft und versuchte wieder zu Atem zu kommen, bevor ich Richtung Büros der Familienrechtsabteilung eilte. In der Küche holte ich mir einen Kaffee, erreichte anschließend mein Büro und ließ mich auf meinen Drehstuhl fallen.

Heute war viel zu tun. Ich hatte zwar gerade erst einen Fall abgeschlossen, aber Mr Ming, der Abteilungsleiter des Familienrechts und zudem Equity Partner, hatte mir bereits eine neue Akte zugeteilt. Bevor ich mich jedoch darum kümmern konnte, warteten zunächst unzählige E-Mails und weitere To-dos auf mich. Ich stürzte mich in die Arbeit und kam tatsächlich erst nach dem Lunch dazu, mir die neue Akte anzusehen.

Die große Liebe ist eine Erfindung der Popkultur.

Dieser Gedanke schoss mir durch den Kopf, als ich die Dateien des Scheidungsfalls durcharbeitete.

Er, dreiundfünfzig, Bankier, drei Häuser, eines davon an der Riviera. Sie, einundfünfzig, Lebefrau, hatte nie für einen Cent gearbeitet, verlangte nun die Hälfte seines Vermögens.

Obwohl ich meinen Job als Familienrechtsanwältin liebte, waren mir solche Fälle nicht geheuer. Sie arteten gerne in Schlammschlachten aus, bei denen man starke Nerven brauchte, um sich emotional nicht mit herunterziehen zu lassen. Wenigstens der gemeinsame Sohn war bereits erwachsen und es würde zu keinem Rosenkrieg kommen. Das hoffte ich zumindest.

Mein Mandant, der Bankier, beabsichtigte, seiner künftigen Ex nur einen Bruchteil ihrer Ansprüche zukommen zu lassen. Weshalb die beiden nie einen Ehevertrag abgeschlossen hatten, entzog sich meiner Kenntnis. Ich würde den Mandanten bei Gelegenheit danach befragen.

Wenigstens war der neue Fall tatsächlich vielversprechend. Mr Ming hatte erwähnt, dass der Mandant ein leitender Angestellter einer Bank war, für die wir schon mehrere Fälle übernommen hatten. Es galt also, die Wünsche des Mandanten bestmöglich zu erfüllen, selbst wenn er hier als Privatperson auftauchte. Ich fügte eine entsprechende Notiz zum Datenblatt des Mandanten hinzu und fuhr dann den PC herunter.

Das Wochenende stand vor der Tür, und ich hatte heute nicht vor, weitere Überstunden zu schieben. Die hatten sich in den letzten Wochen ohnehin angehäuft, weil ich einen schwierigen Fall mit Sorgerechtsstreit hinter mir hatte, den ich zum Glück erfolgreich hatte abschließen können.

Also räumte ich meine Sachen zusammen, schnappte mir meine Tasche und meinen Trenchcoat und verließ das Büro, um meine Lieblingskolleginnen einzusammeln. Zuerst fuhr ich eine Etage nach unten, weil sich dort Sarahs Büro befand.

Sie wirkte überrascht, als ich in ihrer Tür stand und gegen den Rahmen klopfte. »Oh, wie spät ist es?«

»Viertel nach fünf. Zeit, den PC auszuschalten und die Akten zur Seite zu legen.«

Sie hob eine Hand, während sie mit der anderen die Computer-Maus betätigte. »Einen Moment, bitte.«

»Deine Momente kenne ich.« Schmunzelnd verschränkte ich die Arme vor der Brust und lehnte mich in den Türrahmen. Seit sie in der Versicherungsabteilung arbeitete, teilte sie sich ein Büro mit drei Kolleginnen. Sarah war die Letzte von ihnen, die anderen hatten sich alle schon auf den Heimweg gemacht. Typisch Sarah. »Was sagt dein Freund dazu, dass du ständig Überstunden machst?«

Sie grinste leicht, konnte sich aber nicht von ihrer Arbeit lösen, bis sie noch mindestens vier Sätze geschrieben hatte. Dann seufzte sie. »Also schön, jetzt bin ich so weit. Und zu deiner Frage: Stone ist übers Wochenende geschäftlich nach Amsterdam geflogen und kommt erst am Sonntagabend zurück.«

»Ach, du hattest vor, das ganze Wochenende in der Kanzlei zu verbringen? Gut, dass ich gekommen bin, um dich vor diesem Wahnsinn zu bewahren.«

»Haha, sehr witzig.« Sie streckte sich, schaltete ihren PC

aus und schnappte sich ihre überdimensionale Handtasche und eine Strickjacke. »Sind Kate und Becks schon auf dem Weg?«

»Wollte sie gerade abholen.« Ich stieß mich vom Türrahmen ab und lief schwungvoll den Flur entlang, wobei mein Rock um meine Knie schwang.

Schon jetzt fiel die Anspannung der Woche von mir ab in Vorfreude auf den gemeinsamen Abend mit meinen Freundinnen. Ich war froh, dass sich unsere Tradition des Pub-Besuchs auch nicht geändert hatte, seitdem Sarah vor etwa drei Monaten mit einem amerikanischen Millionär zusammengekommen war. Eigentlich war dieser unser Mandant gewesen. Sarah hatte wirklich Ärger bekommen, als sich herausstellte, dass die beiden mehr als nur Anwältin und Mandant waren.

Aber Hauptsache, Sarah war nun glücklich, und ich freute mich wirklich sehr für meine Freundin. Die harmonische Beziehung der beiden stand im krassen Gegensatz zu denen, die ich im beruflichen Alltag ständig erlebte. Heute allerdings hatten die negativen Gedanken keine Chance, mich runterzuziehen, denn ich hoffte insgeheim, einen ganz besonderen Menschen wiederzusehen …

Der *Sunshine Pub* war wie an jedem Freitag gut besucht. Mit seinen dunkelgrünen Wänden und den dunklen Holzmöbeln strahlte der Pub einen urigen Charme aus, der einen angenehmen Kontrast zu unserem Alltag in hochmodernen Büros bot. Ich hatte am heutigen Abend sogar mit Karaoke gerechnet, doch es performte ein Singer-Songwriter mit Gitarre.

Da es so voll war, holten wir uns zunächst unsere Drinks an der Bar und blieben dann an einem freien Fleckchen stehen.

»Der Typ ist gut.« Rebecca, die wir unter uns einfach nur »Becks« nannten, löste das Gummiband aus ihrem kupferfarbenen Zopf, sodass es ihr in sanften Wellen auf die Schultern fiel. Als Jüngste von uns befand sie sich gerade in ihrem Abschlussjahr. Bisher hatte sie sich mit Bravour in unserer Kanzlei geschlagen, und ich war mir ziemlich sicher, dass sie eine überaus fähige Anwältin werden würde.

Kate war diejenige von uns, die am meisten Ernst an den Tag legte. Als Tochter aus besonders gutem Haus kein Wunder. Ganz ihrer Vorliebe entsprechend nippte sie an ihrem Rotwein und warf dem Sänger auf der Bühne einen kritischen Blick zu. »Ganz passabel.«

Ich trank von meinem Bier und sah mich nach einem freien Platz um. Gerade brach eine Gruppe von fünf Leuten auf. Mit einem sanften Stoß in die Rippen machte ich Sarah darauf aufmerksam.

Geschickt wie ein Wiesel drängte sich meine Freundin durch die Menge, schob einen etwa zwei Meter großen Typen zur Seite und eroberte uns den Platz. Triumphierend grinste sie.

»Na, möchtet ihr weiter herumstehen?«

Becks setzte sich amüsiert neben sie. »Es hat schon Vorteile, so eine durchsetzungsfähige Freundin zu haben.«

»Sehe ich genauso.« Ich lächelte dem Mann, den Sarah zur Seite gedrängt hatte, entschuldigend zu und nahm auf einem der freien Stühle Platz. Jetzt hatte ich zwar den Rest des Raumes im Rücken, was mir allerdings nichts ausmachte.

Kate ließ sich neben mir nieder, wobei auch auf ihrem Gesicht ein leichtes Schmunzeln lag.

Sarah mochte zwar von der Statur die Kleinste von uns sein, verfügte jedoch über den Willen und die Kraft einer Löwin, wofür ich sie schon immer bewundert hatte. Wir waren etwa zeitgleich bei *Black & Chase* eingestiegen und uns in den ersten beiden Jahren als Junganwältinnen gegenseitig eine große Stütze gewesen. Sarah arbeitete inzwischen als Fachanwältin für Immobilienrecht, wenn sie nicht gerade gezwungenermaßen die Versicherungsabteilung unterstützte, während ich mich selbst auf das Familienrecht konzentrierte, wie es von Anfang an mein Plan gewesen war. Ein Grund hierfür war meine eigene verworrene Familiengeschichte, doch darüber wollte ich im Moment lieber nicht nachdenken.

Kate war zwar nach uns zu *Black & Chase* gekommen, hatte allerdings zuvor in einer anderen Kanzlei erste Erfahrungen als Fachanwältin für Vertragsrecht sammeln können.

»Wie geht es deinem Fußballer?« Neugierig musterte ich Kate.

Der Fall war durch die Presse gegangen. Der Fußballprofi wollte seinen Ex-Verein wegen mehrerer Vertragsverstöße verklagen und äußerte sich dazu gerne und ausgiebig gegenüber den Medien.

Kate verzog die hübschen Lippen. »Erinnere mich nicht an die Arbeit. Der Kerl wird mein Untergang. Er hält sich an keine Absprache und nutzt die Schlammschlacht für seine Publicity. Wozu, fürchte ich, seine unqualifizierte Managerin ihm geraten hat. Sie erhoffen sich großzügige Einnahmen durch Interviews und Werbeverträge.«

Becks seufzte tief. »Klingt, als wäre es ein schwieriger Fall. Brauchst du Hilfe? Ich wäre froh, dich unterstützen zu dürfen, damit ich aus der Steuerabteilung rauskomme.«

Stirnrunzelnd musterte ich unser rothaariges Küken. »Wolltest du nicht unbedingt dort rein und hast Sarah wochenlang zugequasselt, damit sie beim Big Boss ein gutes Wort für dich einlegt?«

Becks schien sich nicht erinnern zu können. »Hab ich das?«

Sarah lachte laut auf. »Ja, das hast du.«

»Hmm, das war doch nur wegen diesem süßen Studenten. Aber der ist ja nun für ein halbes Jahr im New Yorker Büro.«

Kate rollte mit den Augen. »Rebecca Moore, du musst unbedingt aufhören, dein Berufsleben nach deinen romantischen Vorstellungen zu gestalten.«

»Du klingst schon wie meine Mum. Dabei würde ich für keinen Typen der Welt meine Karriere riskieren. Es geht eher um erotische Abenteuer.«

Ich verschluckte mich an meinem Guinness und Kate klopfte mir hilfsbereit auf den Rücken.

»Das hast du jetzt nicht laut gesagt«, keuchte ich und schob meine Brille nach oben.

Becks grinste breit und lehnte sich gegen die Wand. »Was ist los mit euch? Ihr tut ja so, als hättet ihr kein Liebesleben.« Sie verschränkte die Arme vor der Brust. »Na ja, damit meine ich zumindest zwei von euch. Sarah hat ein tolles Liebesleben.«

Diese hob mahnend einen Zeigefinger. »Nope, Regel Nummer eins: Wir reden nicht über Stone und mich, klar?«

»Sorry.« Becks meinte es ernst. Das konnte man an ihrem betretenen Gesichtsausdruck erkennen. Wir alle wussten, dass Sarah empfindlich darauf reagierte, wenn wir in der Öffentlichkeit über ihre Beziehung sprachen. Obwohl sie uns vertraute, konnte man nie wissen, wer sonst noch so zuhörte. Stone und Sarah hatten bereits zu Beginn ihrer Beziehung mit aufdringlichen Paparazzi Bekanntschaft gemacht.

Ich lehnte mich zurück und lauschte der Musik, während ich weiter über unser verrücktes Quartett nachdachte. Sarah Davies, die Starke und Durchsetzungsfähige; Rebecca Moore, unsere junge Wilde, in der unglaublich viel Potenzial steckte; Katherine Johnson, die Elegante und Unnahbare ... und ich, Gillian Hobbs, die irgendwie versuchte, ihren Weg zu finden. Im Vergleich zu meinen drei Kolleginnen fühlte ich mich wie ein Mauerblümchen. Was okay war. Ich musste nicht im Mittelpunkt stehen. Meine eigene Unsicherheit überspielte ich gerne mit einem witzigen Spruch oder indem ich auf Angriff überging. Besonders bei Menschen, die ich nicht kannte.

Nur mit wenigen Menschen konnte ich mich wirklich fallen lassen. Das war mit meinen drei Mädels der Fall und mit meiner Schwester. Sonst fielen mir nicht viele Menschen ein, bei denen es mir gelang, entspannt zu sein.

»Hey, da kommt unser Lieblingskonkurrent«, flötete Becks, die schnell wieder zu ihrer guten Laune zurückgefunden hatte.

Obwohl ich nicht direkt sehen konnte, wer zu uns an den Tisch trat, klopfte mein Herz schneller, denn ich ahnte, wer sich da näherte.

»Guten Abend, Ladys.« Seine Stimme klang samtig und jagte einen wohligen Schauer über meinen Rücken.

Sarah rückte etwas zur Seite, sodass er sich neben sie auf die Bank setzen konnte, und erst jetzt trafen sich unsere Blicke.

Parker Simon war einer der attraktivsten Männer, die mir je im Leben begegnet waren. Groß und dunkelhaarig hätte er auch für die bekannten Luxusmarken als Model arbeiten können. Die kantigen Linien seines Gesichts schienen wie aus Marmor gemeißelt. Um seine sinnlichen Lippen lag ein kleines Lächeln, das mein Herz noch schneller schlagen ließ. Am faszinierendsten waren jedoch seine Augen: warm, von der Farbe geschmolzener Zartbitterschokolade und mit einem Funkeln, das unter die Haut ging. Mir jedenfalls.

»Hi, Parker«, schaffte ich es, endlich zu sagen, nachdem die anderen ihn längst begrüßt hatten. »Heute ganz allein unterwegs?« Da hatte ich gerade so die Kurve gekriegt, bevor ich bei seinem Anblick zu sabbern anfing, schließlich fand ich ihn schon seit unserer ersten Begegnung anziehend. Er war ein alter Studienfreund von Sarah, und zu Beginn hatte ich gedacht, dass da vielleicht mal was zwischen den beiden gelaufen war. Aber das war nicht so gewesen. Sehr zu meiner Freude, denn ich mochte ihn wirklich gern. Und meine Hoffnung, dass es ihm genauso ging, verstärkte sich mal wieder, als er mir nun tief in die Augen sah, als gäbe es niemanden außer uns beiden hier am Tisch.

»Wir hatten einen schwierigen Fall in der Kanzlei. Die meisten sind nach Hause gegangen, um direkt ins Wochenende zu starten.«

Parker arbeitete in der aufstrebenden Kanzlei *Padget, Knight, Woods, Collins & Carter*, die sowohl in London als auch in Melbourne vertreten war. Die Chefs waren alle noch relativ jung und ziemlich attraktiv.

Aber nur weil unsere Kanzleien Konkurrenten waren, bedeutete das nicht, dass man sich auf persönlicher Ebene nicht gut verstehen durfte. Immerhin spielte *Black & Chase* international in einer ganz anderen Liga mit mehreren Büros auf jedem Kontinent der Erde. Außerdem hatten sich Parker und Sarah schon gekannt, bevor sie in unterschiedlichen Kanzleien zu arbeiten begannen.

»Habt ihr Lust auf weitere Drinks?«, fragte Parker in die Runde und zog sein Jackett aus.

Gerade hatte sich die Kellnerin zu uns durchgekämpft, und wir bestellten unsere Getränke bei ihr, statt an die Bar zu gehen.

Parker nahm ein Guinness, genau wie ich. Es folgte ein wenig Small Talk, wobei besonders die Musik und aktuelle Filme im Vordergrund standen. Wir vermieden es, über unsere Arbeit zu sprechen, um nicht versehentlich in ein Fettnäpfchen zu treten. Immerhin konnte es immer mal wieder vorkommen, dass ein Fall, der in unserer Kanzlei bearbeitet wurde, just auch bei *Padget, Knight, Woods, Collins & Carter* auftauchte. Das Anwaltsgeheimnis tat sein Übriges.

»Was treibt ihr am Wochenende?«, fragte Sarah. »Irgendwelche Pläne?«

Kate atmete tief durch. »Mein Vater veranstaltet Samstagabend ein Dinner auf dem Landsitz in Warwickshire.« Sie trank einen großzügigen Schluck aus ihrem Weinglas. »Meine Anwesenheit wird verlangt.«

Becks runzelte die Stirn. »Sieht nicht so aus, als hättest du da große Lust drauf.«

»Nicht wirklich. Ich würde das Wochenende lieber mit einem guten Buch im Bett verbringen, um Energie für die nächste Woche zu tanken.« Sie lächelte entschuldigend. »Wie schaut es bei euch aus?«

»Die Mädels und ich gehen in diesen neuen Club in Farringdon, werden vermutlich die ganze Nacht durchtanzen und am Sonntag durchschlafen.«

Mit den Mädels meinte Becks ihre Mitbewohnerinnen, da sie sich mit drei anderen jungen Frauen eine Unterkunft teilte.

Sarah nickte ihr anerkennend zu. »Deine Energie möchte ich haben. Gib mir unbedingt etwas davon ab.«

Becks stieß ihr freundschaftlich in die Seite. »Davon hast du mehr als genug, Sarah.«

Lächelnd trank unsere Freundin einen Schluck von ihrem Baileys. Sie hatte eine Schwäche für Süßes, und der Whisky-Sahne-Likör war ihr liebstes Getränk. »Jedenfalls werde ich mit meinem Dad in die Oper gehen. Er ist über das Wochenende zu Besuch in London, und wir hatten das schon lange mal wieder vor.«

Früher hatte Sarah mit ihrem Vater in einem kleinen Haus in Richmond gewohnt. Doch nach einem Herzinfarkt mit anschließender Reha lebte er nun in seiner Heimat Wales in einem kleinen Örtchen am Meer, wo die Luft einfach besser für ihn war. Ich freute mich für Sarah, dass sie den engen Kontakt zu ihrem Vater dennoch beibehielt. Die Beziehung der beiden war besonders. Ich hätte mir gewünscht, mein Vater und ich hätten annähernd eine so gute Beziehung. Aber ich konnte froh sein, wenn er sich überhaupt an meinen Geburtstag erinnerte.

Schnell schüttelte ich die trüben Gedanken ab und sah Parker erwartungsvoll an. »Und was hast du vor?«

Ein Schmunzeln trat auf seine Lippen. »Ich habe ein Date mit einer jungen Lady.«

Für einen Moment spürte ich ein verräterisches Stechen in meinem Magen. Verdammt. Wieso machte mir das so viel aus? Wir kannten uns seit einigen Monaten, denn der *Sunshine Pub* zählte ebenfalls zu seinen Stammlokalen. Ja, er gefiel mir ungemein gut. Ich mochte die Wärme, die er ausstrahlte, und seinen Humor. Wir hatten bereits tolle Gespräche geführt. Nicht nur im Kreise unserer Freunde. Manchmal waren wir die letzten beiden, die noch einen Absacker tranken, und wir hatten uns schon einmal auf einen Kaffee getroffen. Und ja, wir hatten geflirtet. Mit Worten genauso wie mit Blicken. Aber da war nie mehr gewesen. Allmählich hatte ich die Befürchtung, dass er mich in die *Friendzone* steckte.

Wieso sah er mich dann erneut so an, als wollte er tief in meine Seele schauen?

Sein Schmunzeln wurde zu einem warmherzigen Lächeln. »Ich habe meiner Nichte versprochen, mit ihr ins Kino zu gehen.«

Ein Anflug von Erleichterung überkam mich, als ich mich daran erinnerte, dass er mit drei älteren Schwestern aufgewachsen war und alle nicht nur verheiratet, sondern auch Mütter waren. Es gab also keine Frau, die er datete. Hoffte ich zumindest.

Nun starrten alle mich an und warteten auf meine Wochenendplanung, die ziemlich fade war. Ich hob die Schultern. »Chillen und bingewatchen, schätze ich mal.« Schnell nahm ich das Bierglas und nahm einen großen Schluck. Warum kam ich mir wieder so langweilig vor? Dabei mochte ich es lieber gemütlich, statt ständig unterwegs zu sein.

»Klingt nach einem guten Plan.« Kate seufzte. »So, ich werde gleich aufbrechen. Ich muss meinen Hund von der Dogsitterin abholen. Kommt ihr mit?«

Sarah warf einen Blick auf ihre Armbanduhr. »Ist echt spät geworden. Becks, Gill, wollen wir uns ein Taxi teilen?«

Rebecca trank den Rest ihres Cuba Libre in einem Zug leer. »Gerne. Bin ohnehin müde.«

Mein Glas war noch mehr als halb voll. Allerdings hatte ich keine Lust, allein nach Hause fahren zu müssen. Ich wollte bereits das Glas ansetzen, da kam Parker mir zuvor.

»Gill wohnt doch ganz in meiner Nähe. Wir können uns ein Taxi teilen, wenn es dir nichts ausmacht? Dann trinken wir beide in Ruhe unser Bier aus.«

Was bedeuten würde, dass ich allein mit Parker Simon hierblieb. Es war ja nicht so, als wäre es das erste Mal. Aber heute fühlte es sich anders an. Da war dieses Kribbeln in meiner Magengegend …

»Klar, sehr gern«, sagte ich, bevor mein Verstand Einwände erheben konnte und mich der Mut verließ.

2. Gillian

»Cooler Song«, sagte Parker, nachdem ich mich neben ihn auf die Bank gesetzt hatte. So ließ es sich besser unterhalten, ohne gegen die Lautstärke im Pub anbrüllen zu müssen.

Der Sänger performte gerade eine Neuinterpretation des alten Beatles-Schlagers *Ticket to Ride*. Ich lauschte einen Moment. »Erinnert mich an Chris Cornell«, meinte ich.

»Stimmt, jetzt fällt mir die Ähnlichkeit auch auf.« Er hob sein Bierglas und stieß mit mir an. Dabei kam er mir näher, und sein frisches Aftershave stieg mir in die Nase.

Unwillkürlich schweifte mein Blick über seinen Oberkörper. Er hatte seine Hemdsärmel aufgekrempelt und den Kragen seines cremefarbenen Hemdes gelockert. Seine breiten Schultern und seine muskulösen Unterarme kamen so noch besser zur Geltung. Mir wurde heiß. Sehr heiß.

»Ich finde es schön, dass wir uns allein unterhalten können.« Der Blick seiner dunklen Augen senkte sich von meinen Augen zu meinen Lippen, während er an seinem Bier nippte und das Glas wieder abstellte.

»Wolltest du dich über etwas Bestimmtes unterhalten?«, fragte ich und versuchte mir nicht anmerken zu lassen, wie sehr seine Nähe mich durcheinanderbrachte.

»Hmm, nicht unbedingt.« Ein vergnügtes Grinsen lag auf seinen Lippen.

»Schade, ich dachte schon, du brauchst meine Hilfe bei einem Fall.«

Er lachte leise, und der tiefe Ton drang direkt in meine Brust, sodass ich selbst grinsen musste.

Wir teilten dasselbe Fachgebiet, er war mir aber gut zwei

Jahre an Erfahrung voraus. Das war nicht viel, wie ich fand, aber er erwähnte es hin und wieder neckend.

Eine Weile saßen wir schweigend nebeneinander, dem Sänger lauschend, unser Bier trinkend. Es fühlte sich gut an. Und was sollte dagegensprechen, dass wir uns weiter kennenlernten?

Bis auf das Gefühl, dass ich möglicherweise träumte. Ein attraktiver Mann wie Parker Simon hegte doch nicht wirklich Interesse an einer grauen Maus wie mir? Er arbeitete schließlich in einer Kanzlei, in der die meisten so aussahen, als hätten sie auch für Hugo Boss oder Calvin Klein modeln können. Er konnte jede Frau haben, da war ich mir sicher. Allein im Pub gab es Frauen, die immer wieder interessiert in unsere Richtung guckten. Als wollten sie abschätzen, ob wir etwas miteinander hätten.

Parker schien die Ladys gar nicht zu bemerken. Er war wirklich charmant und weder arrogant noch eingebildet, wie ich es gelegentlich bei gut aussehenden Typen während des Studiums erlebt hatte.

Wenn Parker mich ansah, fühlte ich mich besonders. Jedenfalls für einen kurzen Moment. Denn er schenkte jeder Gesprächspartnerin dieselbe Aufmerksamkeit. Er war ein verdammt guter Zuhörer.

»Noch ein Drink?«, fragte er, als sich mein Glas schon fast geleert hatte. »Die Kellnerin ist in der Nähe, ich könnte sie herbeiwinken.«

Ich überlegte kurz. Ein weiteres Getränk bedeutete, mehr Zeit mit ihm zu verbringen. »Ja, warum nicht.«

Bis die Bedienung mit unserer Bestellung kam, lauschten wir weiter nur der Musik.

Schließlich stießen wir mit unseren Gläsern an, wobei mir Parker schon wieder so tief in die Augen sah, dass mir ganz schummerig wurde.

»Weißt du, was mir in der letzten Zeit aufgefallen ist?«, fragte er wie nebenbei.

»Hmm? Ich bin gespannt, es zu erfahren.«

»Dass wir beide genauso gut gemeinsam schweigen können, wie wir uns unterhalten können. Ich fühle mich echt wohl in deiner Nähe.«

Hitze stieg in mir auf, und mein Herz schlug schneller. Ich schaffte es nicht, seinem Blick standzuhalten, sondern trank von meinem Bier.

»Außerdem hast du ein wunderschönes Lächeln. Gerade jetzt, wo du nicht weißt, was du von meinen Worten halten sollst.«

Meine Wangen glühten und ich versuchte, sie mit dem Bierglas zu kühlen. »Charmeur.«

Seine Miene wurde ernster. »Ist es dir unangenehm, wenn ich sage, dass du mir gefällst und ich dich mag?«

Das musste ein Traum sein. Ein wunderschöner Traum, aus dem ich nicht mehr aufwachen wollte.

»Nein, es ist mir nicht unangenehm. Es macht mich nur verlegen. Ich mag dich nämlich auch.«

Ich fühlte mich, als wäre ich wieder ein Teenager. Ein junges Ding, das gerade dem Schwarm aus der Oberstufe gestanden hatte, dass es ihn cool fand.

Parker stellte sein Glas ab und legte seine Hände sanft um mein Gesicht. »Gillian Hobbs, hättest du etwas dagegen, wenn ich dich jetzt küsse?«

Mein Verstand funktionierte kaum noch, mein Herz raste und mein Mund wurde trocken. Ich nahm nichts wahr außer dem Mann, der mich so intensiv ansah wie kein anderer zuvor. Ich rückte näher an Parker heran, und statt ihm zu antworten, presste ich meine Lippen auf seine.

Für einen Moment verharrte er wohl leicht überrascht. Dann schien er zu realisieren, dass ich den ersten Schritt getan hatte. Prompt ließ er die Hände von meinem Gesicht über meine Schultern in meinen Rücken wandern und drückte mich fester an sich. Dann erwiderte Parker sanft meinen Kuss, und ich seufzte leise auf. Seine Lippen waren warm, weich und angenehm.

Würde der Kuss doch niemals enden.

Ein Räuspern unterbrach uns, und schuldbewusst zuckte ich zurück. Parkers Blick wirkte verschleiert, und auch ich benötigte ein paar Atemzüge, um ins Hier und Jetzt zurückzufinden.

Vor uns stand die Bedienung und fragte, ob wir noch etwas trinken wollten. Genervt schaute sie zurück zum Bartender, was mich darauf schließen ließ, dass ihr Chef sie geschickt hatte, um uns zu unterbrechen. Unsere Gläser waren noch mehr als dreiviertel voll.

Parker räusperte sich. »Vielen Dank, wir brauchen nichts.« Er sah mich fragend an.

»Richtig«, bestätigte ich. »Wir wollten gerade gehen.« Ich setzte mein Glas an und trank den Rest in schnellen Zügen aus.

Parker lachte leise und tat es mir in langsamerer Weise nach.

Als wir den Pub verließen, ging er voran, denn es war zu eng, um nebeneinander herzulaufen. Und erst, als wir auf die Straße traten, bemerkte ich, wie stickig es im Inneren gewesen war. Ich atmete tief durch und überlegte, ob ich meinen leichten Trenchcoat überziehen sollte, den ich zusammen mit meiner Tasche über dem Arm trag. Andererseits regnete es nicht, und die Luft war angenehm. Es hatte zwar schon wärmere Sommertage im Juli gegeben, mir war es jedoch lieber, wenn es nicht ganz so heiß war.

Parker legte mir einen Arm um die Schultern. »Ist dir nicht kalt?« Er selbst hatte nur sein Sakko über das Hemd gezogen.

Nein, aber ich wollte nicht, dass Parker seinen Arm wegnahm. Also schmiegte ich mich an ihn und sagte nichts, während er die Straße entlangsah, vermutlich, um nach einem Taxi Ausschau zu halten. Es war nicht mal Mitternacht und noch einiges los auf Londons Straßen.

»Hast du Lust auf einen Absacker bei mir zu Hause?« Er fragte es beinahe wie nebenbei, als wäre ich schon öfter bei ihm gewesen.

Aber so war es nicht. Er bat mich gerade wirklich, mit ihm nach Hause zu fahren?

»Kommt darauf an, was du anzubieten hast«, antwortete ich keck.

Eines der schwarzen Taxis hielt vor uns am Straßenrand, und Parker öffnete mir galant die Tür.

»Alles, was du möchtest«, raunte er mir ins Ohr, während ich an ihm vorbei in den Wagen stieg.

Mein Herz setzte für einen Moment aus, und erneut spürte ich die Hitze in mir. »Das klingt vielversprechend. Wie könnte ich da Nein sagen?«

Parker setzte sich neben mich und nannte dem Taxifahrer seine Adresse. Wieder legte er einen Arm um mich, und ich schmiegte mich an ihn. Seine Nähe schenkte mir Geborgenheit. Obwohl mein Herz vor Aufregung schneller schlug, kam mein Verstand allmählich zur Ruhe. Es fühlte sich richtig an, hier zu sein, neben Parker. Und wenn ich ehrlich war, hatte ich mir das schon lange gewünscht.

Eine kleine Stimme in mir flüsterte, dass es allein für den Moment war. Dass Parker sich nur der Stimmung hingab, so wie ich auch. Entschlossen brachte ich die Stimme zum Schweigen, indem ich eine Hand auf Parkers Oberschenkel legte.

Er sog scharf die Luft ein und lachte leise. »Du bringst mich um den Verstand, weißt du das, Gill?«

»Nein. Das wusste ich nicht. Erzähl mir mehr davon.«

Mit der freien Hand hob er mein Gesicht an und sah mir

in die Augen. »Ich glaube nicht, dass ich gerade noch viele Worte finde.«

»Das klingt sehr poetisch.«

Parker grinste schief. »Scheiße, ich bin alles, aber kein Poet.«

Ich leckte mir über die Lippen. »Wenn du nicht reden willst … was willst du dann?«

In seinem Blick loderte ein Feuer, das mich zu verbrennen drohte. Doch ich hielt ihm stand und drückte mich fester an ihn, während meine Hand in seinem Schoß ein Stück nach oben rutschte.

Er senkte den Kopf und küsste mich. Seine Lippen pressten sich gegen meine, bis ich sie unter einem leisen Stöhnen öffnete.

Parker gab ein Knurren von sich, nahm seinen Arm von meiner Schulter und drückte mich gegen die Sitzlehne der Rückbank. Meine Hand berührte die Beule in seiner Hose.

Begierig, noch einmal dieses animalische Geräusch von ihm zu hören, festigte ich den Griff, und er stöhnte leise auf.

»Wenn du so weitermachst, kann ich mich nicht mehr zurückhalten«, flüsterte er, bevor er zärtlich an meinem Ohrläppchen knabberte und dann mit seinen Lippen meinen Hals liebkoste.

»Der Taxifahrer wäre nicht sehr erfreut«, hauchte ich und japste selbst nach Luft, da sich nun eine Hand unter mein Hinterteil schob.

»Der Taxifahrer ist mir scheißegal.« Parkers Stimme klang heiser. Er umfasste meine Pobacke und drückte sie sanft.

Die Hitze, die meinen ganzen Körper erfasst hatte, bündelte sich in meiner Mitte. Ich legte die Hände auf Parkers breite Schultern und schloss die Augen. Er hätte mich sofort nehmen können, hier und jetzt in diesem verdammten Taxi.

Doch dann hupte der Fahrer und legte eine Vollbremsung hin.

Parker wurde von mir heruntergeschleudert und knallte gegen den Beifahrersitz. Er gab ein »Autsch« von sich, lachte aber.

Erschrocken setzte ich mich auf und zupfte meinen Rock zurecht.

Der Fahrer sah in den Rückspiegel. »Alles in Ordnung da hinten? So ein Idiot hat mir gerade die Vorfahrt genommen.«

»Alles bestens«, sagte Parker und setzte sich wieder neben mich. Unauffällig zog er den Stoff seiner Hose zurecht und zwinkerte mir zu.

Ich grinste in mich hinein und hoffte, mein Puls würde sich bald beruhigen.

Parker Simon war der heißeste Kerl, dem ich je in meinem Leben begegnet war. Alles andere wäre gelogen gewesen. Blieb allein das Gefühl, dass ich träumen musste.

»Seltsam, dass wir uns in Crystal Palace noch nie über den Weg gelaufen sind«, sagte Parker im Plauderton, als das Taxi den Rotherhithe-Tunnel unter der Themse verließ und sich somit dem Stadtteil näherte, in dem wir beide wohnten.

Dankbar für den Themenwechsel setzte ich zu einer Antwort an. »Stimmt. Aber so oft bin ich da auch nicht unterwegs.« Die Wochenenden verbrachte ich gerne im Bett mit einem guten Buch, sofern ich mich nicht mit Sarah oder den anderen beiden Mädels traf. Hätte ich das laut ausgesprochen, wäre ich mir selbst langweilig vorgekommen.

»Ich bin oft im Park unterwegs«, erklärte Parker. »Zum Joggen oder einfach zum Entspannen.«

»Du treibst viel Sport?«

»Klar, irgendwo muss der Ausgleich zum Bürojob ja herkommen.«

Was seine breiten Schultern und den muskulösen Körperbau erklärte.

Mein Ausgleich bestand aus viel Schlaf und Nichtstun. Ich atmete tief durch und versuchte, die aufkeimende Nervosität zu bekämpfen. Je näher wir seinem Zuhause kamen, desto kribbeliger wurde ich.

Parker griff nach meiner Hand und drückte sie an seine Brust. Er schien meine innere Anspannung zu spüren. Es war verrückt, wie nah ich mich ihm fühlte. Parker war einfühlsam, und gleichzeitig strahlte er diese Stärke aus. Trotz der Nervosität fühlte ich mich sicher bei ihm. Ein schönes Gefühl.

Als der Taxifahrer hielt, bezahlte Parker die Fahrt und half mir beim Aussteigen.

Das Haus, auf das wir nun zusteuerten, war modern und die Fassade cremeweiß gestrichen. Es war also keiner der sanierten Altbauten. Aber das nahm ich nur am Rande wahr. Denn meine Aufmerksamkeit galt voll und ganz Parker, der mich nun zu seinem Appartement im zweiten Stock des Gebäudes führte. Sobald wir die Türschwelle übertreten hatten, nahm er mir den Trenchcoat sowie meine Tasche ab, die er in der Garderobe im kleinen Flur unterbrachte.

»Hier geht es zum Wohnzimmer«, erklärte er, nachdem er sein Sakko abgelegt hatte, und näherte sich meinem Ohr. Ein wohliger Schauer überkam mich, als er meine Haare zur Seite schob und einen sanften Kuss auf meinen Nacken hauchte. »Und dort drüben geht es zum Schlafzimmer.«

Er überließ mir die Entscheidung.

Ich drehte mich zu ihm um, nahm ihn an der Hand und ging rückwärts in die Richtung des Schlafzimmers.

Parker ließ meine Hand los und umfasste meine Taille, damit er mich lenken konnte und ich nicht gegen irgendwelche Möbel oder Türrahmen stieß.

An seinem Bett kamen wir zum Stehen. Sein Blick war fragend, rückversichernd.

Lächelnd löste ich mich etwas von ihm und begann damit, sein Hemd aufzuknöpfen. Als ich es ihm über die Schultern gestreift hatte, bewunderte ich seine glatte, makellose Haut.

Ich hätte mir nicht auszumalen vermocht, wie perfekt er unter diesen Hemden aussah.

Parker griff in mein Haar und zog mich an sich heran, sodass er mich küssen konnte. Und was für ein Kuss das war! Leidenschaftlich, als gäbe es nichts anderes als diesen Kuss. Seine Lippen waren sanft und fordernd zugleich. Ich konnte mich nicht daran erinnern, je in meinem Leben so geküsst worden zu sein.

Ich ließ mich fallen, lehnte mich an ihn und genoss es in vollen Zügen, ihm so nah zu sein.

Vorsichtig öffnete er die Knöpfe meiner Bluse, und ich ließ sie zu Boden gleiten. Dann nahm er mir die Brille ab, die er auf dem Nachttisch ablegte.

Der Moment reichte, um ihn zu vermissen. Ich umarmte Parker von hinten, und er lehnte seinen Kopf zurück an meine Schläfe.

Meine Hände wanderten von seinen Brustmuskeln über seinen Bauch weiter nach unten zum Bund seiner Hose. Ich versuchte, mir jedes dieser perfekten Details genau einzuprägen. Damit ich mich an sie erinnerte, wenn diese Nacht vorbei war. Ich öffnete seinen Gürtel, den Knopf seiner Hose und dann den Reißverschluss, wobei ich seine Erektion berührte.

Er seufzte tief auf. »Du bist ziemlich geschickt.«

»Danke, du aber auch.«

Er drehte sich um und umfasste mein Gesicht. Es war eine sanfte Geste, die mein Herz noch schneller schlagen ließ.

»Ich liebe dein Haar«, flüsterte er, während er mit der Hand hindurchfuhr.

»Wirklich? Es ist doch einfach nur lang und zottelig.«

»Nein, keine Ahnung, wie ich das ausdrücken soll. Es ist so … voll.«

Ich kicherte, und Parker ertränkte mein Kichern mit einem weiteren Kuss. Diesmal war er fordernder.

Seine Härte drückte gegen meinen Bauch.

Ich schob meine Hände in seine Hose und umfasste seinen festen Hintern.

»Verdammt, Gill. Nicht so schnell«, knurrte er, grinste dabei aber.

»Wieso? Was passiert sonst?« Ich versuchte, möglichst unschuldig zu lächeln.

Er packte mich unter dem Po, hob mich an und warf mich aufs Bett, sodass ich erneut kicherte.

Parker beugte sich über mich, und ich legte meine Hände in seinen Nacken, um ihn zu mir herunterzuziehen. Als er auf mir lag, spreizte ich die Beine und umklammerte seine Hüfte, wodurch mein Rock hochrutschte.

»Ms Hobbs, Sie haben es faustdick hinter den Ohren«, gab er mit dieser verdammt sexy heiseren Stimme von sich.

»Überrascht Sie das etwa, Mr Simon?«

»Hm, überrascht ... und erfreut, gleichermaßen.«

»Dann ist es ja kein Problem, wenn ich das hier tue.« Ich hob mein Becken, und sein Schaft drückte gegen meine Mitte.

»Verdammt«, knurrte er.

»Verdammt gut oder schlecht?«

»Verdammt ... heiß.« Seine Hände glitten unter meinen Rock und zerrten an der dünnen Strumpfhose.

»Zerreiß sie einfach«, raunte ich an seinem Ohr.

Das brauchte ich nicht zweimal zu sagen. Er zerrte mir die Strumpfhose nach unten. Der Rock folgte. Ich erinnerte mich nicht daran, wo und wann ich die Schuhe ausgezogen hatte.

Jetzt lag ich nur noch in Unterwäsche vor ihm. Es waren keine besonderen Dessous. Einfache Jersey-Sachen, weil ich es unter der Business-Kleidung immer bequem mochte.

Doch Parker schien zu gefallen, was er sah. Er zog seine Hose aus und kam über mich, sodass wir uns auf Augenhöhe befanden.

»Gill, bist du dir ganz sicher?«, fragte er, als gäbe es überhaupt einen Zweifel daran, dass ich das alles hier wollte.

Trotzdem schätzte ich es, dass er um mein Einverständnis bat. Dieser verdammte Kerl schaffte es noch, dass ich mich in ihn verliebte.

»Ja, Parker. Ich bin mir ganz sicher.«

Er küsste meinen Mund, rutschte dann nach unten, wobei seine Zunge eine heiße Spur auf meinem Hals bis zu meinen Brüsten hinterließ. Er schob den BH nach unten und umfasste meine Brustwarzen.

Ich sog wohlig die Luft ein, als er zärtlich daran saugte. Geschickt löste er meinen BH und warf ihn zur Seite. Anschließend entledigte er sich seinen Boxershorts, während ich mich aus meinem Slip wand. Eilig kramte Parker in seiner Nachttischschublade und zog ein Kondom hervor.

Als er wieder über mich kam, umfasste ich seine Hüfte mit meinen Unterschenkeln. Seine Hand wanderte nach unten und berührte meine Scham. »Du bist verdammt …«

»… feucht«, keuchte ich. »Ich weiß.«

Meine Wangen glühten. Nicht vor Scham, sondern vor Erregung. Ich wollte Parker in mir spüren, und zwar sofort.

Ich hob mein Becken, und Parker drang langsam in mich ein.

»Verdammt ist das gut«, keuchte ich.

»Hmm«, machte er, anscheinend zu keinen Worten mehr fähig.

Ich legte meine Hände auf Parkers Hüfte und half nach, damit er tief in mich hineinglitt. Mein Inneres pulsierte bereits jetzt.

Parker stützte sich mit einer Hand neben meinem Kopf ab und sah mir fest in die Augen, während er sich langsam aus mir zurückzog.

Protestierend hob ich das Becken. Ein wissendes Schmunzeln umspielte seine sinnlichen Lippen, als er tief in mich stieß.

Ich japste nach Luft. Genau das hatte ich gebraucht.

»Alles okay?«, raunte er.

Ich nickte. »Bestens.« Mehr konnte ich nicht mehr sagen, denn ich wurde mitgenommen von einer Welle aus Lust.

Parker wiederholte sein Spiel. Mit jedem Stoß stieg die Welle noch mehr an.

Meine Schenkel zitterten, ich keuchte vor Anstrengung und vor Lust gleichermaßen.

Schließlich überkam mich ein Tsunami an Gefühlen. Eine Explosion der Glückshormone und ein Beben, das tief in mir vibrierte. Ich stöhnte und seufzte zufrieden.

Parker wartete einen Moment, bis sich mein Atem beruhigt hatte. Dann stieß er wieder in mich, diesmal nicht so tief, dafür schneller. Ich umfing seine Hüfte mit meinen Oberschenkeln und hob ihm mein Becken entgegen.

Er kam mit einem Seufzen und ich zog ihn an mich, um ihn zu küssen.

Eine Weile verharrten wir so, miteinander verbunden und schweigend. Ich spürte den Schlag seines Herzens.

Schließlich löste sich Parker von mir, um das Gummi zu entsorgen, war aber schnell zurück an meiner Seite. Ich kuschelte mich an ihn und schloss die Augen.

Er strich mir sanft eine Haarsträhne aus der verschwitzten Stirn. »Brauchst du noch etwas? Ein Glas Wasser vielleicht?«

Langsam hob ich die Lider. »Wo befindet sich dein Bad?«

»Direkt hier.« Er deutete auf eine zweite Tür im Schlafzimmer, die ich bisher nicht bemerkt hatte.

Eilig huschte ich dort hinein. Als ich fertig war und mir die Hände wusch, betrachtete ich mein erhitztes Gesicht im Spiegel. Meine Wangen glühten, und meine Augen leuchteten. Meine Lippen waren dunkelrot von unseren Küssen.

Lächelnd kehrte ich zurück und kuschelte mich erneut an Parker. »Möchtest du bei mir übernachten?«, fragte er leise.

Ich nickte und schloss die Augen. Für den Moment hätte ich nicht zufriedener sein können.

3. Parker

Das Geräusch der sich schließenden Haustür riss mich aus dem Schlaf. Es dauerte ein paar Momente, bis ich realisierte, was los war.

Gill war gegangen.

Stirnrunzelnd griff ich nach meinem Handy, das ich gestern noch auf den Nachttisch gelegt hatte. Das Display zeigte zwanzig vor neun an. Keine Nachricht von Gill, keine Erklärung, warum sie einfach gegangen war.

Seufzend legte ich das Smartphone weg, ließ mich zurück in die Kissen fallen und starrte an die Decke. Womöglich sollte ich mir nicht zu viele Gedanken darüber machen. Wir hatten lange geschlafen. Vielleicht war sie bereits verplant und hatte mich deswegen nicht wecken wollen?

Schmunzelnd rollte ich mich auf die Seite und streichelte über das Kopfkissen, das ihren Abdruck zeigte. Ich wäre gern neben ihr aufgewacht, hätte sie in den Armen gehalten, sie gestreichelt …

Ich griff wieder nach dem Handy und tippte eine Nachricht für sie ein:

Hey, du verpasst meine Kaffeekünste.

Es dauerte nicht lange, dann blinkte ihre Antwort auf:

Sorry, musste nach Hause und etwas für meine Schwester erledigen.

Familie ging immer vor. Das sah ich genauso.

Kein Ding. Treffen wir uns nächstes Wochenende?

Diesmal ließ die Antwort länger auf sich warten und fiel etwas knapp aus:

Klar. Freitag im Sunshine Pub.

Na gut, vielleicht brauchte sie einfach etwas Zeit, um zu verarbeiten, was zwischen uns passiert war. Ich schickte einen Smiley zurück und legte das Telefon endgültig weg.

Das Gefühl, Gill zu vermissen, war süß und herb zugleich. Keine Ahnung, wann ich zuletzt so gefühlt hatte. Aber ich mochte sie wirklich sehr.

In den letzten Monaten hatte ich sie als lockere, liebevolle Person kennengelernt. Ich liebte es, mich mit ihr zu unterhalten, weil ich das Gefühl hatte, ich brauchte mich bei ihr nicht zu verstellen. Wir mochten ähnliche Filme, wir tranken beide lieber Bier als ausgefallene Drinks. Wir arbeiteten beide viel. Manchmal wirkte Gill zurückhaltend, und bisher hatten wir es langsam angehen lassen. Wir hatten uns auf einen Kaffee getroffen, ansonsten war nichts passiert. Was auch damit zusammenhing, dass ich mit meinem letzten Mandat ziemlich beschäftigt gewesen war.

Aber letzte Nacht hatte ich nicht anders gekonnt … Sie hatte mich geküsst, und in diesem Moment hatte ich gewusst, dass ich mehr wollte. Deswegen war es nun umso wichtiger, ihr Zeit und Raum zu geben.

Verdammt, ich musste unbedingt auf andere Gedanken kommen. Also schwang ich mich aus dem Bett und stieg in meine Sportklamotten. Die Runde im Park machte den Kopf frei. Zwischendurch legte ich ein paar Sprints ein, und als ich wieder daheim war, trainierte ich noch ein wenig mit den

Hanteln. Wenn ich die ganze Woche lange saß, brauchte ich das Muskeltraining. Nicht nur, um den Kopf freizubekommen und etwas für meinen Körper zu tun, sondern auch wegen meines Rückens. Als Junge war ich ziemlich schnell gewachsen und hatte mir eine schlechte Haltung angewöhnt, die ich am besten mit regelmäßigem Muskeltraining in den Griff bekam.

Außerdem hatte ich wenig Lust, neben Dave, Jerry und Steve, meinen Bossen in der Kanzlei, wie ein schmales Handtuch auszusehen. Unser Umgang war recht freundschaftlich, was ich besonders schätzte. Aber neben den dreien konnte man sich als Mann schon fast unsichtbar vorkommen.

Nach dem Training duschte ich ausgiebig und bereitete mir ein spätes Frühstück mit Rührei, Speck und frisch gepresstem Orangensaft zu. Verrückterweise musste ich wieder an Gillian Hobbs denken. Wir hätten uns bei einem gemeinsamen Frühstück weiter kennenlernen können, um herauszufinden, wie gut wir wirklich zueinander passten.

Nun vermisste ich ihr Lächeln, wenn ich ihr tief in die blauen Augen blickte. Ich vermisste den Duft ihres zarten Parfüms. Ganz besonders aber vermisste ich ihren Körper in meinen Armen.

Verdammter Mist, war ich etwa drauf und dran, mich in Gill zu verlieben?

Kopfschüttelnd räumte ich mein Geschirr weg. Zeit, sich endlich über etwas anderes Gedanken zu machen. Zum Beispiel, was ich für die kommende Woche besorgen musste.

Ich saß gerade an einem Einkaufszettel in der Küche, als meine Schwester Candice anrief.

»Hey, Schwesterherz, alles in Ordnung bei dir?«, begrüßte ich sie.

»Guten Morgen, Parker. Tut mir leid, falls ich dich störe …«

Das klang, als hätte sie nicht nur ein wenig Plauderbedarf.

Barfuß schlenderte ich mit dem Handy in der Hand von der Küche ins Wohnzimmer und ließ mich auf mein gemütliches graues Sofa sinken. »Du störst nicht. Kann ich etwas für dich tun?«

Ein tiefes Seufzen war am anderen Ende der Leitung zu hören. »Würde es dir viele Umstände bereiten, wenn du ein paar Besorgungen für mich erledigen würdest?«

»Klar, kann ich machen. Ich wollte ohnehin noch einkaufen.«

»Tausend Dank! Weißt du, Jim ist geschäftlich übers Wochenende nach Manchester gefahren, und Jasper kränkelt vor sich hin. Ich möchte die Kids so ungern mit zum Einkaufen nehmen.«

Jasper war mit gerade mal drei Monaten mein jüngster Neffe. »Ich hoffe, es ist nichts Schlimmes mit dem Kleinen. Braucht ihr Medikamente? Oder soll ich euch zum Arzt fahren?«

Im Hintergrund hörte ich meine kleine Nichte Maggy fröhlich vor sich hinsingen, was mein Herz erwärmte.

»Nein, er hat ja nur etwas erhöhte Temperatur und eine Rotznase. Ich habe noch genügend Medikamente hier.« Sie zögerte, und so, wie ihre Stimme nun klang, konnte ich ihr Grinsen fast vor mir sehen. »Du bist einfach zu gut für diese Welt. Wann erkennt das endlich mal eine Lady?«

Mein Blick fiel auf meine nackten Fußzehen. Das Thema schon wieder. »Hey, so eilig habe ich es nicht …« Ich zögerte, weil ich sofort an Gill denken musste. Seit Langem hatte mich keine Frau mehr so interessiert wie Gilliam Hobbs.

»Parker? Wolltest du nicht gerade etwas sagen?«

»Hmm? Nein, wollte ich eigentlich nicht.«

Vor meinen Schwestern konnte ich selten etwas verheimlichen. »Paaaarker, gibt es da etwa jemanden?« Die Aufregung in ihrer Stimme war nun nicht mehr zu überhören. »Wie heißt sie? Wie lange kennt ihr euch schon? Wann werden wir ihr vorgestellt?«

»Der Familie vorstellen? Ich will sie nicht direkt vergraulen«, gab ich scherzhaft zurück.

»Oha, es gibt also wirklich jemanden! Bitte sag mir, dass ich die Erste bin, die davon erfährt!«

»Es gibt doch gar nichts zu erfahren.« Mein Herz schlug schneller. Ich würde die vergangene Nacht ganz sicher nicht mit meiner Schwester analysieren. Nicht nur, dass es unangebracht war und sie mir tausend weitere neugierige Fragen stellen würde. Fünf Minuten später hätte ich dann vermutlich die halbe Familie an der Backe, die unbedingt mehr wissen wollte.

Das klägliche Weinen eines Säuglings ertönte im Hintergrund.

»Oh, ich muss mich um Jasper kümmern.« Bedauern lag in ihrer Stimme. »Aber lass es mich wissen, wenn du den Rat einer älteren Schwester benötigst.«

»Sicher.« Ältere Schwestern hatte ich drei, und jede davon war mehr als bereit, mir mit Rat und Tat zur Seite zu stehen. »Schreib mir einfach eine Nachricht aufs Handy, was ich dir mitbringen soll.«

»Danke, Parker!«

Den Rest des Samstags beschäftigte ich mich also mit Alltagspflichten und gönnte mir am Abend eine Pizza und einen Krimi im Fernsehen. Ein wenig langweilig für einen Junggesellen in meinem Alter, aber ich hatte keine Lust, auszugehen.

Der Sonntag gehörte dann meiner zehnjährigen Nichte Mathilda, mit der ich den neuesten Disney-Film im Kino anschaute. Allerdings tauchte immer wieder Gill in meinen Gedanken auf, und ich freute mich bereits darauf, sie endlich wiederzusehen.

Dafür musste ich jedoch erst einmal die nächste Arbeitswoche hinter mich bringen, die mit einer kleinen Überraschung startete. Denn sobald ich am Montagmorgen voller

Elan aus dem Fahrstuhl durch die gläserne Tür in unseren hell gestalteten Empfangsbereich trat, begrüßte mich unsere Mitarbeiterin mit einem bedauernden Lächeln.

»Guten Morgen, ich hoffe, du hast gute Laune mitgebracht.«

»Wieso? Was ist passiert? Hat Mr Miller etwa neue Änderungswünsche für seinen Ehevertrag eingereicht?« Der Mandant war ein Herr in den Sechzigern, der seine vierzigjährige Assistentin zu ehelichen beabsichtigte. Seit drei Wochen saß ich an diesem Ehevertrag. Und jedes Mal, wenn ich dachte, der Vertrag wäre endlich fertig, fiel dem Mandanten noch etwas ein, was er geklärt haben wollte. Zuletzt war es seine Sammlung antiker Puppen gewesen, die er von seiner Mutter geerbt hatte.

»Eine neue Mandantin wartet im Besprechungsraum auf dich.«

Zweifelnd warf ich nun einen Blick auf meine Smart Watch. Hatte ich einen Termin vergessen? Es war Montagmorgen, zehn vor neun. Ich war sogar früher im Büro als gewöhnlich.

»Wie heißt die Dame?«, fragte ich und setzte mich bereits in Bewegung.

»Mrs Charleston. Sie ist eine Bekannte von Helena Collins.«

Ich verharrte und sah zurück über die Schulter. »Unserer Chefin?«

Die Empfangsdame lächelte amüsiert. »Kennst du noch eine andere Helena Collins?«

Richtig. Kannte ich nicht. Ich war allerdings verblüfft, da Helena nicht der Typ Mensch war, der persönliche Gefallen gewährte. Sie war eher kühl und rational. Was ihr als Prozessanwältin natürlich zugutekam. Sie war zudem nicht nur Mitinhaberin der Kanzlei, sondern auch Schwiegermutter von David, einem der Bosse.

Wenn es sich hier also um einen Freundschaftsdienst handelte, musste der Fall umso wichtiger sein.

Ich bedankte mich bei unserer Mitarbeiterin, richtete mein Jackett und ging weiter über den langen Flur in unseren Besprechungsraum. Von hier hatte man einen wundervollen Blick auf die Themse. Doch mir blieb keine Zeit, die Aussicht zu genießen, denn Mrs Charleston erhob sich sofort von dem Besucherstuhl, als ich den Raum betrat.

Sie war eine adrett gekleidete Frau in den Fünfzigern. Ihr Haar war zu einem Dutt frisiert, ihr cremefarbenes Kostüm tadellos. Nur die geröteten Augen und die zittrigen Lippen verrieten, dass es in der Lady alles andere als adrett zuging.

»Mrs Charleston«, begrüßte ich sie, lächelte aufmunternd und drückte ihre Hand. »Ich hoffe, Sie mussten nicht lange warten.«

Sie presste fest die Lippen aufeinander, und verräterische Tränen glänzten in ihren Augen. Meine Mandantin war mehr als aufgewühlt und gleichzeitig darum bemüht, die Fassung zu wahren.

»Hatten Sie schon einen Kaffee? Oder trinken Sie lieber Tee?«

»Ein Glas Wasser reicht mir.« Die Dame wirkte, als würde sie jeden Moment wieder in Tränen ausbrechen.

»Nehmen wir doch Platz«, sagte ich und lächelte ihr aufmunternd zu.

Auf dem Tisch standen Gläser und eine Karaffe mit Wasser bereit. Ich schenkte uns beiden ein und nahm einen großen Schluck, bevor ich mich neben Mrs Charleston setzte und einen der Notizblöcke und einen Kugelschreiber an mich nahm, die sicher unsere Empfangsdame bereitgelegt hatte.

»Also, Mrs Charleston, wie kann ich Ihnen behilflich sein?«

Sie atmete tief durch, bevor sie tapfer antwortete: »Mein Mann will sich scheiden lassen.«

Ich nickte verständnisvoll. »Das scheint Sie zu überraschen. Erzählen Sie mir, wie es dazu gekommen ist. Befinden Sie sich schon länger in Trennung?«

Sie schüttelte eifrig den Kopf. »Nein, wir sind seit dreißig Jahren verheiratet. Er war beruflich viel unterwegs. Er ist Manager in einer Bank, wissen Sie? Wir haben uns in unserer Jugend während des Studiums kennengelernt. Er war nur zwei Semester über mir und hat mir gleich gefallen. Es war Liebe auf den ersten Blick. Ich dachte, wir würden für alle Zeit zusammenbleiben. Wir haben einen Sohn. Er hat gerade seinen Master abgeschlossen und einen Job in Dublin angenommen. Ich war meistens mit dem Haus beschäftigt, habe meinem Mann den Rücken freigehalten, alles für ihn getan, damit er seiner Karriere nachgehen konnte. Ich habe seine Geschäftspartner und Kollegen bewirtet. Wir haben ein Haus in Italien an der Riviera, wo wir auch gerne Gäste empfangen.« Noch immer schüttelte sie den Kopf.

Beruhigend legte ich die Hand auf ihre. Es war eine Geste, die Menschen in dieser Situation oft brauchten, um ihre verzweifelten Gedanken zu durchbrechen.

Tatsächlich fand Mrs Charleston nun ins Hier und Jetzt zurück. »Es ... es tut mir leid. Ich schweife ab.«

»Nein, alles gut. Jedes Detail könnte hilfreich sein, und ich höre gerne zu.«

Sie atmete tief durch. »Jedenfalls hat mir Andrew letzten Mittwoch verkündet, dass er sich scheiden lassen will. Beim Abendessen. Ich hatte gerade die Minestrone serviert.«

Ich ließ ihre Hand los, hörte jedoch weiterhin aufmerksam zu und machte mir ein paar Notizen. Wie lange das Paar verheiratet gewesen war. Aufgabenteilung. Kindererziehung.

»Ich dachte zunächst, er macht einen Scherz, weil ihm die Suppe nicht schmeckt.« Sie lachte tonlos. »Aber es war sein purer Ernst. Er hat sogar schon eine Anwaltskanzlei kontaktiert. Am Wochenende ist er in das Gästezimmer gezogen. Ich habe ihn bis heute früh nicht gesehen, als er zur Arbeit aufbrach und mir verkündete, dass ich bald Post von seiner Anwältin erhalte.«

»Wissen Sie, welche Kanzlei er beauftragt hat?«

Mrs Charleston schüttelte den Kopf. »Ich habe keine Ahnung. Und ich kann es immer noch nicht glauben. Es kann doch einfach nicht stimmen. Wieso sollte man nach all den Jahren, in denen wir uns gemeinsam unser Leben aufgebaut und einen wundervollen Sohn aufgezogen haben, einen Schlussstrich ziehen?«

Ich musterte meine Mandantin aufmerksam. Sie wirkte mehr als aufgelöst und schien wirklich überhaupt nicht zu wissen, was in ihren Gatten gefahren war. Dennoch musste ich eine Frage stellen. »Es tut mir leid, Sie das fragen zu müssen: Hat Ihr Mann womöglich eine Geliebte?«

Meine Worte ließen sie aufschluchzen. Sie wühlte in ihrer Handtasche nach einem frischen Taschentuch und zerrte ein spitzenbesetztes Tüchlein hervor, mit dem sie ihre Nase putzte. »Darüber habe ich auch schon nachgedacht. Aber ich kann es mir einfach nicht vorstellen. Für ihn gab es immer nur die Arbeit und uns … seine Familie. Das habe ich zumindest bis noch vor wenigen Tagen angenommen.«

Es kam nicht selten vor, dass eine vermeintlich glückliche Beziehung allein für einen der beiden Partner glücklich war, während der andere stillschweigend Probleme nicht ansprach. In all meinen Jahren in diesem Fachbereich hatte ich das leider oft erleben müssen. Ehepartner, Lebensgefährten, Familien, die nicht miteinander über ihre Probleme sprachen, bis sich ein unüberwindbarer Berg an Schwierigkeiten auftürmte und kein anderer Weg mehr gesehen wurde, als getrennte Wege zu gehen. Manchmal fragte ich mich, ob es nicht besser gewesen wäre, Psychologie statt Jura zu studieren, um dann in die Eheberatung einzusteigen …

Andererseits verdiente ich mit diesen Zwistigkeiten mein

Geld, und wenn die Mandanten vor mir saßen, war es oft schon zu spät, um noch etwas zu kitten. So konnte ich meinem Klienten oder meiner Klientin wenigstens dabei helfen, sein oder ihr Recht zu bekommen und den sachlichen Schaden gering zu halten. Das war einer der Hauptgründe, weshalb ich mich für das Familienrecht entschieden hatte.

Gott sei Dank gab es aber auch sie: die guten Ehen und Partnerschaften. Meine Eltern waren seit vielen Jahren glücklich verheiratet. Sie hatten vier Kinder großgezogen, von denen ich der Jüngste war. Und das, obwohl es bestimmt nicht immer einfach gewesen war. Sie hatten es geschafft, weil sie wirkliche Partner waren. Jeder hatte seine Fehler und Schwächen. Doch der eine stellte den anderen niemals bloß. Sie unterstützten sich, wo es ging und hielten immer zusammen.

Unwillkürlich dachte ich an Gill. All unsere vergangenen Gespräche waren so … leicht gewesen. Wir hatten uns nie anstrengen müssen, um uns zu unterhalten. Es fühlte sich verdammt gut an, bei ihr zu sein. Ich war bereit, den nächsten Schritt zu wagen und sie am Freitag um ein echtes Date zu bitten. Zu einem Abendessen mit Kerzenschein oder zu einem Kinobesuch. Nein, irgendetwas Besonderes sollte es sein, nichts Gewöhnliches …

All das ging mir durch den Hinterkopf, während Mrs Charleston weiterhin über ihre Ehe redete. Sie hatte sich nun gefangen und konnte ihre Eindrücke klarer formulieren, was es mir wiederum einfacher machte, meine Notizen anzufertigen.

»Ich schlage vor, dass wir zunächst abwarten«, sagte ich, nachdem meine Mandantin mit ihrem Bericht fertig war.

Sie sah mich leicht verwirrt an.

»Die Kanzlei, an die sich Ihr Ehemann gewandt hat, wird sich sicher bald bei Ihnen melden. Dann vereinbaren wir einen weiteren Termin und besprechen unser Vorgehen. Wie klingt das für Sie? Und wenn Sie zwischenzeitlich Fragen oder Sorgen haben, können Sie sich jederzeit an mich wenden.«

Sie nickte verstehend. »Danke, dass Sie sich die Zeit für mich genommen und mir so geduldig zugehört haben.«

Ich lächelte sie aufmunternd an. »Gerne doch, Mrs Charleston.«

Genauso meinte ich es auch. Mein Beruf war mehr als ein bloßer Job. Ich liebte ihn, und ich liebte es, Menschen helfen zu können.

Ich verabschiedete Mrs Charleston mit dem Gefühl, dass sie sich emotional gefasst hatte.

Anschließend ging ich zu Helenas Büro. Die Tür stand offen. Sie telefonierte gerade, winkte mich jedoch herein, als sie mich bemerkte.

Leise nahm ich auf dem Besucherstuhl gegenüber von ihr am Schreibtisch Platz. Helenas Büro war nüchtern eingerichtet. Die weißen Wände zierte lediglich ein Schwarz-Weiß-Bild der Londoner Skyline. Der helle Schreibtisch war auf Hochglanz poliert und passte perfekt zu Helena – ganz im Gegensatz zu der mir sehr emotional erscheinenden Mrs Charleston.

»Nein, Mr Carletto, wir werden uns auf keinen Vergleich einlassen«, sagte Helena bestimmend in ihr Telefon. »Der Prozess wird vor Gericht ausgetragen, genau wie meine Mandantin es wünscht. Wir sehen uns übermorgen zum Termin.« Ohne ein Wort des Abschieds legte sie auf und schüttelte den Kopf, was ihren sorgfältig frisierten Bob ins Schwingen brachte. Das tat ihrer Respekt einflößenden, eleganten Haltung aber keinen Abbruch. Nicht umsonst war Helena Collins die erfahrenste Anwältin der Kanzlei und Leiterin der Prozessabteilung.

»Parker, gut, dass du da bist. Wie war das Gespräch mit Emily?«

Dass sich hier alle mit Vornamen anredeten, war den australischen Teilhabern der Kanzlei zu verdanken, nämlich David Padget, Steven Knight und Jeremy Woods, die sich schon seit Studientagen kannten. Ich empfand die flache Hierarchie als überaus angenehm.

»Mrs Charleston schien sehr verzweifelt«, beantwortete ich Helenas Frage. »Ich hoffe, ich konnte ihr ein paar ihrer Sorgen nehmen.«

Sie nickte zufrieden. »Als Emily mich am Wochenende anrief und mir ihr Leid klagte, wusste ich sofort, dass du der Richtige bist, um sie bei einem eventuellen Scheidungskrieg zu begleiten.«

Ich fühlte mich geehrt, und gleichzeitig verspürte ich ein wenig Druck. Mrs Charleston schien eine gute Vertraute von Helena Collins zu sein, wenn sie sogar am Wochenende telefonierten. Das bedeutete, dass ich in diesem Fall besonders einfühlsam sein musste. Nicht, dass Mrs Charleston sich bei meiner Vorgesetzten über mich beschwerte. Obwohl der Umgang in der Kanzlei recht freundschaftlich war und ich mich in den letzten neun Monaten gut eingefunden hatte, wollte ich das nicht riskieren.

»Wissen wir denn schon, welchen Anwalt sich ihr Ehemann genommen hat?«

»Nein, wir müssen abwarten. Aber in der Zeit werde ich die Akte anlegen und sämtliche Infos ins System einpflegen.« Wir arbeiteten fast ausschließlich mit elektronischen Akten, weshalb ich meine Notizen gleich sorgfältig digitalisieren musste. Glücklicherweise hatten wir ein ausgezeichnetes Diktierprogramm zur Hand. Ein Vorteil, da einer der Inhaber der Kanzlei ein IT-Freak war.

Einen Punkt musste ich mit Helena jedoch noch klären. »Gibt es Vorgaben für die Honorarvereinbarung?«

Womöglich würde ich Mrs Charleston überhaupt nichts berechnen. Was nicht mein Problem sein sollte, denn mein Gehalt wurde von der Kanzlei gezahlt.

»Wir nehmen das Mindesthonorar«, teilte mir Helena mit. »Mit einer kleinen Erfolgsbeteiligung.«

Ich runzelte die Stirn. »Beteiligung am Vermögensausgleich?«

Sie nickte. »Wie gesagt: lediglich mit einem kleinen Anteil. Emily soll wissen, dass wir unseren Job ernst nehmen. Nicht, dass sie noch denkt, dass wir ihren Fall nicht mit der nötigen Sorgfalt behandeln, nur weil es sich um einen Freundschaftsdienst handelt.«

»In Ordnung, ich werde eine entsprechende Honorarvereinbarung aufsetzen.«

»Hervorragend. Halte mich auf dem Laufenden, was den Fall betrifft.«

Das war mein Zeichen, aufzubrechen. »Werde ich. Bis später.«

Nachdenklich ging ich über den langen hellen Flur in mein Büro.

Vor meinem Eintritt bei *Padget, Knight, Woods, Collins & Carter* hatte ich in einer mittelgroßen Kanzlei gearbeitet, in der strenge Hierarchien galten. Ich hatte dort viel gelernt, weil ich einem fachlich kompetenten Vorgesetzten unterstellt gewesen war. Aber nachdem dieser sich anderweitig orientiert hatte, war ich froh gewesen, den toxischen Strukturen zu entkommen. So wohl wie hier hatte ich mich bisher in keiner Kanzlei gefühlt. Und doch war mir bewusst, dass Helena noch immer Namenspartnerin war. Wenn sie von mir enttäuscht war, würde das womöglich Auswirkungen auf meinen weiteren Werdegang hier haben.

Diesen Fall durfte ich daher unter keinen Umständen vermasseln. Aber ein Großteil meines Erfolges hing von der Gerissenheit der Gegenseite ab. Ich war gespannt, welche Kanzlei der Ehemann meiner Mandantin beauftragt hatte.

4. Gillian

Das Wochenende hallte noch immer in mir nach, als ich am Montag das Büro betrat.

Parker beherrschte unverändert meine Sinne. Er war mir vollkommen unter die Haut gegangen und hatte mir die leidenschaftlichste Nacht meines Lebens beschert.

Aber es war nicht nur der Sex, der mich so überwältigt hatte. Es war seine Zärtlichkeit, seine verständnisvolle Art … seine Blicke, die mich innerlich aufwühlten. Mein Herz schlug schneller, wann immer ich an Parker Simon dachte. Es hatte mich richtig erwischt. Das war mehr als bloße Schwärmerei.

Gänsehaut überkam mich, als ich daran zurückdachte, wie ich am Morgen an seiner Seite aufgewacht war. Ich hatte noch eine Weile neben ihm gelegen, seinen Schlaf beobachtet und seinen Anblick ganz in mich aufgenommen. Die perfekten Linien seines Gesichts, seine glatte Haut, die Definition seiner Muskeln. Dieser Mann war einfach zu gut, um wahr zu sein.

Und dann war ich gegangen. Um uns beiden diesen merkwürdigen Moment zu ersparen, sich gegenseitig »Guten Morgen« sagen zu müssen. Einfühlsam, wie er war, hätte er mir natürlich Frühstück angeboten. Aber … wie hätte er mich anschließend verabschiedet?

Also war ich gegangen, um mir eine mögliche Enttäuschung zu ersparen.

Ganz sicher würden wir uns wiedersehen. Vielleicht sogar schon am Freitag. Aber vorerst wollte ich diesen einen perfekten Moment am Morgen in Erinnerung behalten.

Diese Nacht würde mir keiner mehr nehmen.

Und wenn mein Herz sich etwas beruhigt hatte, würde ich das mit uns klarer beurteilen können.

Wobei das wahrscheinlich noch etwas dauern würde, denn das ganze Wochenende war ich in Gedanken immer wieder bei Parker gewesen. Das hatten auch die üblichen Alltagsaufgaben nicht ändern können.

Das Klingeln meines Telefons riss mich aus den Grübeleien.

Der Name meines Chefs leuchtete mir entgegen: Mr Ming.

»Guten Morgen«, meldete ich mich.

»Guten Morgen, Ms Hobbs. Würden Sie bitte in mein Büro kommen?«

»Natürlich, Mr Ming. Geht es um meinen neuen Fall?«

»Nein, um eine andere Angelegenheit, die ich gerne mit Ihnen unter vier Augen besprechen würde.«

»Bin sofort bei Ihnen.«

Etwas aufgeregt war ich schon, als ich mich auf den Weg in die dreiundzwanzigste Etage machte. Hier arbeiteten die Equity Partner und der Leiter des Londoner Büros, Mr Holden.

Sarah und ich hatten immer davon geträumt, eines Tages ebenfalls dort oben in einem Büro zu sitzen. Derzeit gestaltete sich der Weg dorthin allerdings schwieriger als gedacht.

Sehr schwierig.

Wir schoben Überstunden, gaben unser Bestes ... und wurden oft nicht gesehen. Ich zumindest nicht. Bei Sarah hatte sich alles etwas geändert. Dennoch wurde jede Mühe als selbstverständlich betrachtet, denn dort draußen warteten unzählige Studienabgänger, die ebenfalls auf ihre Chance hofften. Wir waren ersetzbar. Jederzeit. Manche von uns kamen besser damit zurecht, manche schlechter. Diejenigen, die damit gar nicht umgehen konnten, verließen die Kanzlei meistens schon nach wenigen Monaten.

Aber so war das Leben in einer internationalen Großkanzlei. Und ich hatte mir diesen Weg selbst ausgesucht.

Ein wenig nervös betrat ich das Büro meines Abteilungsleiters. Es war sehr geschmackvoll eingerichtet mit einem dunkelgrauen Teppich, der meine Schritte dämpfte, und glänzenden schwarzen Möbeln. Moderne Kunst zierte die Wände. Am faszinierendsten war jedoch das Panoramafenster, das einen fantastischen Blick auf die Londoner Skyline bot. Ich hätte stundenlang nach draußen starren können.

Mr Ming telefonierte gerade, winkte mich aber herbei und bedeutete mir, mich auf den Stuhl gegenüber von ihm zu setzen.

Mein Chef war ein schlanker Mann in den Vierzigern, der jederzeit fair und aufmerksam war. Eine angenehme Ausnahme zu den bissigen, unnachgiebigen Partnern, die ihre Untergebenen noch mehr unter Druck setzten, als es ohnehin schon der Fall war.

»Das Ticket ist gebucht, ich komme morgen an. Wir sehen uns. Bis dann, Mr Holden.« Er legte auf und seufzte tief, wobei er entschuldigend lächelte.

»Begleiten Sie Mr Holden nach New York?«, erkundigte ich mich, da die letzten Worte meines Chefs kaum zu überhören gewesen waren.

»Der Boss ist schon dort. Er hat mich gebeten, ihn vor Ort zu unterstützen. Ich werde heute Nacht noch rüberfliegen.«

Das klang fast so, als wäre das New Yorker Büro nur einen Katzensprung entfernt, dabei waren es acht Flugstunden. Irgendetwas schien dort vor sich zu gehen.

»Das klingt wichtig.«

»Ist es auch. Jedenfalls muss jemand meine Vertretung in den Abteilungsmeetings übernehmen und die allgemeine Koordination.« Er hob die Brauen und sah mich erwartungsvoll an.

Nervös rückte ich meine Brille zurecht. »Sie haben an mich gedacht?«

»Richtig. Die letzten drei Jahre haben Sie sich als zuverlässige und besonnene Mitarbeiterin hervorgetan. Ich würde Ihnen natürlich Stichpunkte dalassen, auf was Sie zu achten haben. Außerdem erstatten Sie mir regelmäßig Bericht. Wichtige Entscheidungen werden nach wie vor nur nach Rücksprache mit mir getroffen.«

Ich nickte und konnte noch gar nicht so recht begreifen, was das bedeuten sollte. »Warum ist Ihre Entscheidung nicht auf Mrs Bones gefallen? Sie arbeitet schon länger im Familienrecht und hat mehr Erfahrung.«

»Sie ist eine hervorragende Anwältin«, stimmte er mir zu. »Doch Sie ist eher eine Einzelgängerin. Für meine Vertretung benötige ich einen Teamplayer.« Er lehnte sich in seinem Sessel zurück und betrachtete mich aufmerksam. »Oder sind Sie ausgelastet mit Ihren Fällen?«

Hin- und hergerissen dachte ich an den Sorgerechtsfall, der mir weiterhin in den Knochen steckte. Wie zeitintensiv der neue Fall werden würde, konnte ich erst sagen, wenn ich mit dem Mandanten gesprochen und die Gegenseite kontaktiert hatte.

Als ob er meine Überlegungen gehört hätte, lächelte Mr Ming und fügte hinzu: »Außerdem wäre das eine prima Gelegenheit, schon einmal in Ihre künftige Rolle als Senior Associate reinzuschnuppern.«

Ich schnappte nach Luft. »Sie wollen mich befördern?«

»Die Entscheidung ist noch nicht getroffen, aber es wäre an der Zeit, darüber nachzudenken und mit Mr Holden darüber zu sprechen, wie Ihre weitere Zukunft bei uns aussieht.«

Das war der Moment, auf den ich so lange gehofft hatte. Er war tatsächlich gekommen. »Das klingt wundervoll.«

»Gut, ich werde die anderen Teammitglieder per Mail darüber informieren, dass Sie ab sofort meine Vertretung übernehmen. Lassen Sie uns rasch die wichtigsten Punkte durchgehen.«

Tatsächlich hatte Mr Ming nicht mehr viel Zeit für mich, da er noch seine Sachen für New York packen musste. Und auch für mich stand schon der nächste Termin an: das Erstgespräch mit Mr Charleston.

Der Mann, der mir schließlich gegenübersaß, wirkte kühl und zurückhaltend. Als ginge es um die Abwicklung einer Geschäftsauflösung, nicht um das Ende einer Ehe. Einer langen Beziehung, in der ein Mann und eine Frau Eltern geworden und zusammengewachsen waren. Nun, vermutlich waren sie genau das nicht: zusammengewachsen.

Ein weiterer Beweis dafür, dass es die echte wahre Liebe, die Hollywood uns verkaufen wollte, nicht gab. Leidenschaft, ja, ganz sicher. Aber die war vergänglich. Es gab nie eine Garantie, und keiner konnte vorhersehen, was aus zwei Menschen wurde, wenn die körperliche Anziehung erst einmal vergangen war.

»Also, Mr Charleston, ich habe Ihre Unterlagen gesichtet und mit der Vermögensaufstellung begonnen«, sagte ich und faltete die Hände vor mir auf der Tischplatte ineinander. Da er Bankier war, hatte ich diesen Punkt ohne Probleme erledigen können. Die Unterlagen waren lückenlos, schien es. Dennoch fehlte ein ganz elementarer Teil. »Sie haben jedoch nicht erwähnt, weshalb Sie sich von Ihrer Frau getrennt haben und die Scheidung Ihrer Ehe anstreben.«

Kein Zucken seiner Mundwinkel, keine Falte auf seiner hohen Stirn. Tiefe Geheimratsecken und silbrige Schläfen verliehen meinem Mandanten ein vampirisches Aussehen. Er erinnerte mich an diesen alten Dracula-Film aus den 1950ern.

»Wir haben uns auseinandergelebt. Ich möchte nicht mehr, dass Emily Teil meines Lebens ist.«

Diese Äußerung war ziemlich direkt. Seine Entscheidung

klang unumstößlich. »Ist etwas zwischen Ihnen vorgefallen?« Ich hob die Hände. »Nicht, dass ich mich in Ihr Privatleben einmischen möchte. Doch es wäre hilfreich, wenn ich die Hintergründe kennen würde, um den Fall gut vorzubereiten.«

»Nein, es ist nichts vorgefallen. Es geht nicht um eine einzelne Angelegenheit. Das hätte man vermutlich in einem Gespräch klären können. Tatsache ist, dass wir nie ein gutes Paar waren. Wir haben überhaupt nie zueinander gepasst. Jetzt ist unser Sohn erwachsen. Emily sollte sich eine neue Wirkungsstätte suchen. Ich selbst handhabe es ebenso.«

Mir fiel beinahe die Kinnlade runter. Eine neue Wirkungsstätte? War sie seine Angestellte? So hatte ich noch nie jemanden über seine Frau reden hören, unter welchen Umständen auch immer die Trennung stattfand.

»Verstehe, Mr Charleston.« Ich seufzte tief. »Lassen Sie uns die Vermögensaufstellung durchgehen und besprechen, wie wir die Finanzen und die Wertgegenstände aufteilen wollen.«

»Emily soll das mitnehmen, was sie in die Ehe mitgebracht hat: den Schmuck ihrer Großmutter, das Gemälde im Esszimmer. Und den Vauxhall, den ich ihr zum fünfzigsten Geburtstag geschenkt habe.«

Ich machte mir eine entsprechende Notiz. »Das ist alles?«, fragte ich.

»Mehr als genug.«

Zack, schon wieder diese Kälte. Wovon seine Frau ihren Lebensunterhalt bestreiten sollte, schien ihm egal zu sein. Dabei hatte er mir selbst mitgeteilt, dass sie sich während des Studiums kennengelernt und kurz darauf geheiratet hatten. Emily Charleston hatte nie einen Beruf ausgeübt, sondern sich um das Haus und dann um den gemeinsamen Sohn gekümmert.

Es war allerdings nicht meine Aufgabe, die Interessen der

Frau zu vertreten. Ich musste die Wünsche meines Mandanten durchsetzen.

»Mr Charleston, darf ich Sie noch fragen, warum Sie vor der Eheschließung keinen Ehevertrag aufgesetzt haben? Es scheint Ihnen sehr wichtig zu sein, dass die Finanzen geklärt sind.«

»Aus der heutigen Sicht wäre es durchaus ratsamer gewesen«, bekannte er, jedoch in einem Ton, der weniger bedauernd, als eisern wirkte. »Und ich würde jedem raten, einen Ehevertrag aufzusetzen, egal wie rosig die Gegenwart aussieht. Aber damals habe ich an so etwas nicht gedacht.«

Wenigstens diesen Fehler gestand er sich ein. Ich machte mir eine entsprechende Notiz zum Ehevertrag und fuhr mit meiner Agenda fort.

»Hat sich Mrs Charleston bereits an einen Anwalt gewandt?«

»Ja, sie hatte heute ebenfalls einen Termin. Es stand in unserem gemeinsamen Kalender. Eine Kanzlei *Padget and Knight* oder so ähnlich.«

Mir fiel der Stift aus der Hand, mit dem ich mir gerade den Namen der Kanzlei hatte aufschreiben wollen. »*Padget, Knight, Woods, Collins and Carter.*«

»Ja, sehr umständlicher Name.«

Es gab noch längere Kanzleinamen, aber das tat nichts zur Sache. Wichtig war allein, dass es meines Wissens nur einen Familienrechtsanwalt dort gab: Parker Simon.

Wir hatten darüber gesprochen, dass Familienrecht ein neues Fachgebiet für die junge Kanzlei war. Deswegen war er bisher der einzige Anwalt auf diesem Gebiet.

Mir blieb die Stimme weg, und ich musste mich räuspern. »Ich werde unser Erstanschreiben an Mrs Charleston richten. Dann kann sie es ihrem Anwalt überreichen.«

Er blickte auf seine Uhr. »Ich denke, wir sind nun fertig. Ich muss zum nächsten Termin.«

»Sicher, Mr Charleston.« Ich stand auf und geleitete meinen Mandanten hinaus auf den Flur. Wir verabschiedeten uns mit einem Händedruck, und ich sagte zu, noch heute den Brief an seine Frau zu schicken.

Ich wartete, bis er über den Flur zu den Fahrstühlen gegangen war, dann sammelte ich meine Unterlagen mit den Notizen zu unserem Gespräch ein und ging zurück in mein Büro, wo ich mich auf den Stuhl fallen ließ.

Warum ausgerechnet Parker Simon? Sie hätte jede Kanzlei in London wählen können. Es gab hier so viele wie Sand am Meer.

Wie konnte ich einen Fall verhandeln, wenn der gegnerische Anwalt der Mann war, mit dem ich gerade erst eine heiße Nacht verbracht hatte?

Eine sehr heiße Nacht.

Mir stieg die Hitze in die Wangen, als ich mich daran erinnerte, wie sich seine Hände auf meiner nackten Haut anfühlten. Wie seine Lippen meinen Mund liebkosten …

»Gill? Alles okay bei dir?«

Ich zuckte heftig zusammen.

Sarah stand in der offen stehenden Tür.

»Ja, alles prima.« Das war glatt gelogen. Nichts war prima. Doch ich hatte die Infos von eben noch gar nicht richtig verdaut, hatte noch nicht analysiert, was es für mich bedeutete, dass Parker der Gegenanwalt war.

Vielleicht irrte ich mich auch. Womöglich gab es doch jemand anderen in seiner Kanzlei, der ebenfalls Familienrecht bearbeitete.

Sarah sah mich prüfend an, sagte aber nichts weiter.

»Ist schon Zeit für den Lunch?«, fragte ich rasch mit Blick auf das Display meines Handys.

»Genau deswegen stehe ich hier. Becks hat indisches Essen vorgeschlagen.«

»Wow, da bin ich sofort dabei. Bestellen und liefern lassen

oder dort essen?« Ich erinnerte mich nur zu gut daran, dass das indische Restaurant, bei dem wir am liebsten bestellten, bloß eine geringe Anzahl an Sitzplätzen hatte. Wenn die halbe City zum Lunch ging, bekam man ohne Reservierung keinen Tisch.

»Bestellen und im Park essen«, antwortete Sarah. »Das sonnige Wetter sollten wir genießen.«

Ich schnappte mir meine Handtasche und legte mir sicherheitshalber noch meine senfgelbe Strickjacke über den Arm.

Einige Minuten später trafen wir uns mit Becks und Kate vor den Fahrstühlen. Während Kate damit beschäftigt war, eine Nachricht in ihr Handy zu tippen, strahlte Becks uns breit lächelnd entgegen.

»Mädels, ich muss euch unbedingt etwas erzählen.« Prüfend sah sie sich um und in dem Moment kamen drei Kollegen aus der Steuerabteilung auf uns zu, die wohl ebenfalls ihre Mittagspause draußen verbringen wollten.

»Okay, später«, raunte Becks, die offensichtlich nicht daran interessiert war, dass noch jemand die News mitbekam.

Kate steckte ihr Handy weg und betrachtete unser Küken skeptisch. »Ich hoffe, es hat nichts mit irgendeinem Mann zu tun.«

Becks verdrehte die Augen. »Du kannst es dir zwar nicht vorstellen, aber ich habe auch andere Themen.«

»Dann bin ich umso gespannter«, gab Kate zurück und lächelte leicht.

Die beiden foppten sich gerne mal. Das schien ein besonderer Teil ihrer Freundschaft zu sein und lag vor allem daran, dass sie so unterschiedlich waren. Becks, die Studentin, die mit drei anderen in einer WG in Notting Hill lebte und Kate, die erfahrene Anwältin aus gutem Elternhaus mit einem eigenen Domizil in Hampstead. Sarah und ich standen irgendwo dazwischen. Daran hatte sich auch nichts geändert, als Sarah sich in diesen steinreichen, attraktiven Rorik Stone verliebt hatte. Was unsere Freundin auch jetzt wieder unter Beweis stellte, als sie den neuesten Gossip ansprach.

»Habt ihr gehört, dass Mr Jones aus der Arbeitsrechtsabteilung gekündigt hat?«, plauderte sie. »Er hat ein ziemlich gutes Angebot von *Moorland and Partners* erhalten.«

»Das wird Mr Holden nicht gefallen.« Kate verschränkte die Arme vor der Brust. »Ausgerechnet von der größten Konkurrenz.«

»Muss aber ein echt gutes Angebot gewesen sein«, mutmaßte Sarah. »War er nicht kurz davor, als Equity Partner aufgenommen zu werden?«

»Bei den ganzen Auseinandersetzungen, die er mit Holden hatte?« Ich schüttelte den Kopf. »Kann ich mir nicht vorstellen.«

Becks nutzte die sich spiegelnde Fahrstuhltür und band ihr kupferfarbenes Haar zu einem Dutt. »Ich habe gehört, dass er nicht allein geht. Sowohl seine Assistentin als auch die studentische Aushilfe der Abteilung folgen ihm.«

»Die Aushilfe ist die Nichte seiner Assistentin«, sagte Sarah. »Und was zwischen der Assistentin und Mr Jones ist, weiß keiner so genau.«

Ich rümpfte die Nase. Mittlerweile waren wir im Erdgeschoss angekommen, verließen den Fahrstuhl und schritten über den glänzenden Marmorboden im Foyer. »Ist Mr Jones nicht verheiratet und hat bereits Enkelkinder?«

»Wer weiß, vielleicht ist das dein nächster Scheidungsfall?« Sarah zwinkerte mir zu, aber ich konnte nicht so richtig darüber lachen.

Nachdem wir das Hochhaus verlassen hatten, in dem unsere Kanzlei ihre Räumlichkeiten gemietet hatte, schritten wir durch die geschäftigen Straßen des Bankenviertels zu unserem Lieblingsinder. Wir nahmen das bestellte Essen mit in den nahe gelegenen Park, wo wir noch einen Platz auf einer Bank ergatterten.

Ich hatte mich für ein Hähnchencurry entschieden. Das Naanbrot in die Sauce tunkend, lauschte ich den Gesprächen meiner Kolleginnen.

»Also, Becks, was ist diese mega Neuigkeit, von der du berichtet ist?«, fragte Sarah, die ganz am Rand der Bank saß.

Unser Küken fuchtelte mit der Bambus-Gabel in der Luft herum, als wäre sie ein Dirigentenstab. »Ich wurde in die Erbrechtsabteilung versetzt.«

»Oh, wirklich?« Kate runzelte die Stirn. »War das dein Wunsch?«

»Besser als Steuern.« Becks verzog das Gesicht. »Tatsächlich ist eine unserer Kolleginnen längerfristig erkrankt. Was mir schrecklich leid für sie tut. Jetzt herrscht Not am Mann, und Mr Robertson hat mich gefragt, ob ich Interesse hätte, in das Erbrecht reinzuschnuppern.«

»Das freut mich für dich«, sagte Sarah. »Ich denke, du wirst dort gut zurechtkommen mit deiner genauen Arbeitsweise.«

So jung und wild Becks im Privatleben rüberkam, umso achtsamer war sie in ihrem Job. Noch war sie auf der Suche nach *ihrem* Fachgebiet. Also war es gut für sie, in jeden Fachbereich reinschnuppern zu dürfen.

Ich trank einen Schluck von dem Eistee, den ich ebenfalls bestellt hatte. Er schmeckte nach Zitrone und war nicht zu süß. Genau mein Geschmack.

»Gill, was denkst du?« Becks saß direkt neben mir und starrte mich an. »Du bist so still heute.«

»Ich hatte einfach einen furchtbar anstrengenden Termin mit einem Mandanten.«

Sarah runzelte sorgenvoll die Stirn. »Wieder Unterhaltsrecht?« Sie wusste, dass mir der letzte Fall nahegegangen war.

Ich schüttelte den Kopf. »Nein, ein Scheidungsfall. Aber … nun ja, es wird kompliziert. So viel kann ich sagen.« Ein dicker Kloß saß in meinem Hals.

Sie alle kannten Parker. Ich brachte es nicht über mich, ihnen jetzt schon zu verraten, dass er die Gegenseite vertrat.

»Du schaffst das«, meinte Becks zuversichtlich. »Es gibt nichts, was du nicht schaffst.«

Außer diesen Fall. Er würde mir das Genick brechen. Vielleicht schaute ich mich prophylaktisch nach einem Job an der Supermarktkasse um. Nicht, dass das ein schlechter Beruf war. Ich hatte höchsten Respekt vor all jenen Menschen, die sich den Launen anderer beim Einkaufen aussetzten. Aber mein Talent lag woanders. Im Rechtswesen. Was ich genau jetzt aufs Spiel setzte. Weil ich eine Affäre mit dem Anwalt der Gegenseite hatte. Es konnte uns unsere Zulassungen als Anwälte kosten, wenn irgendwer den Verdacht äußerte, es könnte heimliche Absprachen zwischen Parker und mir in Bezug auf diesen Fall geben, weil wir privat miteinander vertraut waren. Wobei ich nicht gewusst hatte, dass wir denselben Fall bearbeiteten. Woher auch?

Es war eine üble Laune des Schicksals, dass wir nun auf gegensätzlichen Seiten standen.

Entweder ich gab den Fall an eine Kollegin oder einen Kollegen ab. Oder Parker legte das Mandat nieder.

Wir konnten unmöglich gegeneinander antreten und so tun, als wäre nichts gewesen. Dafür war ich nicht geschaffen. Ich war für Offenheit und Direktheit.

Genau deswegen zückte ich das Handy, sobald ich zurück in den heimeligen vier Ecken meines Büros war, und schickte eine Nachricht an Parker:

> Hi, hoffe, es geht dir gut.
> Es gibt ein Problem, über das ich gerne reden würde.
> Hast du heute Abend Zeit?
> LG Gill

Ich konnte ihm unmöglich von diesem Fall erzählen. Immerhin galt das Anwaltsgeheimnis. Aber sollte meine Vermutung stimmen, hatten wir beide ein richtig großes Problem. Und ich war immer dafür, Probleme zu klären, bevor sie sich zu Dramen entwickelten. Denn die hatte es in meinem Leben bereits zur Genüge gegeben.

Mit Bitterkeit erinnerte ich mich an die Scheidung meiner Eltern. Ich hatte mir geschworen, dass ich nie so werden würde wie die beiden. Sie hatten sich gegenseitig belogen, beschimpft und betrogen.

Meine Schwester und ich waren noch jung gewesen, als sich unsere Eltern getrennt hatten. Erica war im Teenager-Alter gewesen, ich selbst hatte erst die Grundschule besucht. Kein Kind der Welt sollte das erleben, was wir erlebt hatten.

Manchmal hörte ich die Schreie meiner Mutter, als wäre es gestern gewesen. Nicht vor Schmerz, denn unser Vater hatte niemals Hand an sie gelegt, sondern vor Zorn. Ihre Wut hatte alles zerstört. Ich wollte nie so werden wie sie.

Mein Display leuchtete auf. Parker hatte geantwortet:

Klar, treffen wir uns im Sunshine Pub? Gegen achtzehn Uhr? Hab hier noch einen schwierigen Fall.

Unser Lieblingspub war der denkbar schlechteste Ort für eine solche Unterhaltung. Zu viele bekannte Gesichter schwirrten dort nach Feierabend umher. Zu mir konnten wir auch nicht gehen, denn Erica war zu Hause. Wir brauchten ein Gespräch an einem neutralen Ort, an dem wir nicht weiter auffielen.

Können wir uns an der Tower Bridge treffen? Am nördlichen Ufer.

Die Idee war mir spontan gekommen. Hier tummelten sich zu jeder Zeit Touristen, und wir konnten uns unter sie mischen.

Seine Antwort ließ nicht lange auf sich warten.

Klar, bis später.

Seufzend legte ich mein Handy weg.

Ich war wirklich ein hoffnungsloser Fall. Endlich war ich dem Mann nähergekommen, für den ich seit Monaten schwärmte. Und dann geriet ich direkt in so einen emotionalen Schlamassel.

5. Parker

Gill wartete bereits auf mich. Der Verkehr war schrecklich um diese Tageszeit, was ich nicht bedacht hatte. So war ich schließlich vom Taxi auf die U-Bahn umgestiegen, weil es immer noch schneller war, als im stehenden Auto zu hocken.

Das Licht der untergehenden Sonne glitzerte golden auf der Themse, als ich mich ihr näherte. Sie lehnte an der Brüstung und bewunderte den Sonnenuntergang, für den ich nun keinen Blick mehr übrig hatte, zu sehr war ich von Gill gefesselt.

Sie trug ein eng anliegendes Kleid mit Karomuster und kurzen Ärmeln. Ihre Strickjacke hatte sie locker um die Hüfte gebunden. Außerdem nippte sie gedankenverloren an einem Kaffeebecher.

»Koffein am Abend oder hast du Wodka im Kaffeebecher?«, scherzte ich, als ich zwei Schritte von ihr entfernt war.

Schmunzelnd wandte sie sich zu mir um, und Wärme breitete sich in mir aus. Wenn sie lächelte, war sie noch schöner. Keine Ahnung, wann ich angefangen hatte, so für sie zu empfinden. Zu Beginn unseres Kennenlernens war es direkt Sympathie gewesen, und ich hatte sie als hübsch empfunden. Dieses innere Strahlen hatte ich erst später bemerkt. Es war etwas, das sie nicht jedem zeigte, so viel war mir klar. Aber mir hatte sie es gezeigt, und ich wünschte, ich dürfte jeden Tag in den Genuss kommen, sie so strahlen zu sehen.

Leider schien der Moment heute auch wieder vorbei zu sein, denn sie räusperte sich und wurde ernst.

»Schön, dass du es einrichten konntest.« Sie nippte an ihrem Becher und leckte sich über die Lippen.

Ich widerstand dem Drang, sie in die Arme zu ziehen, denn ich hatte das Gefühl, dass sie mit ihren seltsamen Worten Distanz zwischen uns aufbauen wollte.

»Schönes Wetter heute«, sagte ich stattdessen. Geistreiche Antwort, aber etwas Besseres fiel mir nicht ein.

»Stimmt.« Sie sah sich um. Nicht so, als würde sie das geschäftige Treiben am Tower bewundern – Obwohl es schon nach sechs war, tummelten sich hier noch viele Touristen, die hauptsächlich Fotos von der Brücke und der Themse machten. Es wirkte eher so, als wollte sich Gill versichern, dass niemand in der Nähe war, der uns kannte. »Lass uns ein paar Schritte gehen, ja?«

»Klar.« Mit jedem Schritt, den wir über das Kopfsteinpflaster gingen, mit jedem Moment, in dem wir schwiegen und ich darauf wartete, dass mir Gill erklärte, was los war, spürte ich, dass etwas ganz und gar nicht stimmte. Wir passierten die alten Mauern des Towers und liefen weiter in Richtung Pier, wo gerade eines der Touristenboote angelegt hatte.

»Wir haben ein Problem«, sagte Gill schließlich.

»Das hattest du bereits geschrieben. Welcher Art ist das Problem denn?« Ich blieb stehen, aber Gill marschierte weiter und ich holte sie im Laufschritt ein.

Noch einmal schaute sie sich um. »Mr und Mrs Charleston.«

Es dauerte ein paar Sekunden, bis ich verstand, was sie mir damit sagen wollte. »Fuck.«

»Genau das.« Sie seufzte tief. »Wir hätten vorhersehen können, dass das eines Tages passieren würde. Wir arbeiten schließlich im selben Fachgebiet.«

»London ist riesig, es gibt Hunderte von Kanzleien. Wer hätte ahnen können, dass wir direkt im nächsten Fall auf verschiedenen Seiten stehen?« Jetzt war ich derjenige, der sich umsah. Es reichte eine Person, die uns verpfeifen würde.

Mandantenverrat war nichts, was man auf die leichte Schulter nahm.

»Was sollen wir tun?«, flüsterte Gill gerade so, dass ich sie noch hören konnte.

Wir wichen einem Fahrradfahrer aus, der es ziemlich eilig hatte. Gill kam ins Straucheln, und ich fing sie auf. Sanft hielt ich sie fest, auch als sie ihr Gleichgewicht wiedergefunden hatte.

»Wir können den Fall nicht beide behalten«, erklärte ich. So viel war mir zumindest klar.

Gill runzelte die Stirn und befreite sich aus meinem Griff. »Natürlich nicht. Wir würden beide unsere Jobs verlieren, wenn das rauskommt.«

Mit »das« meinte sie wohl, dass wir mehr waren als nur Bekannte.

Sie rückte ihre Brille zurecht und musterte mich aufmerksam. »Dein Stand bei *Padget* ist sehr gut, nicht wahr?«

Ich nickte. Dafür, dass ich erst seit ein paar Monaten in der Kanzlei arbeitete, genoss ich bereits großes Vertrauen durch die Namenspartner.

Gill setzte sich wieder in Bewegung, und ich beeilte mich, aufzuschließen.

»Steht es dir nicht frei, das Mandat abzulehnen?«, fragte sie. »Aus persönlichen Gründen?«

Ich war der einzige Familienrechtler in der Kanzlei, und der Fall war Helena sehr wichtig. Wohingegen Gill in einer Großkanzlei arbeitete, in der Familienrecht durch eine ganze Abteilung bearbeitet wurde. Stirnrunzelnd überlegte ich, warum ausgerechnet ich zurückziehen sollte. Sie konnte es genauso tun. Womöglich sogar noch leichter.

»Ich befürchte, das ist nicht möglich«, erklärte ich langsam.

Sie blieb abrupt stehen. »Warum nicht?«

Ich hielt ebenfalls inne. Ihre vorwurfsvolle Frage traf mich wie ein Eimer kaltes Wasser. »Warum sollte ich? Das ist ein wichtiges Mandat für unsere Kanzlei, und ich bin der einzige Familienrechtler.«

Passanten warfen uns neugierige Blicke zu, da ich nun lauter sprach als beabsichtigt. Ich reckte das Kinn und schüttelte den Kopf. »Ich kann das Mandat nicht abgeben.«

In Gills blaue Augen traten Tränen, und ich bereute, dass ich so harsch gewesen war. Andererseits musste sie verstehen, dass mir der Job genauso wichtig war wie ihr.

»Fein«, meinte sie, und es hörte sich alles andere als ›fein‹ an. »Ich werde das Mandat ebenfalls nicht aufgeben.« Sie atmete tief durch. »Unter diesen Umständen ist es wohl besser, wenn wir uns nicht mehr sehen.« Sie rückte ihre Brille zurecht und senkte den Blick. »Privat, meine ich.«

»Ich weiß genau, was du meinst.« Natürlich ging das nicht. Wir konnten keine Beziehung führen, während wir auf gegnerischen Seiten standen. Ich atmete tief durch und fuhr mir durchs Haar. Verdammte Scheiße, warum hatte ich das Gefühl, dass mir hier gerade alles entglitt? »Wir legen eine Pause ein und reden dann in Ruhe, wenn der Fall abgeschlossen ist.«

Sie machte einen Schritt zurück und schüttelte den Kopf. »Nein, es … wird nicht funktionieren.«

»Was wird nicht funktionieren?«

»Das mit uns. Der Job wird immer zwischen uns stehen.«

Ihre Worte legten sich um mein Herz wie eine eiserne Kette. »Das meinst du nicht ernst.«

Sie runzelte die Stirn und schluckte, wich jedoch immer noch meinem Blick aus. »Doch, das meine ich so.«

»Gill.« Meine Stimme brach, und ich musste mich räuspern.

Sie rieb sich mit der freien Hand über den Oberarm, als wäre ihr kalt, und wich einen weiteren Schritt zurück. »Es war wirklich sehr schön mit dir. Aber … ich möchte mich lieber auf meine Karriere konzentrieren. Das ist alles, was ich will.«

Ein Fahrradfahrer klingelte und fuhr schwungvoll zwischen uns hindurch, sodass auch ich einen Schritt zurückging.

»Mach's gut, Parker«, murmelte sie kaum hörbar und wandte sich mit wehendem Rock ab, um in die Richtung davonzueilen, aus der wir gerade gekommen waren.

Ich blieb sprachlos an Ort und Stelle zurück. Wahrscheinlich hätte ich ihr nachgehen sollen. Aber ich konnte nicht. Ihre Worte hatten mich völlig aus der Bahn geworfen. Ich hatte kaum Zeit gehabt, die Situation für mich zu klären. Gill hatte mich einfach vor vollendete Tatsachen gestellt.

Klar, ihre Karriere war ihr wichtig. Das hatte ich doch gar nicht infrage gestellt. Eigentlich hatte ich kaum etwas gesagt. Gills Entscheidung hatte schon festgestanden, bevor wir uns getroffen hatten. So schien es zumindest. Sie musste damit gerechnet haben, dass ich das Mandat nicht niederlegen würde. Also war sie nur hier gewesen, um mir ihre Entscheidung mitzuteilen.

Und ich fragte mich, was ich hätte tun sollen, um sie umzustimmen. Meinen Job opfern? Dazu war ich nicht blauäugig genug. Wir kannten uns zwar eine Weile, doch das, was zwischen uns war, hatte gerade erst zu wachsen begonnen. Und Gill hatte den Keim direkt erstickt.

Bitterkeit stieg in mir auf.

Gut. Sie wollte es so. Ich hatte geglaubt, sie brauchte Zeit für sich, um sich darüber klar zu werden, was das zwischen uns war. Offensichtlich hatte sie es längst herausgefunden. Es war nicht bedeutend genug, um Hindernisse zu überwinden und eine Einigung zu finden.

Ich schluckte den Kloß herunter, der mir die Kehle zuschnürte, und atmete tief durch. Erst jetzt schaffte ich es, meinen Blick von der Stelle abzuwenden, an der Gill eben noch gestanden hatte.

Am meisten schmerzte, dass ich sie wirklich mochte und ich zum ersten Mal seit langer Zeit das Gefühl gehabt hatte, dass ich mit einer Frau einen Schritt weiter gehen würde. Eine feste Beziehung mit einer gemeinsamen Zukunft.

Nun, den Traum konnte ich wohl abschreiben. Es war nichts mehr als das gewesen: ein schöner Traum.

Gill hatte mich heute in die Realität zurückgeholt. Und die sah vor, dass ich mich gefälligst um meinen Job kümmerte.

Und darin war ich verdammt gut.

6. Gillian

Erica hatte für uns gekocht. Eigentlich hatte ich keinen großen Hunger, denn das Treffen mit Parker setzte mir immer noch zu. Aber sie hatte ein altes Rezept aus dem Kochbuch unserer Großmutter ausprobiert, und ich brachte es nicht übers Herz, sie zurückzuweisen.

»Schade, dass es keine Steckrüben im Supermarkt gab«, sagte sie und tauchte ihren Löffel in den Eintopf auf ihrem Teller.

»Es schmeckt wirklich köstlich.« Aufmunternd lächelte ich ihr zu. Doch so richtig konnte ich mich nicht auf das Essen konzentrieren. Mein Blick glitt hinaus aus dem Fenster, hinter dem sich unser kleiner Garten befand. Der lila Lavendel blühte mit dem weißen Rosenstock um die Wette und erinnerte mich an unsere Großmutter, die ihre Pflanzen immer sehr gehegt und gepflegt hatte. Manchmal vermisste ich sie sehr, und Erica ging es genauso. Das war wohl auch der Grund, warum wir unser Wohn- und Esszimmer mit Andenken an unsere Großmutter ausgestattet hatten. Die bodenlangen karierten Vorhänge rechts und links vom Fenster stammten ebenso aus dem Cottage unserer Oma wie die flauschigen Decken auf dem dunkelgrauen Sofa und die Fotografien, die wir als Erinnerung an unsere Kindheit über dem kleinen Kamin aufgestellt hatten. Ansonsten herrschten eher neutrales Grau und Weiß vor, weil meine Schwester und ich uns sonst nicht auf irgendeine Farbe hätten einigen können.

Ericas Löffel klirrte in den Teller. »Okay, raus mit der Sprache: Was stimmt nicht mit dir?«

Ich zuckte zusammen und sah meine Schwester schuldbewusst an. »Keine Ahnung, was du meinst.«

»Der Eintopf ist grässlich. Aber wie sollst du das wissen, du hast ja kaum zwei Löffel davon gegessen.« Sie verschränkte die Arme vor der Brust und musterte mich kopfschüttelnd. »Du nimmst doch sonst kein Blatt vor den Mund.«

»Ach, es ist nur gerade etwas stressig auf der Arbeit.« Ausweichend zuckte ich mit den Achseln und rührte weiter im Eintopf. Petersilienstiele hatten sich um den Löffel gewickelt. Erica hatte sich nicht die Mühe gemacht, das Grünzeug fein säuberlich zu zerkleinern.

»Auf deiner Arbeit ist es immer stressig. Das ist keine Ausrede. Es sei denn, du wärest gefeuert worden. Ist es so? Hast du deinen Job verloren?«

»Nein!«, gab ich schroff zurück. »Natürlich nicht.«

»Was ist es dann?« In ihren grünen Augen lag Argwohn. Sie kannte mich einfach zu gut, und es ärgerte mich, dass meine Schwester nicht nachließ. Aber sie kannte mich besser als jeder andere Mensch auf dieser Welt. Und weil sie drei Jahre älter war als ich, hatte sie anscheinend öfter das Bedürfnis, die ältere Schwester raushängen zu lassen.

»Na gut, es hat nur teilweise mit dem Job zu tun.«

»Okay, ich höre.« Sie hatte noch immer die Arme vor der Brust verschränkt.

Ich nahm einen Schluck Wasser und überlegte, wie ich es ihr erklären sollte. Andererseits konnte ich ihr gegenüber stets ehrlich sein, und sie war auch nicht in den Job involviert wie meine Freundinnen von der Arbeit.

»Es gibt da diesen Mann«, sagte ich langsam.

»Oha, erzähl weiter.«

»Ich kenne ihn schon eine Weile. Er ist charmant, sieht gut aus. Wir lachen viel und verstehen uns gut.« Bitterkeit stieg in mir auf. »Bisher zumindest.«

»Hmm, verstehe. Beziehungsweise noch nicht so ganz. Ist irgendetwas vorgefallen? Hat er dich … zu etwas gedrängt?«

»Was?! Nein! So ist Parker nicht!«

Erica schmunzelte und nickte. »Das ist schon mal gut.« Sie schob ihren Teller fort. »Was nicht gut ist, ist diese grässliche Suppe. Wollen wir Pizza bestellen? Dann kannst du mir dabei alles erzählen. Wenn ich hungrig bin, kann ich nicht so gut zuhören.«

Versuchsweise nahm ich ein weiteres Löffelchen von Ericas Eintopf. »Ach du Schande, ist dir etwa der Salzstreuer in den Topf gefallen?«

Sie lachte amüsiert. »So ähnlich. Grannys Handschrift ist echt schwer entzifferbar. Da braucht es einen Archäologen, um die genauen Mengenangaben enträtseln zu können.«

»Wir können uns beim nächsten Mal ja gemeinschaftlich dieser Aufgabe widmen«, schlug ich vor.

»Guter Plan.« Sie zog ihr Handy aus der Hosentasche, damit wir bei unserer Lieblingspizzeria bestellen konnten.

Während wir auf das Essen warteten, machte wir es uns mit einer Flasche Rotwein auf dem Sofa gemütlich.

»Parker also. Erzähl mir mehr von ihm.« Sie nippte an ihrem Glas.

»Er ist Anwalt.«

»Aha. Aber er arbeitet nicht bei euch in der Kanzlei?«

»Nein, in einer anderen. Genau das ist unser Problem.« Der Wein schmeckte leicht süßlich und war selbst für meinen ungeübten Gaumen genießbar. »Wir arbeiten am selben Fall, vertreten jedoch die Gegenseiten.«

»O, Mist.«

»Ja, genau. Das heißt, einer von uns hätte das Mandat aufgeben müssen, wenn wir uns weiter daten wollten.«

Sie runzelte die Stirn. »Jetzt sag nicht, dass er von dir verlangt hat, das Mandat abzugeben.«

Ich schüttelte den Kopf. »Er hat eigentlich gar nichts verlangt. Genau genommen …« Erneut schnürte mir der Gedanke die Kehle zu. »Genau genommen habe ich es vorhin von ihm verlangt. Durch die Blume. Und als ich gemerkt habe, dass er zögert, habe ich … beendet, was auch immer das zwischen uns war.«

Erica klappte die Kinnlade runter. »Bist du blöd?«

»Vermutlich.« Eigentlich sogar ganz sicher. Es hatte mich all meinen Mut gekostet, Parker zu sagen, dass wir keine Zukunft hatten. Im Grunde hatte ich uns beiden damit einen Gefallen getan. Das hatte ich mir jedenfalls ständig selbst zugeflüstert, während ich mit der U-Bahn von der Tower Bridge nach Hause gefahren war.

»Aber ich habe keinen anderen Weg gesehen. Keiner von uns beiden hätte für den anderen seinen Job aufgeben sollen. So weit sind wir noch nicht in unserer Beziehung. Also habe ich die Sache beendet, bevor wir emotional zu tief drinhängen. So können wir beide unsere Mandanten behalten …«

»Und keiner wird verletzt.«

Meine Schwester wusste genau, wie ich tickte. »Richtig. Keiner wurde verletzt.«

Mein Herz zog sich zusammen bei dieser Lüge. Ich senkte den Kopf. Mit meiner Entscheidung hatte ich mich selbst verletzt. Aber das war besser, als von Parker verletzt zu werden. So wusste ich wenigstens, dass es meine eigene Schuld war.

»In diesen romantischen Filmen aus Hollywood hätte er seinen Job für dich hingeschmissen«, sinnierte Erica. »Er hätte alles für dich aufgegeben und alle Hebel in Bewegung gesetzt, um mit dir zusammen zu sein.«

Ich gab ein belustigtes Schnauben von mir. »Das hätte vorausgesetzt, dass er unsterblich in mich verliebt wäre.«

»Hmm, ist er das etwa nicht? Was für ein Idiot.«

Nun musste ich wirklich lachen, wobei es gleichzeitig schmerzte. Aber Ericas Humor machte alles etwas leichter, vor allem, weil wir uns in vielen Dingen so ähnlich waren.

Auch wenn ihre Augen grün waren und nicht blau wie meine. Wir beide liebten unsere Jobs. In ihrem Job als Architektin verbrachte sie oft Stunden über dem Zeichenbrett, genau wie ich über meinen Akten. Ich war außerdem froh, dass wir zusammenwohnten. Wir unterstützten uns, wo es ging. Und wenn es nur der dämliche Wocheneinkauf und das Kochen war.

Apropos … Inzwischen machte sich mein Magen doch bemerkbar und ich war froh, als die Pizza endlich geliefert wurde. Hungrig stürzten wir uns auf das Essen, bevor wir uns mit dem Rest der Weinflasche in den Garten setzten.

»Erinnerst du dich noch an die Weihnachtsferien, in denen wir in Omas Cottage eingeschneit waren?« Ericas Stimme klang wehmütig.

»Stimmt, wir waren drei Tage von der Außenwelt abgeschnitten.« Ich wischte mir mit einer Serviette den Mund ab und trank einen Schluck Wein. »Es waren die tollsten drei Tage unserer Kindheit.«

Sie nickte lächelnd. »Ich vermisse die Kartenspiele mit ihr.«

»Ich vermisse alles an ihr. Das Essen, ihre fröhliche Art …«

Erica seufzte tief und ließ den Blick über unseren kleinen Garten gleiten. »Sie wäre stolz auf uns gewesen. Auf die Frauen, die wir geworden sind.«

Ein kalter Schauer lief mir über den Rücken. Die Ferien, die wir bei Granny in einem kleinen Kaff in Schottland verbracht hatten, fernab unserer sich ständig streitenden Eltern, gehörten zu den wenigen glücklichen Erinnerungen unserer Kindheit. Zum Glück hatte unsere Großmutter die schreckliche Scheidung unserer Eltern nicht mehr miterleben müssen. Diesen Krieg wünschte man niemandem, nicht einmal seinen ärgsten Feinden.

Erica und ich waren in dieser Zeit zu einer untrennbaren

Einheit geworden. Wir hatten uns aneinandergeklammert, uns Schutz geboten, als das ganze Leben um uns herum zerbrach.

So war es noch heute, und so würde es immer bleiben.

»Was ist eigentlich aus diesem sexy Schotten geworden, von dem du mir letzten Monat vorgeschwärmt hast?«, fragte ich, um nicht mehr an die schwerste Zeit meines Lebens denken zu müssen.

Sie verzog ihr hübsches Gesicht. »Es hat sich herausgestellt, dass er verheiratet ist.«

Empört starrte ich meine ältere Schwester an. »Und das sagst du mir erst jetzt?«

Sie winkte ab und nippte an ihrem Wein. »Er ist es überhaupt nicht wert, einen weiteren Gedanken an ihn zu verschwenden.« Dann trat ein verschmitztes Lächeln auf ihr Gesicht. »Ich sollte mir einen hübschen Winzer suchen. Am besten in der Toskana.« Sie streckte die Glieder. »Wenn er sich schließlich als Mistkerl herausstellt, hätte ich immerhin genügend Wein, mit dem ich mich trösten könnte.«

Ich kicherte vergnügt, was ganz sicher auch an dem leeren Glas in meiner Hand lag. »Vergiss nicht, mir ein Gästezimmer in deinem künftigen Anwesen in der Toskana einzurichten.«

»Du bekommst das schönste Zimmer. Ein ganzes Gemach mit Bade- und Ankleidezimmer.«

Wir lachten über unsere imaginäre Zukunft. Und doch blieb dieser kleine Stich in meinem Herzen. Erica und ich hatten beide bisher kein großes Glück mit Männern gehabt. Parkers attraktives Gesicht erschien vor meinem inneren Auge. Wäre ich mutig genug gewesen, mit ihm weiterzugehen, wenn nicht der Job dazwischengekommen wäre?

Erica gähnte herzhaft. »Wir sollten ins Bett. Morgen wartet ein wundervoller Arbeitstag auf uns.«

Da hatte sie recht. Und obwohl ich schon befürchtete, wegen der Erinnerung an Parker nicht einschlafen zu können, glitt ich recht schnell in einen traumlosen Schlaf, was ich wohl Pizza und Wein zu verdanken hatte.

Am nächsten Morgen hatte ich bereits eine Mail in meinem Postfach. Mr Charleston hatte den Entwurf des Briefes an seine Frau durchgearbeitet und Verbesserungswünsche geäußert.

Der Familienhund sollte dem gemeinsamen Sohn übergeben werden.

Gott, wollte er darüber nicht einfach mit seiner Frau reden?

Aber die Erfahrung der letzten Jahre hatte mir gezeigt, dass manche Paare nicht einmal mehr dazu in der Lage waren, über das Wetter zu sprechen, ohne sich in die Haare zu bekommen.

Ich machte mich an die Arbeit und arbeitete seine Wünsche in den Brief ein. Seine Frau tat mir irgendwie leid, obwohl ich sie bisher nicht kannte. Vielleicht war sie ja eine furchtbare Hexe, die ihn jahrelang schlecht behandelt hatte, und das war nun seine Art, sich zu rächen?

Nachdem ich das Schreiben ein weiteres Mal durchgegangen war, druckte ich es aus, unterschrieb es und gab es in die Post.

Jetzt brauchte ich erst einmal einen Kaffee, und zwar einen extra starken. Denn ich war mir durchaus bewusst, dass mein Brief in Parkers Hände geraten würde. Er würde derjenige sein, der mir antwortete. Wie wohl seine Reaktion auf die Forderungen meines Mandanten ausfallen würde?

Seufzend ging ich die Küche und traf auf Sarah, die einen Teller mit Schokokeksen betrachtete.

»Guten Morgen, na, wie läuft der Tag?«, begrüßte sie mich.

»Keine Ahnung. Der neue Fall ist merkwürdig.« Mein Blick fiel ebenfalls auf das Gebäck. »Sind die gut?«

»Weiß ich noch nicht. Sie sind von einer Kollegin aus der Buchhaltung. Sie hatte am Wochenende Geburtstag.«

»Oh, haben wir ihr schon gratuliert?«

»Wenn es die neue Kollegin mit dem rötlichen Bob ist, dann ja.«

Ich schnappte mir einen Keks und stopfte ihn in den Mund. Der knusprige Part verschmolz in meinem Mund mit der Schokolade. »Hmm«, machte ich. »Lecker!«

Jetzt traute sich auch Sarah und knabberte vorsichtig daran. »Stimmt, wirklich gut.«

»Hat der Boss vor seinem Aufbruch in die Staaten eigentlich verlauten lassen, wann du wieder zurück in die Immobilienabteilung darfst?«

»Leider nicht. Er ist noch immer sauer.« Sarah verzog das Gesicht. »Wer kann es ihm verdenken?«

»Na ja, dank dir haben wir einen Multimillionär als Mandanten. Da könnte Holden schon irgendwie dankbar sein.«

»Ich habe mich seinen Anweisungen widersetzt. Von daher … keine Ahnung.« Sarahs Miene verfinsterte sich, und sie stopfte sich den Rest vom Keks in den Mund. Stone war ihr Mandant gewesen, und Mr Holden hatte nach einem Vorfall mit der Presse klargemacht, dass er keine private Beziehung seiner Angestellten mit Mandanten duldete. Aber Sarah hatte sich nicht gegen ihre Gefühle wehren können.

Sarahs und Stones Geschichte gab mir einen kleinen Funken Hoffnung, dass es die große Liebe doch gab.

Prompt wanderten meine Gedanken erneut zu Parker und ließen meinen Magen beunruhigend grummeln.

In unserem Unternehmen herrschten strenge Regeln. Wir waren einer der Top-Kanzleien weltweit. Wir vertraten große Firmen, namhafte Einzelpersonen, und die Bewerber für einen neuen Posten standen quasi Schlange. Unerwünschtes Verhalten wurde recht schnell sanktioniert. Jeder von uns war ersetzbar. Deswegen herrschte oftmals ein rüder Ton unter den

Angestellten. Umso erleichternder war es, dass ich Sarah gefunden hatte. Von Anfang an hatten wir zusammengehalten und uns gemeinsam durchgeboxt. Doch sie würde mir auch nicht wirklich helfen können, wenn Mr Holden irgendwie herausfand, dass ich etwas mit dem Vertreter der Gegenseite gehabt hatte.

»Alles in Ordnung bei dir?«, fragte Sarah und musterte mich stirnrunzelnd. »Du wirkst heute irgendwie … so reserviert. Liegt dir was auf der Seele?«

Und ob es das tat. Ich dachte, ich hätte mir mit meiner Schwester bereits die größte Last von der Seele geredet. Anscheinend war ich noch nicht so ganz durch damit. Andererseits war Sarah mit Parker befreundet, und ich wollte sie nicht in eine unangenehme Situation bringen.

Ich winkte ab. »Ach, ist nur der neue Fall.«

»Magst du darüber reden? Das ist bereits der zweite, der dich so beschäftigt. Ich mache mir beinahe Sorgen um dich.«

Die Entscheidung wurde mir abgenommen, als ein Kollege aus der Steuerabteilung in die Küche geschlendert kam.

»Später vielleicht«, raunte ich Sarah zu. Dann fiel mein Blick auf meine Armbanduhr. »O Mist, ich habe gleich Abteilungsmeeting.«

Wir verließen gemeinsam die Küche, und ich eilte noch schnell in mein Büro, um mein iPad zu holen. Das wöchentliche Zusammentreffen der Familienrechtler diente vor allem dazu, dass wir uns gegenseitig auf dem Laufenden hielten, was unsere Fälle betraf. Theoretisch sollte das sogar dafür sorgen, dass wir uns gegenseitig vertreten konnten, wenn einer mal ausfiel.

Etwas nervös betrat ich den Konferenzraum und wurde sogleich von einem Anwalt, zwei Anwältinnen, zwei Assistentinnen und einem Praktikanten angestarrt.

»Tut mir leid für die Verspätung«, sagte ich und eilte an meinen üblichen Platz. Der Stuhl am Kopfende des Tisches blieb frei. Ich wollte nicht den Eindruck erwecken, über den anderen zu stehen. Meine Aufgabe war lediglich, die Meetings ein wenig zu strukturieren.

Mr Ming hatte mir einen kurzen Katalog mit Fragen zukommen lassen, die es heute zu klären galt. Im Anschluss sollte ich die Ergebnisse des Meetings zusammenfassen. Ich war also eher eine Moderatorin und Protokollantin als eine Leiterin des Ganzen.

Mona schien das anders zu sehen. Sie betrachtete pikiert ihre Armbanduhr und hob die dunklen Brauen, sagte aber nichts.

Casper hingegen winkte ab. »Schon gut, sind ja nur ein paar Minuten.«

Mona und Casper waren etwa in meinem Alter. Während ich mit Casper gut auskam, sah mich Mona eher als Konkurrentin.

Mrs Bones war die erfahrenste Anwältin von uns, beschäftigte sich allerdings im Moment mehr mit ihrem Handy als mit meinem Erscheinen.

Lara und Susanne, die Assistentinnen, betrachteten mich neugierig, während Joseph, der Praktikant, nervös mit dem Kugelschreiber klickte.

Ich lächelte ihm aufmunternd zu und schaltete das iPad ein. »Also, dann wollen wir mal. Mr Ming hat mir ein paar Stichworte zukommen lassen. Wie immer erzählt jeder von seinem aktuellen Fall und dem Stand der Dinge. Joseph, wärest du so nett, das Protokoll zu führen?«

Dem jungen Mann fiel vor Schreck der Kugelschreiber aus der Hand. »Natürlich, Ms Hobbs.«

»Vielen Dank. Mrs Bones, möchten Sie vielleicht beginnen?«

Die Kollegin nickte und berichtete eher gelangweilt von ihrem aktuellen Sorgerechtsfall, was mich verwunderte. Denn bisher hatte ich sie als engagierte Anwältin erlebt. Ob es an mir lag, dass ihre Motivation zu wünschen übrig ließ? Schnell verdrängte ich den Gedanken und versuchte, mich auf den Inhalt ihres Vortrages zu konzentrieren und nicht darauf, wie sie ihn vorbrachte. Im Anschluss erzählten auch die anderen von ihren Fällen.

Wir besprachen einen eher schwierigen Fall einer Scheidung, die Casper und Mona gemeinsam bearbeiteten. Es sah ganz so aus, als würde die Sache vor Gericht landen. Wir entschieden also, dass wir die Prozessabteilung unterrichten und deren Meinung dazu einholen würden.

Außerdem merkte Lara an, dass einer von Monas Mandanten die letzte Honorarabrechnung noch nicht gezahlt hatte, obwohl er bereits angemahnt worden war. Das war eine heiklere Angelegenheit, denn nun mussten wir klären, ob *Black & Chase* den Fall weiter bearbeiten würde oder das Mandat niederlegte. Die Entscheidung erforderte in jedem Fall Rücksprache mit Mr Ming, und ich machte mir eine entsprechende Notiz. Wir würden ihm ohnehin das Protokoll zukommen lassen, sobald es fertig war. Zudem stand ein Videocall an, in dem ich ihn auf dem Laufenden halten sollte.

Am Schluss stellte ich meinen eigenen Fall vor, wobei ich mich auf die gröbsten Infos beschränkte. Außer, dass der Mandant in meinen Augen etwas eigensinnig schien, konnte ich noch nicht viel berichten.

Nach dem Meeting atmete ich erleichtert durch. Das hatte überraschend gut geklappt.

Doch als Mona an mir vorbeiging, warf sie mir ein schnippisches »Toll gemacht, Miss Abteilungsleiterin« zu, das ganz und gar nicht ehrlich klang.

Susanne, die schon seit vielen Jahren als Assistentin in der Kanzlei arbeitete, sah ihr kopfschüttelnd nach. Wir waren die Letzten im Raum und sie fing an, die Kaffeetassen zusammenzuräumen. Ich half ihr dabei und nahm mir vor, die anderen beim nächsten Mal daran zu erinnern, dass sie gefälligst ihre Tassen selbst mitnahmen.

»Danke für die Hilfe«, sagte Susanne lächelnd.

»Gerne. Die anderen hätten ihre Tassen ruhig selbst mitnehmen können.«

»Manche Menschen denken nicht an solch einfache Dinge.« Sie zwinkerte mir zu. »Ich finde übrigens, dass Sie das wirklich gut gemacht haben, Ms Hobbs. Hören Sie nicht auf das, was Ms Brown sagt. Sie ist nur eifersüchtig, weil der Boss nicht sie gefragt hat.«

Da mochte sie recht haben, aber ich äußerte mich lieber nicht zu den Eigenarten von Mona Brown. So gut kannte ich meine Kollegin nicht. Wir hatten nur in den wöchentlichen Meetings miteinander zu tun und hielten ansonsten Abstand.

Zurück in meinem Büro beantwortete ich einige E-Mails, unter denen auch ein Terminwunsch für eine Erstberatung war. Ich entschied, dass ich den Fall Mona übergeben würde. Vielleicht war sie ja gar nicht so schlimm, wenn wir uns besser kennenlernten.

Die entsprechende Mail war kaum zwei Minuten weg, da antwortete mir meine Kollegin bereits mit dem Hinweis, dass sie von mir keine Aufgaben entgegennehmen würde, nur von Mr Ming. Außerdem sei sie mit ihren aktuellen Fällen ausgelastet.

Kurz überlegte ich, ob ich ihre Mail einfach an unseren Vorgesetzten weiterleiten sollte. Dann beließ ich es dabei. Ich wollte ihm gegenüber nicht den Eindruck erwecken, ich hätte die Lage nicht im Griff. Stattdessen fragte ich bei Caspar nach, ob er freie Kapazitäten hatte. Er schrieb mir, dass es kein Problem sei und er den Fall übernehmen könne.

Na also, ging doch.

Wirklich wohl fühlte ich mich allerdings noch nicht in meiner neuen Rolle als stellvertretende Abteilungsleiterin. Entsprechend froh war ich, als ich mich wieder auf Mr

Charleston und dessen dubioser Vorstellung davon, was man seiner Ex-Frau vom Vermögen abgab, konzentrieren konnte.

Parker würde mich für verrückt erklären, wenn er das Schreiben las, das ich verfasst hatte. Dabei konnte es mir doch egal sein, was er von mir hielt. Ich war die Anwältin der Gegenseite. Ich musste das Bestmögliche für meinen Mandanten herausholen. Und ich war ziemlich sicher, dass er genauso handeln würde.

7. Parker

In unserem Besprechungsraum herrschte eine fast schon erdrückende Stille. Allein das leise Weinen meiner Mandantin war zu hören, als ich den Brief ihres Ehemannes durchlas. Nun, genau genommen stammte der Brief von Gill und war von ihr unterzeichnet. Die Forderungen ihres Mandanten waren nicht nur lächerlich, sondern auch anmaßend.

»Wieso möchte er den Hund an Ihren Sohn übergeben?«

Ich merkte erst, dass ich die Frage laut ausgesprochen hatte, als meine Klientin laut aufschluchzte.

Meine Chefin, die dieses Mal ebenfalls bei dem Gespräch dabei war, sprang erklärend ein, während sie ihrer Freundin tröstend über die Schulter streichelte. »Jasper ist ein kostbarer Rassehund. Emily hat viel Zeit und Mühe in das Tier gesteckt. Er hat auf Ausstellungen zahlreiche Preise gewonnen.«

Es war immer noch etwas merkwürdig, Helena so reden zu hören. Nochmals las ich die Zeilen durch, die Gill verfasst und im Namen ihres Mandanten unterzeichnet hatte. Die Formulierung war klar und elegant zugleich. Sie war sehr darauf bedacht, nicht allzu viele juristische Floskeln zu verwenden, was ich gut fand, dann hier ging es um zwei Privatleute und nicht um einen Geschäftsdeal. Menschen sollten schon verstehen, was man von ihnen wollte. So sah ich das zumindest und Gill offensichtlich ebenfalls.

Schmunzelnd betrachtete ich ihre fein geschwungene Unterschrift. Auch wenn mir unsere letzte Begegnung vor drei Tagen noch immer schwer im Magen lag, freute ich mich darauf, sie wiederzusehen. Ich war gespannt darauf, wie sie als

Anwältin agierte. Wenn sie den Kampf mit mir unbedingt haben wollte, würde ich ihr den Fight ihrer Karriere bieten.

»Sie werden Jasper bekommen«, versicherte ich meiner Mandantin. »Wir gehen nun gemeinsam die Liste durch, welche uns die Gegenseite hat zukommen lassen. Sie sagen mir, was davon Sie für sich beanspruchen, und ich werde dafür sorgen, dass Sie diese Dinge bekommen, Mrs Charleston.«

»Das ist so freundlich von Ihnen.« Meine Mandantin klang noch immer leidend, doch sie schaffte es, ein wenig zu lächeln, während mir Helena beipflichtend zunickte.

Ich verabschiedete mich, da meine Chefin und ihre Freundin zu einem gemeinsamen Essen verabredet waren.

In meinem Büro setzte ich mich an die To-do-Liste mit Dingen, die ich für das Mandat abzuarbeiten hatte. Zum einen hatte Mrs Charleston weitere Wertgegenstände genannt, die in der Gesamtaufstellung ihres Ehemannes fehlten. Zum anderen wünschte sie, dass wir gemeinsam mit der Gegenseite einen Termin zur Ortsbesichtigung in ihrem Zuhause in Oxfordshire abhielten. Dort sollte alles Weitere besprochen werden.

Es dauerte einige Zeit, bis ich alles zusammengefasst hatte und schließlich eine E-Mail an Gill verfasste. Dabei blieb ich ohne große Mühe sachlich und rational. Sie war niemand anderes als die Vertreterin der Gegenseite. Genauso würde ich sie behandeln. Ganz gleich, was sie gedacht hatte, als sie mir ihre Entscheidung mitteilte, mich nicht weiter sehen zu wollen. Ich war durchaus in der Lage, Privates vom Geschäftlichen zu trennen. Niemals nahm ich persönlich, was die Gegenseite vorzubringen hatte. Selbst wenn die Forderungen noch so abstrus waren. Meine Mandanten waren oft sehr emotional. Sie verdienten, dass jemand für sie einen kühlen Kopf bewahrte. Darin war ich gut. Sehr gut sogar.

Das Wochenende stand ganz im Zeichen der Geburtstagsfeier

meiner ältesten Schwester. Sie feierte am Samstagabend ihren vierzigsten im eigenen Garten. Glücklicherweise hielt das Wetter, und ich hörte bereits lautes Kindergeschrei, als ich mich dem Haus näherte, was bedeutete, dass meine anderen beiden Schwestern und ihre Kinder ebenfalls schon dort waren.

»Parker!«, wurde ich von meinem Schwager stürmisch begrüßt. Er war ein Bär von einem Mann mit Vollbart und beginnendem Bauchansatz, doch sein Gesicht wirkte gerade nicht sehr entspannt. »Gott sei Dank bist du hier. Hast du an die Torte gedacht?«

Ich hob den kaum zu übersehenden Karton der Konditorei an, den ich auf dem Weg noch abgeholt habe.

»Prima, bring ihn schnell in die Küche, bevor Ashley ihn sieht.«

Er hatte die Torte extra für meine Schwester anfertigen lassen, und es sollte eine Überraschung sein.

Ich nickte ihm zu, bevor ich mich auf den Weg ins Haus machte. In der Küche traf ich schließlich auf meine Mutter, die eifrig damit beschäftigt war, Gläser mit einem Tuch auszuwischen. Sie trug ein lindgrünes Leinenkleid, und ihr hellbraunes Haar war zu einer eleganten Frisur aufgesteckt.

»Hey, Mum, solltest du nicht draußen bei deinen Töchtern und Enkelkindern sein?«

»Hallo, mein Lieber.« Sie stellte sich auf die Zehenspitzen und gab mir einen dicken Kuss auf die Wange. Ihre honigbraunen Augen strahlten vergnügt. »Die Gläser sind im Keller leider etwas angestaubt. Ich gehe deiner Schwester doch nur ein wenig zur Hand.«

Ich verkniff mir jeglichen Kommentar und schlenderte stattdessen grinsend zum Kühlschrank, in dem sich jedoch bereits Schüsseln mit Salaten und Dips stapelten. Jeder hatte etwas mitgebracht. So war es immer bei uns, und in der Folge hatten wir meistens viel zu viel Essen.

»Lass die Torte auf der Kücheninsel stehen«, schlug Mum vor. »Und dann hilf mir mit den Gläsern.«

Ich schnappte mir ein weiteres Küchentuch und wischte mit ihr die Gläser aus.

»Wie geht es dir, Parker? Du siehst etwas blass aus. Gehst du auch an die frische Luft? Du arbeitest sicher viel zu viel.«

»Mir geht es prima.« Ich lächelte sie liebevoll an. Mum würde wohl nie aufhören, sich um mich zu sorgen. »Und wie steht es um das Haus? Hast du schon nette Freundinnen gefunden?«

Meine Eltern waren im Winter nach Cornwall gezogen, um dort ihren wohlverdienten Ruhestand zu verbringen.

»Besuch uns doch mal an einem Wochenende. Dann kommst du raus aus der stickigen Stadtluft.«

Ich zwinkerte ihr zu. »Das werde ich gerne tun, sobald ich die Zeit dazu finde.«

Im nächsten Moment kam meine älteste Nichte in die Küche geschlendert, wobei sie den Blick auf ihr Handy gerichtet hielt.

»Hey, Flo«, begrüßte ich sie. »Was gibt es Neues?«

Sie sah verwirrt auf. »Oh, hi, Onkel Parker. Es gibt nichts Neues. Alles beim Alten.« Sie verzog das Gesicht. »Leider.« Dann seufzte sie so tief, als läge die ganze Last der Welt auf ihren jugendlichen Schultern. »Dad schickt mich, damit ich Becher für die Kids hole.«

Meine Mutter wollte schon auf einen Hocker steigen, doch ich hielt sie davon ab. »Lass mich das machen.«

Ich kannte mich in der Küche bestens aus. Sie war urig eingerichtet mit einem alten Ofen, der durch Gas betrieben wurde, einem hellbeigen Fliesenboden, der viel auszuhalten hatte, und Küchenmöbeln aus hellem, robustem Holz. Und in einem der Geschirrschränke befanden sich auch die Becher. Ich holte sie heraus und reichte sie an meine Nichte weiter.

In diesem Augenblick kam meine mittlere Schwester in die

Küche geeilt. Sie war genauso zierlich wie unsere Mutter und trug heute ein geblümtes Kleid, in dem sie wie eine Prinzessin aussah. »Wo bleiben denn die Gläser und die Becher? Oh, hi, Parker, kannst du die Sektflaschen aus dem Kühlschrank mitbringen?«

»Hi, Polly, und ja, gerne.«

»Mama, ich muss aufs Klo!«, ertönte es da hinter meiner Schwester. Ihr jüngster Sohn war ihr anscheinend hinterhergelaufen.

Polly hatte jedoch bereits die Hände voller Gläser.

»Ich mach das«, bot ich an und schnappte mir meinen kleinen Neffen.

»Danke«, rief Polly mir zu und eilte wieder aus der Küche.

»Wie alt bist du jetzt eigentlich?«, fragte ich Jo, der vergnügt darüber lachte, dass ich ihn mir einfach unter den Arm geklemmt hatte.

»Drei. Und du?«

»Dreiunddreißig.«

»Boar, das ist alt.«

»Stimmt. Aber meine Haare sind noch nicht weiß.«

»Dann bist du kein Opa.«

»Kluger Junge.« Wir waren vor dem Badezimmer angekommen und ich ließ meinen Neffen behutsam runter. »Kommst du da drin allein klar?«

»Du musst mir den Hintern abwischen, wenn ich fertig bin.« Er eilte hinein und knallte die Tür hinter sich zu. Dann überlegte er es sich anders und lugte noch mal hinaus. »Nicht reinkommen. Erst, wenn ich rufe.«

»Also schön, ich warte hier.«

Die Tür wurde wieder zugeknallt, und ich lehnte mich an die Wand, amüsiert vor mich hingrinsend. Es war nicht das erste Mal, dass ich diesen »Job« übernahm. Meine Schwestern hatten insgesamt sieben Kinder, und ich hatte oft genug den

Babysitter gespielt, um mich mit sämtlichen Kinderangelegenheiten vom Säuglingsalter bis zum Teenager zu beschäftigen.

Sollte ich eines Tages selbst Kinder in die Welt setzen, so war ich bestens vorbereitet. Glaubte ich zumindest. Aber dazu brauchte ich erst einmal die richtige Partnerin.

Sofort huschten meine Gedanken zu Gill.

Verdammt.

Ich hatte es bisher nicht geschafft, sie aus dem Kopf zu bekommen. Wie auch? Ich las ständig ihren Namen und musste mir überlegen, wie ich gegen sie im Job vorging. Es würde wohl eine Weile dauern, bis mein Herz akzeptierte, dass ich Gill nicht haben konnte … dass Gill mich nicht wollte.

Mit Kind und Sektflaschen kehrte ich zurück in den Garten. Ich hatte Jo eine Flasche Saft in die Hand gedrückt, damit er ebenfalls etwas zum Tragen hatte.

Draußen herrschte großes Gewusel. Meine mittleren Neffen und Nichten spielten Fangen. Mum und Ashleys Mann machten die letzten Handgriffe am Büfett, während das Geburtstagskind von unseren Schwestern umringt war. Dad und meine anderen beiden Schwager standen am Grill, auf dem schon die ersten Köstlichkeiten brutzelten. Einige davon waren ganz sicher *Boerewors*, die würzigen Bratwürste aus Simbabwe, der Heimat meines Dads.

Ich nahm mir den Moment, um das Familienleben in mich aufzusaugen. Das hier war mein Erholungsort. Nicht der Garten meiner Schwester, sondern meine Familie. Die gesamte laute, verrückte liebenswürdige Familie. Bei all den Streitereien und familiären Katastrophen, die ich in meinem Beruf erlebte, war das hier der Beweis dafür und die Erinnerung daran, dass Zusammensein und Partnerschaft funktionieren konnten. Auch wenn nicht alles immer perfekt war oder es zu Meinungsverschiedenheiten kam: So sah die wahre Liebe aus, nicht das, was Hollywood uns verkaufen wollte.

Jo hatte die Saftflasche inzwischen zu seiner Oma gebracht, die sie freudestrahlend entgegennahm. Dann richtete sich ihr Blick auf mich, und ein verräterisches Glänzen lag in ihren dunklen Augen.

»Ich weiß, was du sagen willst«, flüsterte ich, als ich an ihrer Seite war.

»Du wärest ein wundervoller Vater.«

Ich seufzte tief. »Vielleicht hat mir das Schicksal einfach zugedacht, dass ich nur ein wundervoller Onkel bin.«

»Nur?« Ashley hatte meine Worte gehört. »Du bist der beste Onkel. Ohne dich wäre ich schon oft genug durchgedreht.«

Meine Schwester trug zu ihrem Ehrentag ein langes dunkelrotes Kleid, das perfekt ihre Kurven umspielte. Dazu hatte sie ihre dunklen Locken hochgesteckt, was sehr elegant aussah. Sie nahm mir eine der Sektflaschen ab, und ich schloss sie in eine feste Umarmung.

»Happy Birthday, Schwesterherz.«

»Danke, mein Kleiner.«

Ich lachte amüsiert. Ashley war einen Kopf kleiner als ich. Aber weil sie sieben Jahre älter war, nahm sie sich das Recht heraus, mich so zu nennen, was ich mittlerweile akzeptierte. Als Teenager hatte ich das noch ganz anders gesehen.

Polly gesellte sich zu uns und begann damit, Sekt in die Gläser einzuschenken. »Ich habe da diese Bekannte«, eröffnete sie mir. »Sie ist wirklich eine furchtbar nette Person. Sie arbeitet in dem Kindergarten, in den Jo geht. Soll ich dir ihre Telefonnummer geben?«

»Ähm, nein, danke. Ich habe momentan echt viel zu tun und kaum Zeit, mich privat zu treffen.«

Ashley hielt mir einen Zeigefinger vor die Nase. »Du musst dir die Zeit einfach nehmen. Sonst ist sie an dir vorbeigerauscht, und ehe du dich's versiehst, bist du alt und deine Eier schrumpelig.«

Ich prustete amüsiert los, während Mum einen entrüsteten Laut von sich gab.

»Lasst den Armen in Ruhe.« Candice, meine jüngere Schwester, eilte zu meiner Rettung herbei. Sie nahm ein Glas Saft entgegen und prostete mir damit zu. »Er hat doch gerade erst in dieser neuen Kanzlei angefangen. Und welche Frau auch immer sein Herz eines Tages erobern wird, muss schon ganz besonders sein.«

»Stimmt«, pflichtete ihr Mann Jim bei, der den jüngsten Spross der Familie auf dem Arm trug, den drei Monate jungen Jasper.

»Lasst uns auf Ashley anstoßen«, nahm ich allen den Wind aus den Segeln. »Über mein Privatleben könnt ihr euch noch später den Kopf zerbrechen.«

Und das taten sie. Trotzdem wurde es eine fröhliche Party. Ein paar Freunde meiner Schwester stießen ebenfalls dazu.

Aber ein Gedanke ging mir nicht mehr aus dem Kopf: Wenn doch nur Gill hier wäre. Meine Familie war ein wichtiger Teil von mir. Und ich war ganz sicher, dass sie sich hier wohlfühlen würde.

Ich war wirklich ein Idiot. Hätte Gill tatsächlich Interesse daran gehabt, mich weiter kennenzulernen, hätte sie diesen harten Schlussstrich nicht gezogen.

8. Gillian

In der Einfahrt des großen Anwesens, das sich vor mir erhob, hatten sicher zehn Fahrzeuge Platz. Derzeit befanden sich drei dort: ein dunkelblauer Tesla, ein schwarzer Vauxhall und ein silberfarbener Volvo, an dessen Kennzeichen abzulesen war, dass es sich hierbei um einen Mietwagen handelte.

Immer noch staunend parkte ich meinen Mini Cooper neben dem Mietwagen, schnappte mir meine Handtasche und stieg aus. Meine Schritte knirschten auf dem hellen Kies.

Erst jetzt bemerkte ich, dass Parker mit verschränkten Armen neben einem rot blühenden Rosenstrauch am Eingang stand.

Mein Herz setzte für einen Moment aus. Wie schaffte es dieser Mann, jedes Mal so umwerfend gut auszusehen? Der dunkelgraue Anzug saß perfekt und betonte die breiten Schultern. Sein schwarzer Dreitagebart wirkte gepflegt, und in seinen dunklen Augen lag ein schelmisches Glitzern, während er beobachtete, wie ich mich der Eingangstür näherte.

»Ist niemand zu Hause?«, fragte ich und griff bereits nach dem altertümlichen Türklopfer.

»Guten Tag auch dir, Frau Kollegin. Wundervolles Wetter hier in Oxfordshire, nicht wahr?«

Automatisch richtete ich den Blick gen Himmel. Dunkle Wolken waren aufgezogen, und zum Schutz gegen die unsommerliche Brise hatte ich mir eine dunkelrote Strickjacke über das Etuikleid gezogen. Ich rollte die Augen so, dass er es sehen konnte. Es war klar, dass Parker mich auf den Arm nehmen wollte, weil ich ihn nicht standesgemäß begrüßt hatte. Doch damit würde er mich nicht aus der Ruhe bringen. Entschlossen betätigte ich den Türklopfer.

»Es macht niemand auf. Oder denkst du, ich wäre noch nicht auf die Idee gekommen, es selbst zu versuchen?«

Ich beschloss, seine schnippischen Worte weiterhin zu ignorieren. Wir hatten uns doch wohl nicht beide im Wochentag vertan? Der Termin war für Mittwoch vereinbart, und heute war eindeutig Mittwoch. Vielleicht befanden sich die Herrschaften hinter dem Haus? Ich ließ meinen Blick über das wundervolle Gebäude aus rotem Backstein gleiten. Die Fensterrahmen waren weiß gestrichen, die Tür in dunklem Rot. Und ein Weg führte an Parker und dem Rosenstreich vorbei.

Ich warf mir eine Haarsträhne hinter die Schulter, die der Wind nach vorn gepustet hatte, und stemmte eine Hand in die Hüfte. »Dürfte ich mal vorbei?«

Übertrieben verbeugte er sich vor mir. »Sicher doch, Mylady.«

Noch ein freches Wort und ich würde ihm gegen das Schienbein treten. Ich hätte besser damit umgehen können, wenn er kalt und abweisend zu mir gewesen wäre. Aber dieser neckende Ton nagte an mir, brachte etwas in mir zum Schwingen.

Kopfschüttelnd ging ich an ihm vorüber. Dabei berührte seine Hand zufällig die meine, und ein wohliger Schauer lief mir über den Rücken. Nein, das durfte nicht sein. Ruckartig zog ich meine Hand zurück.

»Hast du dich an den Rosendornen gestochen?«, fragte er dreist nach.

Ich ignorierte ihn und ging den schmalen Pfad entlang, über den man zu einem kleinen weiß gestrichenen Törchen kam. Der metallene Zaun war von weiteren Rosen umrankt und bildete so eine hübsche Absperrung zum Garten, der sich dahinter verbarg. Von irgendwo dort vernahm ich Stimmen.

Irgendjemand war in ein hitziges Wortgefecht verstrickt. Kein Wunder, dass man uns nicht bemerkte.

»Mr Charleston?«, rief ich über das Törchen hinweg. »Mr Parker und ich sind hier.« Ich legte meine Hand auf den Türgriff und drückte ihn nach unten.

Doch kaum hatte ich das Törchen geöffnet und einen ersten Schritt in den Garten getan, sprang etwas Großes, Schweres auf mich zu.

Japsend kippte ich nach hinten, wo glücklicherweise Parker direkt zur Stelle war und mich auffing.

Währenddessen versperrte mir ein Bündel Fell die Sicht, und ein nasser Waschlappen fuhr durch mein Gesicht.

»Jasper! Schluss!«

Erst nach einem weiteren Schlecken über mein Gesicht, bei dem meine Brille dran glauben musste, ließ das Ungetüm von mir ab.

Parker hielt mich weiterhin fest.

»Geht es?«, flüsterte er, diesmal ohne jeden Schalk in der Stimme, sondern ehrlich besorgt.

Ich befreite mich aus seinem Griff und strich mein Kleid glatt. Ohne Brille sah ich leicht verschwommen, weswegen ich sofort in die Hocke ging und nach ihr suchte.

Parker kniete sich ebenfalls hin und reichte mir meine Brille. »Hier. Sie ist noch ganz. Glück gehabt.«

Ich nahm die Brille an mich und setzte sie schnell auf. Nachdem ich aufgestanden war, schaute ich an mir herunter und bemerkte, dass zwei Pfotenabdrücke auf meiner Strickjacke prangten. Der Verursacher saß hechelnd neben einem jungen Mann, den ich etwa auf mein Alter schätzte, also um die dreißig. Er hielt ein riesiges Monstrum von Hund mit sehr viel braun-schwarzem Fell am Halsband, das so breit war wie mein Handgelenk.

»Tut mir schrecklich leid. Jasper liebt Besucher, ganz rasseuntypisch.« Seine Stimme klang auf angenehme Weise charmant. Er trug eine Jeans und ein hellblaues Hemd, dessen Ärmel er aufgekrempelt hatte.

»Das ist also Jasper.« Parker hatte sich ebenfalls wieder erhoben und verschränkte die Arme vor der Brust. »Ein echtes Prachtexemplar.«

Der Fremde nickte und streckte eine Hand aus. »Ich bin übrigens Collin.«

»Ah, der Sohn«, stellte Parker fest.

Ich ergriff die dargebotene Hand vor ihm.

»Freut mich sehr, Mr Charleston. Mein Name ist Gillian Hobbs, ich bin die Anwältin Ihres Vaters.«

»Freut mich ebenfalls.« Sein Händedruck war fest und angenehm. Für meinen Geschmack hielt er meine Hand einen Moment zu lange fest. Doch sein offenes Lächeln wirkte sympathisch.

»Dann sind Sie sicher Mr Simon«, sagte er und wandte sich meinem Kontrahenten zu.

»Ich vertrete Ihre Mutter«, bestätigte Parker und schüttelte ihm ebenfalls die Hand.

»Die beiden befinden sich im Gewächshaus und streiten. Möchten Sie vielleicht derweil mit hinein in den Salon kommen? Meine Eltern haben der Haushälterin für den Nachmittag freigegeben, aber ich koche einen ganz passablen Tee.«

Das war also die Erklärung dafür, weshalb uns niemand die Tür aufgemacht hatte.

»Tee wäre prima«, sagte ich. Mein Blick fiel erneut auf den riesigen Hund.

Charleston Junior bemerkte es. »Keine Sorge, er wird sich jetzt benehmen, nicht wahr, Kumpel?«

Der Hund hechelte und leckte sich über die Schnauze. Was auch immer das bedeuten mochte. Ich hoffte inständig, er dachte nicht darüber nach, ob es sich lohnte, mich noch einmal abzuschlecken.

Der Sohn des Hauses brachte uns durch eine Terrassentür

in den Salon, einen hell eingerichteten Raum mit hohen Wänden und einer Fensterfront, die vom Boden bis zur Decke reichte.

»Warten Sie kurz, ich bin gleich wieder da. Ich bringe nur schnell unseren kleinen Racker in einen anderen Raum.«

»Ähm, dürfte ich vielleicht die Toilette benutzen?« Ich wollte unbedingt den desolaten Zustand meines Äußeren kontrollieren, bevor ich mich in die Besprechung stürzte.

»Natürlich, wie unaufmerksam von mir. Gleich links am Ende des Flurs.«

Das Drama meines Aussehens hielt sich in Grenzen. Ich hatte mit Schlimmerem gerechnet. Der Spiegel im modernen Gästebad offenbarte, dass lediglich meine Strickjacke unter dem »Angriff« gelitten hatte. Ich zog sie aus und hielt sie unter den Wasserhahn. Leider reichte Wasser nicht aus, um die Flecken zu entfernen.

Seufzend wusch ich mir die Hände und stellte das Wasser ab. Es würde wohl auch ohne Jäckchen gehen. Ich ordnete mein dickes braunes Haar mit den Fingern und zog den Saum meines Kleides zurecht.

»Also gut«, sprach ich meinem Spiegelbild Mut zu. »Auf in den Kampf.«

Als ich wenige Minuten später in den Salon zurückkehrte, saß Parker bereits mit Charleston Junior am langen Esstisch und unterhielt sich angetan mit ihm über Sport, soweit ich das mitbekam. Der Gastgeber hatte eine Kanne Tee, mehrere Tassen und einen Teller mit Keksen bereitgestellt.

Beinahe hätte ich mich automatisch an Parkers Seite gesetzt. Ich bemerkte es noch rechtzeitig und ging auf die andere Seite des Tisches.

Parker grinste und prostete mir mit seiner Teetasse zu.

So anmutig, wie es mir möglich war, setzte ich mich und nahm die von Collin angebotene Tasse entgegen.

»Nehmen Sie Zucker zu Ihrem Tee? Milch?«

»Haben Sie etwas Zitrone?«

»Da müsste ich in der Küche nachsehen.«

Mit einer Handbewegung hielt ich ihn davon ab, aufzustehen. »Nein, bitte machen Sie sich nicht die Mühe. Ein Löffel Zucker, das wäre ausreichend.«

Parker nahm sich einen Keks und kaute hörbar, wobei er mich nicht aus den Augen ließ.

Ich ignorierte ihn und konzentrierte mich auf den Sohn meines Mandanten. »Sie leben also in Irland, Mr Charleston?«

»Ja, in der Nähe von Dublin. Ich habe gerade ein kleines Haus gekauft.« Stolz schwang in seiner Stimme mit.

»Wow, dann planen Sie, länger dort zu leben?«

Er nickte. »Tatsächlich fühle ich mich sehr wohl dort. Ich habe vor ein paar Monaten die Abteilungsleitung in einem IT-Unternehmen übernommen, direkt nach meinem Master-Abschluss. Dublin ist und bleibt der führende Standort in Europa im IT-Sektor. Waren Sie schon einmal drüben?«

»Bisher nicht. Aber Dublin steht noch auf meiner Reise-Liste.«

»Also, falls Sie einen Reiseführer brauchen, sollten Sie mich unbedingt anrufen. Ich zeige Ihnen die Stadt und die coolsten Pubs.«

Parker hüstelte leicht und trank von seinem Tee.

»Oh, haben Sie sich etwa am Keks verschluckt, Mr Simon?« Ich hoffte, mein Sarkasmus war zu hören.

»Alles gut.« Er winkte ab, seine Miene war ausdruckslos, obwohl in seinen Augen ein leichtes Funkeln lag.

Ich probierte ebenfalls einen der Kekse. Hafer und Honig waren die vorherrschenden Komponenten. Aber ich bemerkte auch eine Note von Zimt. »Sehr lecker«, sagte ich, als mein Mund wieder leer war.

»Freut mich, dass sie schmecken.«

»Haben Sie die etwa selbst gemacht?«

»Doch, in der Tat. Ich habe früher mit meiner Mutter öfter gebacken und tue es heute immer noch gern.«

»Sie müssen mir unbedingt das Rezept verraten, Mr Charleston.«

»Klar! Und nennen Sie mich bitte Collin. Sonst komme ich mir so alt vor.« Er zwinkerte mir zu.

»Gerne. Ich bin Gillian.«

Er seufzte zufrieden, bevor sein Blick auf die Terrassentür fiel. »Es ist wohl Zeit, dass ich mich zurückziehe und mich um die dreckigen Pfoten von Jasper kümmere.« Er erhob sich und nickte erst Parker, dann mir zu. »Hat mich gefreut. Ehrlich gesagt beneide ich Sie beide nicht um Ihre Aufgabe, die beiden bei ihrer Scheidung zu helfen. Sie zanken sich wie zwei wildgewordene Hähne.«

»Es tut mir leid, dass Sie das so miterleben müssen.«

»Ach, in meiner Jugend habe ich es mir sehr zu Herzen genommen, dass sie oft unterschiedlicher Meinung waren. Heute denke ich, es ist das Beste, wenn die beiden getrennte Wege gehen. Besser für unser aller Nervenheil.«

In diesem Moment öffnete sich die Tür, und besagte Streithähne betraten den Salon.

Collin zwinkerte mir zu und eilte aus dem Salon.

Ganz sicher wusste er, was für ein Sturm uns hier erwartete.

9. Parker

Genoss ich es, sie zu necken? Viel zu sehr. War das fair? Keinesfalls. Aber ich konnte erkennen, wie sehr sie darum bemüht war, ihre Fassung zu wahren, und ich brannte darauf, zu erfahren, wie es war, wenn ihre mühevoll aufgebaute Beherrschung zerbrach.

Allerdings musste ich darauf achten, mich nicht zu sehr darin zu verlieren. Ich war immerhin hier, um meinen Job zu tun und meiner Mandantin den bestmöglichen Deal zu sichern.

Diese kam aufgelöst in den Salon gestürmt, in Begleitung ihres Noch-Ehemannes, der mich eher kühl musterte, während er sich an Gills Seite gesellte.

»Mr Simon, es tut mir so leid, dass Sie warten mussten!«

Ich drückte die Hand von Mrs Charleston fest genug, um ihr Zuversicht zu vermitteln. »Keine Sorge, Ihr Sohn hat uns bestens begrüßt.«

Sie stellte mir ihren Mann vor, und Gillian stellte sich selbst vor. Sobald der Förmlichkeit Genüge getan war, setzten sich die Kontrahenten, und meine Mandantin legte wieder los.

»Mein Mann ist wirklich an Unhöflichkeit nicht zu überbieten. Er hat mit mir im Gewächshaus so lange diskutiert, dass wir die Zeit vergessen haben.«

Mr Charleston gab ungerührt etwas Zucker in seinen Tee. »Du hast genauso diskutiert. Über den Spinat. Eine äußerst wichtige Angelegenheit.«

»Würdest du dich auch nur ein bisschen für die Vorgehensweisen in diesem Haus interessieren, wüsstest du, dass es durchaus wichtig ist, welches Gemüse wann und wo hingepflanzt wird!«

»Dafür habe ich einen Gärtner, der sich den Kopf zerbrechen kann. Meinen eigenen zerbreche ich mir lieber über wichtige Dinge.«

Gill und ich wechselten beunruhigte Blicke. Wobei ich nicht wusste, ob ich nicht demnächst einen Lachanfall bekäme. Erst der Hund und jetzt Spinat. Es benötigte meine ganze Erfahrung als Anwalt, um mich beherrschen zu können. Für meine Mandantin war es nämlich nicht lustig, sondern bitterer Ernst.

»Lassen Sie uns doch die Vermögensaufstellung besprechen«, schlug Gill vor und nahm ein iPad aus ihrer Tasche. Sie hatte mir die Excel-Tabelle zukommen lassen. Vorausschauend hatte ich diese im Büro ausgedruckt und gab nun ein Exemplar an meine Mandantin weiter, damit sie mitlesen konnte.

Mr Charleston runzelte die Stirn. Ich schob ihm ebenfalls ein Exemplar zu. Es war niemandem geholfen, wenn wir den Überblick verloren.

»Ich möchte lebenslanges Wohnrecht in diesem Haus«, platzte meine Mandantin heraus. »Es gehört genauso mir wie dir.«

»Es wurde von meinem Geld bezahlt«, gab der Ehemann kühl zurück.

»Von dem Geld, was du nur verdienen konntest, weil ich mich um unser Privatleben und unsere Familie gekümmert habe.«

»Du meinst, wie du dir recht viel Mühe gegeben hast, mein Geld so schnell auszugeben, dass ich mit dem Verdienen kaum hinterherkam.«

»Ich hab unser Haus damit eingerichtet! Wolltest du etwa auf dem Boden schlafen? Du hast mir freie Hand mit der Einrichtung gelassen!«

Ich räusperte mich und legte meiner Mandantin beruhigend eine Hand auf den Unterarm. »Mr Charleston, es ist absolut inakzeptabel, dass Sie Mrs Charleston kein Wohnrecht zugestehen wollen. Sie besitzen gemeinsam drei Häuser. Im Grunde würden Sie es doch verschmerzen, wenn Sie eines davon Ihrer Ehefrau ganz überschreiben.«

»Sie gehören mir. Ich habe hart dafür gearbeitet. Ich allein entscheide, was mit den Häusern geschehen soll.« Mr Charlestons Miene wirkte kalt. Er war das genaue Gegenteil von meiner emotionalen Mandantin.

»Du willst mich wirklich einfach auf die Straße setzen?« Mrs Charleston schluchzte und zog ein Taschentuch aus ihrer Hosentasche.

»Mein Mandant ist als alleiniger Eigentümer der Häuser in den Grundbüchern eingetragen«, erklärte Gill nun geschäftsmäßig. »Es scheidet daher aus, dass eines der Häuser an Mrs Charleston überschrieben wird.«

Das konnte sie doch nicht ernst meinen. Wie herzlos konnte man sein, seine jahrelange Gefährtin einfach so auf die Straße zu setzen?

»Zumindest über ein lebenslanges Wohnrecht dürfte zu verhandeln sein«, entgegnete ich. »Sie kommen vor keinem Gericht dieser Welt damit durch, dass Mrs Charleston ohne Obdach bleibt.«

Gill schob uns eine Berechnung zu, die ich bisher nicht kannte. »Hier sehen Sie eine Aufstellung, der Sie entnehmen können, in welcher Höhe Mrs Charleston in den letzten Jahren unnötige Ausgaben getätigt hat. Mehrere Wochen Aufenthalte in Wellness-Hotels, Teilnahmen an Tennis-Events, mehrere Urlaube in Florida, in Thailand und zuletzt in Dubai. Ohne meinen Mandanten, wohlgemerkt. Sie hätten gemeinsam Urlaub machen können, und wenn Ihre Mandantin unbedingt eine Auszeit allein gebraucht hat, dann hätte sie auch das Haus an der Riviera dazu nutzen können. Ihre Mandantin hat sich von dem Einkommen ihres Ehemannes Luxus über Maßen gegönnt. Der Wert eines der Häuser ist damit aufgerechnet.«

Mir fiel die Kinnlade runter und ich kratzte mich am Kinn, um meine Reaktion auf diese Dreistigkeit zu überspielen. Dreistigkeit von Gill, nicht von meiner Mandantin. Ich würde mit Mrs Charleston jeden dieser Rechnungspunkte prüfen.

»Und dann dieser Hund.« Mr Charleston schüttelte den Kopf. »Er hat dreißigtausend Pfund gekostet. DREISSIGTAUSEND!«

»Jasper ist jeden Pence wert.« Mrs Charleston schnäuzte sich geräuschvoll die Nase. »Er ist ein Goldstück, ein Schatz. Ohne ihn hätte ich die letzten drei Jahre nicht überlebt. Du warst ja kaum zu Hause. Dieser Hund ist mir ein besserer Partner, als du es je warst!«

»Du behandelst ihn wie ein Baby!« Mr Charleston wirkte nun gar nicht mehr so kühl wie zu Beginn unserer Unterhaltung. »Du badest und parfümierst ihn wie eine Puppe. Du schleppst ihn zu Schönheitsausstellungen und Wettbewerben! Das ist Tierquälerei. Du kannst froh sein, dass ich ihn Collin übergebe und nicht dem Tierheim. Selbst da hätte er ein artgerechteres Leben als bei dir.«

Meine Mandantin brach in Tränen aus, und ich übernahm das Reden. »Wie Sie treffsicher geschildert haben, hat sich meine Mandantin aufopferungsvoll um diesen Hund gekümmert. Sie ist seine Bezugsperson. Es wäre wohl eher Tierquälerei, ihm diese zu entziehen.«

»Unsinn.« Gill winkte ab. »Wir haben doch beide gesehen, dass Jasper wunderbar auf Mr Charleston Junior hört. Die beiden haben ebenfalls eine Verbindung zueinander. Es ist also ein sehr vernünftiger Vorschlag meines Mandanten, dass der Hund dem Sohn gehören soll.«

»Wäre der überhaupt einverstanden damit? Er hat sich immerhin ein neues Leben in Irland aufgebaut. Ein Hund ... noch dazu in dieser Größe ... bedeutet eine nicht unachtsame Belastung.«

Ich durchforstete die Aufstellung. Wieso kostete dieser Hund überhaupt ein solches Vermögen? Ich machte mir einen Vermerk am Namen »Jasper«, dass ich das später recherchierte.

»Was ist das eigentlich für eine Rasse? Ein Neufundländer?«

Mrs Charleston schnappte nach Luft. »Jasper ist ein reinrassiger Do Khyi aus Nepal.«

Gill grinste mich triumphierend an, weil ich in dieses Fettnäpfchen getreten war.

Ich räusperte mich und lächelte Mrs Charleston charmant an. »Ein Prachtstück. Kein Wunder, dass er ihnen so wichtig ist und sie so viel Mühe und Zeit in ihn gesteckt haben.«

»Er ist wirklich eine Seele von Hund. Aufgrund seines sanften Wesens und seines einwandfreien Gesundheitszustandes hatte ich bereits Anfragen von Züchterinnen und Züchtern.« Sie deutete mit dem Zeigefinger auf die Nasenspitze ihres Ehemannes. »Womöglich werde ich ebenfalls in die Zucht einsteigen und so mein eigenes Geld verdienen.«

»Nicht, wenn ich das verhindern kann. Wie ich schon sagte, es ist pure Tierquälerei. Diese ganzen Hundeshows und diese Züchterei gehören ohnehin verboten.« Der Mann verschränkte die Arme vor der Brust.

»Nun denn, da kommen wir heute bei diesem Punkt wohl nicht zu einer Einigung«, sagte ich, bevor die Gemüter sich noch mehr erhitzten. »Lassen Sie uns weitermachen.«

Mehrere Stunden saßen wir an diesem Esstisch und gingen Punkt für Punkt durch. Die Eheleute waren sich in keinem einzigen davon einig. Nicht einmal darin, dass die Ehe gescheitert war. Meine Mandantin betonte wiederholt, dass sie doch über alles reden könnten und man eine lange Ehe wie die ihre nicht so einfach hinschmiss. Mr Charleston blieb hartnäckig. Er hatte die Entscheidung zur Trennung vermutlich schon länger mit sich herumgetragen.

Als es allmählich dunkel wurde, entschieden wir, die Besprechung an einem anderen Tag fortzusetzen.

»Das sieht nach einem Gewitter aus«, sagte Gill, sobald wir ins Freie getreten waren. Sie drückte ihre Strickjacke und ihre Tasche fest an sich, um dann zu ihrem Mini Cooper zu eilen.

»Wird sicher nicht so schlimm werden.« Doch als ich den Blick gen Himmel hob, bemerkte auch ich die finsteren Wolken. Der Wind hatte aufgefrischt, zerrte an meinem Jackett und beugte die Bäume, als wären sie aus Gummi.

»Ich fahre vor«, rief ich Gill zu. Wir hatten bis London denselben Weg und der bestand erst einmal aus schmalen Landstraßen.

»Wenn du unbedingt möchtest«, antwortete sie und stieg in ihren Kleinwagen.

Kaum hatte ich das Auto von der Einfahrt auf den Weg gelenkt, brach die Hölle los. Es schüttete so heftig, dass die Scheibenwischer kaum hinterherkamen. Die Scheinwerfer ließen den Regen wie irre Pfeile wirken, die gegen die Fensterscheibe zielten.

Gill fuhr mit ausreichend Sicherheitsabstand hinter mir. Uns begegnete kein einziges Fahrzeug. Die meisten Menschen waren vernünftig genug, bei solch einem Mistwetter daheim zu bleiben. Auf der Straße hatten sich längst kleine Bäche gebildet. Die Reifen des Mietwagens hatten aber genug Grip, dass ich nicht ins Rutschen geriet. Nur im Kreisverkehr und bei einer Abzweigung musste ich langsamer machen. Außerdem behielt ich über den Rückspiegel den Mini im Blick.

In einem dieser kurzen Momente passierte es.

Ich vernahm noch ein lautstarkes Knarzen, und als ich wieder nach vorn sah, kippte direkt vor mir ein Baum auf die Straße. Instinktiv packte ich das Lenkrad fester und bremste, während ich voll auf den Baum zuhielt. *Lieber ein Frontalzusammenstoß, als sich bei einem Lenkmanöver zu überschlagen*, war mein letzter klarer Gedanke.

Dann geschah alles auf einmal. Der Airbag knallte mir ins Gesicht, ich wurde in den Sitz zurückgeschleudert, mein Hinterkopf knallte gegen die Kopflehne.

Das Nächste, was ich wahrnahm, war Gills zauberhaftes Gesicht vor meinem.

»O verdammt, Parker?! Geht es dir gut?!«

Mein Kopf schmerzte, ich hatte einen metallischen Geschmack im Mund, aber ansonsten schien alles in Ordnung zu sein. »Ja«, krächzte ich.

»Kannst du aussteigen?« Sie griff über mich hinweg und löste den Anschnallgurt. Dann packte sie meinen Arm und zog mich aus dem Auto.

Mir war noch ein wenig schwindelig, doch als mir der kühle Regen ins Gesicht prasselte, wurde ich wacher.

»Du wirst ganz nass«, sagte ich.

»Das macht dir am meisten Sorgen?« Sie schüttelte tadelnd den Kopf und hielt zwei Finger in die Höhe. »Wie viele Finger siehst du?«

»Fünf?«

Ihr klappte die Kinnlade runter, und ich lachte.

»Das war ein Scherz. Es sind zwei.«

Grummelnd marschierte sie zu ihrem eigenen Fahrzeug. »Willst du im Nassen stehen bleiben, oder setzt du dich zu mir ins Auto?«

Der Leihwagen war hinüber. Ich war wirklich voll in den Baumstamm gebrettert. Die Front des Autos war zerdrückt, ganz sicher war auch die Achse verschoben. Da musste ich wohl einen Abschleppdienst organisieren. Und bei dem Wetter dauerte es bestimmt eine Weile, bis einer auftauchte.

Also setzte ich mich neben Gill auf den Beifahrersitz. Mein Kopf schmerzte noch leicht, und ich rieb mir den Nacken.

»Wir sollten dich in ein Krankenhaus bringen«, sagte Gill.

»Bei dem Wetter fahren wir erst einmal nirgendwohin«, entgegnete ich. »Ist zu gefährlich.«

Sie nickte. »Hat der Leihwagen eine automatische Unfallmeldung?«

»Hat er.« Ich schloss die Augen und atmete tief durch. »Hoffentlich übernimmt die Versicherung den Schaden«, murmelte ich missgelaunt und fuhr mir durchs tropfnasse Haar.

»Falls nicht: Ich kenne da eine gute Anwaltskanzlei.«

Sie hatte doch wirklich die Dreistigkeit, sich in dieser Situation über mich lustig zu machen. Aber das hatte ich wohl verdient nach all den Sticheleien.

Grinsend öffnete ich die Augen. »Wir werden hier eine Weile festsitzen, vielleicht sollten wir vorübergehend einen Waffenstillstand vereinbaren.«

10. Gillian

Er wollte also einen Waffenstillstand? Aufmerksam musterte ich ihn. Außer der Beule, die sich an der roten Stelle an seiner Stirn bilden würde, schien ihm nichts weiter zu fehlen. Obwohl es mir wirklich lieber gewesen wäre, wenn sich ein Arzt um ihn kümmern würde.

»Klar, lassen wir die Waffen ruhen, bis der Sturm vorüber ist«, stimmte ich zu.

»Ist das ein Filmzitat?«

»Falls ja, dann versehentlich.«

Der Regen prasselte unablässig auf das Dach. Meine Kleidung war fast ganz durchnässt, nachdem ich Parker aus seinem Wagen geholt hatte. Aber ich war unglaublich erleichtert, dass nichts Schlimmeres passiert war. Der Schrecken war mir tief in die Knochen gefahren, als ich den Baum umfallen sah und Parker direkt dagegenprallte. Bei der Erinnerung an diesen furchtbaren Moment wurde mir noch kälter.

»Wir bleiben lieber hier im Wagen, bis der Regen nachlässt«, entschied ich.

»Was anderes wird uns auch kaum übrig bleiben. Wir könnten höchstens zurück zum Anwesen unserer Mandanten fahren, sofern der Regen etwas nachlässt, und dort auf den Abschleppdienst warten.«

»Um wieder von Jasper angesprungen zu werden? Nein, danke!«

Er lachte leise, was mir einen angenehmen Schauer über den Rücken laufen ließ. Gleichzeitig fröstelte ich ein wenig und verschränkte die Arme vor der Brust. Die Abkühlung durch den Regen machte sich bemerkbar.

»Wer hätte auch ahnen können, dass der geliebte Rassehund, der zu Ausstellungen und Friseurterminen geschleppt wird, so ein riesiges Exemplar ist? Ich hatte eher an einen West Highland Terrier gedacht.«

»Und ich dachte, es wäre ein Corgi oder ein Chihuahua.«

»Immerhin schien der Hund dich zu mögen.« Parker räusperte sich. »Genauso wie der Sohn des Hauses.«

»Was soll denn das bitte bedeuten?« Ich setzte mich so zurecht, dass ich ihn besser ansehen konnte.

Er grinste verschmitzt. »Nun, das ist ziemlich offensichtlich. Er hat offensiv mit dir geflirtet.«

»Ist mir nicht aufgefallen.« War es mir wirklich nicht. Für mich war es nichts anderes als eine angenehme Unterhaltung gewesen.

»Ach, komm schon. Tu nicht so. Charleston Junior war ganz hin und weg. Er konnte kaum die Augen von dir lassen. Und dazu diese Einladung nach Dublin. So naiv kann niemand sein, um nicht zu bemerken, dass er auf dich steht.« Parker grinste nun nicht mehr, sondern hatte die Augenbrauen zusammengezogen und schüttelte den Kopf.

War er etwa eifersüchtig? Selbst wenn es so war, dass Collin mit mir geflirtet hatte, wäre es ja wohl kaum etwas, was Parker zu beschäftigen hatte.

»Was geht dich das überhaupt an?«, fragte ich genervt.

Seine Miene wurde noch finsterer. »Richtig. Es geht mich gar nichts an.« Er wandte den Kopf und sah mir tief in die Augen.

Der Ausdruck in seinen verriet mir deutlich, dass es ihn sehr wohl beschäftigte. Es war meine Entscheidung gewesen, unsere Beziehung zu beenden, bevor sie überhaupt begonnen hatte. Ich hatte ihn vor vollendete Tatsachen gestellt. Vermutlich war es genau das, was ihn daran störte: dass ich diese Entscheidung für uns getroffen hatte. Aber er musste doch einsehen, dass es so das Beste war.

Ein weiterer kalter Schauer überkam mich, und ich drehte mich über meine linke Schulter, um nach der Strickjacke von Erica zu greifen, die auf der Rückbank lag. Dabei streifte ich mit meinem Oberarm Parker. Die kurze Berührung reichte bereits aus, um mir eine angenehme Hitze durch den Körper zu jagen, sodass ich für einen Moment vergaß, dass mir kalt war. Parker hatte weiterhin diese unwiderstehliche Wirkung auf mich. Mein Auto kam mir plötzlich ziemlich klein vor.

»Brauchst du Hilfe?«, fragte er.

»Nein, geht schon«, antwortete ich schroff. Endlich hatte ich die Strickjacke erreicht, rutschte zurück in den Fahrersitz und drückte den Wollstoff fest an meine Brust.

Dass Parker ein attraktiver Mann war und ich verdammt empfänglich für seinen Charme war, machte die Sache nicht leichter. Aber ich musste mich auf meinen Job konzentrieren. So lange hatte ich auf eine Beförderung hingearbeitet. Und jetzt, da sie kurz bevorstand und ich zum Senior Associate ernannt werden sollte, würde ich mich garantiert nicht von einem Mann ablenken lassen. Selbst wenn er so heiß war wie Parker. Und einfühlsam. Und stark. Und zärtlich …

Mir wurde heiß. Ich legte die Strickjacke weg.

»Wie auch immer«, fuhr Parker fort, der nichts von meinen Temperaturschwankungen ahnte. »Du solltest deinem Mandanten jedenfalls erklären, dass es nicht so laufen wird, wie er es sich vorstellt.«

Wollte mir Parker etwa jetzt erklären, wie ich meinen Job zu machen hatte? »Mein Mandant hat sich seine Forderungen sehr genau überlegt. Es ist meine Aufgabe, ihn darin zu unterstützen.«

»Gill, das kann unmöglich dein Ernst sein. Kein Gericht der Welt wird ihm recht geben. Es ist deine Aufgabe als Anwältin, den Mandanten rechtlich zu beraten. Willst du ihn ins offene Messer laufen lassen?«

Seine Worte klangen leicht überheblich. Er mochte mir

zwei Jahre voraus sein in diesem Fachbereich. Aber ich wusste sehr genau, was ich tat. »Deine Mandantin fordert zu viel. Sie hat sich jahrelang auf die Kosten ihres Ehemannes bereichert. Wir werden sämtliche Ausgaben aufrechnen.«

Er keuchte. »Gill!«

»Parker!«

»Nein, ernsthaft jetzt. Mrs Charleston hat ihre eigene Karriere geopfert, um für ihren Ehemann ein repräsentatives Zuhause zu schaffen. Sie hat sich um die Erziehung des gemeinsamen Sohnes und zahlreiche gesellschaftliche Veranstaltungen gekümmert. Sprichst du ihr ab, dass das Familienmanagement ein Vollzeitjob ist? Jede Mutter auf dieser Welt weiß, wie anstrengend das ist. Ich kann nicht glauben, dass du ihr diese Leistung nicht zugestehen willst. Schätzt du den Verdienst von Müttern so gering?«

Seine Worte waren ernst gemeint, das spürte ich. Umso mehr ärgerte es mich, dass er glaubte, ich würde die Leistung von Müttern im Generellen nicht anerkennen. »Natürlich erkenne ich die Leistung von Müttern an. Und jede Frau sollte das Recht haben, zu entscheiden, ob sie zu Hause bleiben möchte oder ob sie arbeiten geht.« Ich schüttelte den Kopf. Um das Thema ging es doch gar nicht wirklich. »Mach mir nichts vor, Parker. Oder hast du dir von deiner Mandantin etwas vormachen lassen? Der Sohn war seit seinem zwölften Lebensjahr im Internat. Die Familie beschäftigte eine Haushälterin, eine Reinigungskraft und zwei Gärtner. Mein Mandant hat all das finanziert.« Ich schüttelte ungläubig den Kopf. »Es kann nicht sein, dass ein Partner die vollständige finanzielle Last trägt, während ein anderer das Geld schneller ausgibt, als es verdient ist.«

Parker lachte entrüstet. »Sag mir nicht, dass dein Mandant keine Rücklagen gebildet hat. Er hat ganz sicher mehrere Fonds angelegt. Mal abgesehen davon: Er hat sich nie um seine Frau gekümmert. Der letzte Familienurlaub ist so lange her, dass sich Mrs Charleston nicht mal mehr erinnern kann.«

»Weil mein Mandant keine Zeit für Urlaub hatte. Er musste arbeiten.«

»Sicher.« Parkers Stimme troff förmlich vor Sarkasmus.

»Hör auf. Das ergibt doch alles keinen Sinn.«

»Natürlich ergibt es Sinn. Dein Mandant hat vor, seine Ehefrau auf die Straße zu setzen. Ich werde alles in meiner Macht Stehende dafür tun, dass Mrs Charleston das bekommt, was sie verdient hat.«

Erinnerungen wurden in mir wach.

Eine Autopanne auf dem Weg nach Schottland. Mum und Dad, die miteinander stritten, weil mein Vater den letzten Check nicht hatte machen lassen. Mum hatte ihm Geld dafür gegeben. Aber er hatte es anderweitig verwendet.

Am liebsten wäre ich damals aus dem Auto gestürmt und den Rest des Weges nach Schottland gelaufen. Es war allein Erica gewesen, die mich davon abhielt, einfach wegzulaufen.

Die Erinnerung ließ Tränen in mir aufsteigen, die mir die Kehle zuschnürten. Ich schloss kurz die Augen und versuchte, mich auf das Hier und Jetzt zu konzentrieren. Ich war kein Kind mehr. Ich war eine erwachsene Frau von dreißig Jahren, eine Anwältin, die Familien half, solche Trennungen auf saubere Weise abzuschließen.

»Was ist los?« Parkers Frage klang nicht besorgt, eher skeptisch.

»Nichts.« Ich winkte ab und starrte hinaus in die Dunkelheit. Der Regen ließ allmählich nach. »Ich denke, wir können gleich weiterfahren.«

»Nichts bedeutet selten nichts.«

»Ich möchte nicht darüber reden. Wir vertreten unterschiedliche Seiten. Da sollte es dir klar sein, dass ich versuche, das Beste für meinen Mandanten herauszuholen.«

»Das Beste ist nicht immer das, was rechtens ist.«

Bitterkeit lag mir auf der Zunge. Am liebsten hätte ich Parker aus meinem Auto geschubst und im Regen stehen lassen. Aber das brachte ich natürlich nichts übers Herz.

»Wo bleibt nur dieser Abschleppdienst?«, brummte ich missmutig.

»Wir sitzen doch noch gar nicht lange hier fest«, sprach er, und seine Stimme klang nun sanfter.

Ich umfasste das Lenkrad und kämpfte gegen meine Gefühle. Warum musste der Kerl so verdammt verständnisvoll sein? Und ein Feminist wohl offensichtlich auch.

Eine Weile schwiegen wir. Dass der Regen nachließ, war nur ein kurzer Eindruck gewesen. Er prasselte unablässig auf das Autodach nieder.

»Wollen wir das Radio einschalten?«, fragte er schließlich.

»Damit sich die Autobatterie entleert? Wir wissen ja nicht, wie lange es dauert, bis die Leute kommen.«

»Okay, dann das Handy.« Er tippte bereits auf das Display seines Smartphones, und kurz darauf erklangen die ersten Töne eines Bon Jovi-Songs. *Dead or alive.*

»Ernsthaft?«

»Perfekter Song für einen Roadtrip.«

»Nur, dass wir uns nicht auf einem Roadtrip befinden. Das Auto bewegt sich nicht.«

»Hmm, ich frage mich, was der richtige Song dafür ist, wenn man in einem Auto mit einer Person festsitzt, die einen aktuell am liebsten umbringen würde. Vielleicht *Final Countdown?*«

Ich schnaubte entrüstet. »Du spinnst doch.«

»Wenigstens lachst du jetzt wieder.«

Ich rollte mit den Augen und entschied mich dazu, die Strickjacke anzuziehen, weil es nun merklich abkühlte. »Du hast dir den Kopf wohl härter angeschlagen, als du dachtest. Brauchst du eine Kopfschmerztablette?«

»Nein, ein Kühlpack wäre mir lieber, um die Beule im Zaum zu halten.«

Prüfend betrachtete ich sein Gesicht. Verdammt. Er sah gut aus, selbst mit roter Schwellung an der Stirn.

Parker grinste schief und kümmerte sich dann abermals um die Playlist. »Hast du irgendwelche Musikwünsche?«

»Nein, nichts Besonderes. Lass einfach laufen, was du sonst auch hörst.«

Er nickte, und kurz darauf stellte sich tatsächlich so etwas wie Waffenstillstand ein. In friedlichem Einvernehmen lauschten wir der Musik und starrten aus dem Fenster. Langsam überrollte mich Müdigkeit, und ich schloss die Augen, bis ich irgendwann wegdriftete.

Als ich wieder wach wurde, ruhte meine Schläfe an Parkers Schulter und er hatte einen Arm um mich gelegt.

Ruckartig setzte ich mich auf.

»Was ist? Ist dir meine Nähe auf einmal unangenehm?«

Ich rückte so weit von ihm ab, wie es der Mini Cooper zuließ.

Parker nahm seinen Arm von mir und lächelte bedauernd. »Verstehe. Wir sind Kontrahenten. Wie konnte ich das nur vergessen, als du friedlich schlummernd gegen meine Schulter gesunken bist.«

»Du solltest den Fall ernster nehmen.« Ich versuchte, irgendetwas außerhalb des Autos zu erkennen. Es schien tatsächlich weniger zu regnen. »Wie lange habe ich geschlafen?«

Er sah auf sein Handy. »Eine Stunde.«

Entgeistert starrte ich ihn an. Ich hatte eine Stunde an seiner Schulter gelehnt, und er hatte nichts getan, um mich zu wecken?

Parker seufzte. »Der Regen hat nachgelassen. Wenn du willst, kannst du mich im nächsten Dorf absetzen. Ich warte dann dort auf den Abschleppdienst. Die haben ja meine

Nummer und können mich telefonisch erreichen, sobald sie hier in der Nähe sind.«

Blinzelnd fuhr ich mir durch das Haar, das in wirren Strähnen über meinen Rücken fiel. »Unsinn. Ich warte weiter mit dir.«

»Danke.«

Ich bemühte mich, die Knoten in meinem Haar zu entwirren. »Das bin ich dir immerhin schuldig, nachdem ich dich als Kissen missbraucht habe.«

»Du kannst …« Er hielt inne.

Fragend sah ich ihn an und bemerkte, dass ein schalkhaftes Glitzern in seinen Augen lag. »Was kann ich?«

»Mich jederzeit gerne wieder … als Kissen benutzen.«

Er wollte mich provozieren. Anders konnte es nicht sein. Ich gab das Entwirren meines Haares auf und verschränkte die Arme vor der Brust. Es war besser, jetzt nicht mehr darauf einzugehen.

Im nächsten Moment bemerkte ich die Lichter eines anderen Fahrzeuges, das sich näherte. Ich schaltete die Warnblinkanlage ein, sodass wir bemerkt wurden. Auf der Höhe des Mietwagens blieb das andere Auto stehen, ebenfalls mit eingeschalteter Warnblinkanlage.

»Das ist der Pannendienst.« Parker seufzte.

»Gut. Dann brauchst du meine Hilfe wohl nicht mehr.«

Stirnrunzelnd betrachtete er mich. »Was ist nur los mit dir? Nimmst du den Fall so persönlich?«

»Nein«, sagte ich. Es war seine Nähe, die mich so durcheinanderbrachte. »Ich bin einfach müde und möchte nach Hause.«

»Alles klar.« Er warf mir einen letzten prüfenden Blick zu, bevor er aus dem Wagen stieg. »Danke dafür, dass du mit mir gewartet hast.«

»Gerne.« Ich wartete noch, bis er mit den Leuten vom Pannendienst gesprochen hatte. Dann startete ich den Mini, um vorsichtig um das kaputte Auto und das Abschleppfahrzeug herumzulenken, und fuhr Richtung London.

Zu Hause brannte lediglich im Flur Licht. So handhabten Erica und ich es immer, wenn wir das Haus verließen und es später wurde. So kamen wir nicht im Dunkeln heim. Sie hatte mir außerdem einen Zettel in der Küche hinterlassen, auf dem stand, dass sie mit Freundinnen ausgegangen war und vermutlich erst sehr spät zurück sein würde.

Mein Magen knurrte. Nach einem Blick in den Kühlschrank machte ich mir ein schnelles Käsesandwich und kochte mir einen Tee, mit dem ich mich schließlich aufs Sofa verzog.

Ich war noch nimmer aufgewühlt. Es war nicht nur die Erinnerung an meine Kindheit und die ewigen Streitereien meiner Eltern.

Der Moment, in dem ich Parkers Wagen gegen den Baum prallen sehen hatte, steckte tief in meinen Knochen. Er hatte mich furchtbar erschreckt. Zum Glück war Parker nichts passiert. Es war ihm sogar gut genug gegangen, mich danach auf die Palme zu bringen.

Ich fragte mich, ob mich seine Worte genauso sehr aufgewühlt hätten, wenn wir nicht miteinander ausgegangen wären … und nicht diese wunderbare leidenschaftliche Nacht miteinander verbracht hätten.

Die Nacht, die mir noch immer unter die Haut ging, als wäre es gestern gewesen.

11. Parker

Erst zwei Wochen später hörte ich wieder etwas von Gill.

Es wurde bereits dunkel und ich hatte gerade gehen wollen, als ich eine Mail von meiner Kontrahentin erhielt. Also machte ich mir einen frischen Kaffee und setzte mich noch einmal an meinen Schreibtisch im Büro.

Gill hatte tatsächlich eine Aufrechnung erstellt. Nun konnte ich mir denken, womit sie in den vergangenen Tagen beschäftigt gewesen war. Fünfzehn Seiten Text und eine Excel-Tabelle aus über dreißig Jahren Ehe. Der Ehemann hatte sämtliche Belege aufbewahrt. Das war eine beachtliche Leistung. Wenig verwunderlich für einen Banker in führender Position, wenn es um geschäftliche Angelegenheiten gegangen wäre. Aber wer zum Teufel bewahrte den Hotelbeleg von vor vierzehn Jahren auf, als die Ehefrau ein Wochenende in Bath verbracht hatte?

Kopfschüttelnd ging ich die Daten durch. Gill hatte offensichtlich kein bisschen auf ihren Mandanten eingewirkt. Mr Charleston blieb bei seiner Einstellung, dass seine künftige Ex-Frau nichts außer dem verdiente, was sie selbst in die Ehe mitgebracht hatte.

In meinem Job wurde es echt nie langweilig. Außerdem hatte ich es mir selbst so ausgesucht, und nun galt es, das Beste für meine Mandantin rauszuholen. Genauso wie Gill für ihren Mandanten.

Einerseits hätte ich sie am liebsten verteufelt und ihr eine vor Wut glühende Mail geschrieben. Andererseits bewunderte ich sie dafür, dass sie keinen Millimeter zurückwich.

Als unsere Bekanntschaft rein privat gewesen war, hatte

ich sie ganz anders eingeschätzt. Gillian Hobbs war witzig, locker und unkompliziert. Dass sie diese toughe Seite besaß, hätte mich nicht verwundern sollen. Immerhin arbeitete sie bei *Black & Chase*, einer großen Wirtschaftskanzlei, in der man eher mit Ellbogen kämpfte, statt sich abends auf ein Bier zu treffen. Zumindest munkelte man das. Ich selbst hatte immer einen großen Bogen um diese großen Kanzleien gemacht. Nach einem Praktikum in New York noch während des Studiums hatte ich entschieden, dass das nichts für mich war. Ich bevorzugte die kleineren, familiären Kanzleien. Wie *Padget & Co.* Die Kanzlei war in Melbourne von drei Studienkumpels gegründet worden: David Padget, Steven Knight und Jeremy Woods. Später waren Helena Collins und ihre Tochter hinzugekommen und zuletzt Melissa Carter, Noras beste Freundin seit Studientagen.

Nachdenklich nippte ich an meinem Kaffee und konzentrierte mich auf Gills Mail. Ich hatte meine Kontrahentin ganz eindeutig unterschätzt. Mit den gesammelten Belegen konnte es durchaus sein, dass sie bei einer möglichen Gerichtsverhandlung recht bekäme. Zumindest zum Teil. Und das wollte ich auf jeden Fall verhindern.

»Hey, Parker, machst du heute Überstunden?«

Überrascht sah ich auf. Ich hatte gar nicht mitbekommen, dass mein Boss plötzlich in der Tür stand.

»Hi, David. Wie spät ist es?«, fragte ich verwundert.

»Schon nach fünf. Und nenn mich ruhig Dave, wie alle anderen auch.« Er fuhr sich durchs dunkle Haar. »Wie sieht es mit unserer Verabredung aus?«

Es war Mittwoch. Ich hatte nicht vergessen, dass wir uns zu einer gemeinsamen Tennissession verabredet hatten. Meine Sporttasche stand gepackt in der Ecke meines Büros.

»Alles klar, bin gleich so weit.«

Ich würde mir Gills Mail zu Hause noch mal in Ruhe durchlesen. Von meinem Tablet aus hatte ich ebenfalls Zugang zu unserem Mailprogram. Ich schaltete den Computer aus, schnappte mir meine Sachen und folgte Dave. In der Tiefgarage stand sein dunkelblauer Lexus, in dem es sich bequem durch Londons Straßen fahren ließ.

Ziel war ein Tennisclub, der sich etwas außerhalb von London in einer wundervollen Grünanlage befand.

Nach dem Autounfall hatte ich mich von einem Arzt gründlich durchchecken lassen. Ich hatte Glück im Unglück gehabt, da ich außer einer Beule keinen Schaden davongetragen hatte. Außerdem war der Unfall schon fast zwei Wochen her. Ich traute mir daher eine kleine Sporteinheit zu. Mal abgesehen davon hatte ich seit Ewigkeiten keinen Tennisschläger in der Hand mehr gehalten und wollte wissen, ob ich es noch konnte.

Dave spielte regelmäßig und hatte mir angeboten, dass wir ein paar Bälle wechseln könnten. Zunächst hatte ich gezögert, denn ich hatte den Gedanken merkwürdig gefunden, gegen den eigenen Boss zu spielen. Aber da wir mittlerweile recht gut befreundet waren, hatte ich schließlich sein Angebot angenommen.

Wir hatten uns warm gemacht und schlugen locker die Bälle hin und her, da wurde mir schon klar, dass Dave in einer ganz anderen Liga spielte als ich, der nur während der Schulzeit und des Studiums wirklich aktiv gewesen war.

Als einer seiner Bälle gezielt auf der Grundlinie landete, lachte ich entsetzt auf.

»Dave, was sagtest du vorhin über deine Erfahrungen im Tennis? Ein paar Turniere in der Jugend?«

Er hob die Schultern und grinste mich quer über den Platz an. »Erinnerst du dich an Pat?«

Das war Daves ältester Freund. Ein ehemaliger australischer Tennisprofi und außerdem mittlerweile fest mit einer unserer Anwältinnen liiert.

»Patrick Finnley, ja, ich erinnere mich.«

»Wir trainieren manchmal gemeinsam. Und er ist es, mit dem ich in der Jugend Turniere gespielt habe.«

»Fuck«, murmelte ich und konzentrierte mich auf das Spiel.

Dave nahm sich zunehmend zurück, was mich innerlich noch mehr ärgerte. Aber so schafften wir ein paar lockere Ballwechsel und spielten fast eine Stunde.

»Das war doch gar nicht so übel«, urteilte Dave, als wir uns nebeneinander auf die Bank setzten.

Ich brauchte erst einmal ein paar Schlucke Wasser, bevor ich mich dazu in der Lage sah, zusammenhängende Sätze zu sprechen.

»Danke, ich weiß deine Ehrlichkeit zu schätzen.«

Er lachte amüsiert und schlug mir freundschaftlich auf die Schulter. Nicht einmal der Altersunterschied von fünf Jahren war mir zugutegekommen. Während morgen sicher jeder Muskel meines Körpers schmerzen würde, würde Dave vermutlich frisch wie der Frühling durch die Kanzlei tänzeln.

Er fuhr sich durchs dunkle Haar, in dem die ersten silbernen Strähnen glänzten. »Parker, es gibt da noch etwas, was ich mit dir bereden wollte.«

Das klang ernst. »Okay, was gibt es?« Er hatte doch nicht etwa herausgefunden, dass ich mit Gill zusammen gewesen war. Das wäre … heikel.

»Du bist seit zehn Monaten bei uns, nicht wahr?«

Ich rechnete kurz nach. »Kommt hin.«

»Jedenfalls finde ich, dass du hervorragend ins Team passt. Du verstehst dich mit allen gut, und ich habe noch nie jemanden etwas Schlechtes sagen hören. Außerdem ist deine Arbeit hervorragend. Ich schätze es sehr, wie intensiv du dich für unsere Mandanten einsetzt.« Bedauern lag in seinen blauen Augen.

Meine Alarmglocken läuteten. »Da klingt ein Aber mit.«

Er nickte und seufzte. »Das Aber betrifft das Familienrecht. Die Umsatzzahlen haben sich nicht so entwickelt, wie wir es uns erhofft hatten.«

»Verstehe. Was schlägst du vor?« Bisher waren die Fälle durch Mund-zu-Mund-Propaganda zu uns gelangt.

»Nun, hatte ich erwähnt, dass wir im Melbourner Büro ebenfalls stets über Unterstützung froh sind?«

Ich nickte. Das hatte er bereits mehrfach erwähnt.

»Ich habe mich mit den anderen Partnern unterhalten. Wir würden es sehr begrüßen, die Familienrechtsabteilung in Melbourne weiter ausbauen zu können. Wir würden dir natürlich bei der Anwaltszulassung in Australien helfen und bei der Unterkunftssuche sowie den Reisekosten. Was hältst du davon? Du musst nicht sofort verbindlich antworten. Hast du möglicherweise bereits eine Tendenz?«

Melbourne … Sofort dachte ich an die australische Sonne und die netten Kollegen und Kolleginnen aus dem Büro dort, die ich vor allem von Videocalls kannte. Eine Luftveränderung war eine verlockende Aussicht.

Aber meine ganze Familie lebte in England. Würde ich es ertragen können, sie nur noch einmal oder zweimal im Jahr zu sehen?

Dave musterte mich aufmerksam. Doch es wäre unklug gewesen, sofort eine Antwort zu geben. Wir pflegten zwar einen freundschaftlichen Umgang, aber er war noch immer mein Boss.

»Ich werde es mir überlegen«, sagte ich. Und ich meinte es auch so. Und wenn ich nicht für alle Ewigkeit nach Australien ging, dann vielleicht wenigstens für ein paar Monate.

Um Gillian Hobbs endlich aus meinem Kopf zu bekommen.

12. Gillian

Müde betrachtete ich die Aufstellung, die ich für Mr Ming erstellt hatte. Die Zahlen verschwammen vor meinen Augen. Ich nahm die Brille ab und atmete tief durch. Er hatte mir nicht gesagt, warum er die Umsatzzahlen der Abteilung der letzten zwei Jahre benötigte. Aber es schien wirklich wichtig zu sein, denn er wollte sie noch heute Nacht per Mail erhalten – wobei es für ihn in New York dann natürlich Tag war.

Ich war heute fast die ganze Zeit damit beschäftigt gewesen, die Zahlen aus der Buchhaltung zusammenzutragen. Die Kolleginnen und Kollegen dort waren ebenfalls nicht begeistert gewesen, und es hatte mich ein großes Ausmaß an gutem Zureden und das Versprechen eines ganzen Bleches Muffins gekostet, damit ich an die Zahlen rankam.

Ich war es gewohnt, lange und viel zu arbeiten. Die Doppelbelastung mit der stellvertretenden Abteilungsleitung machte sich jedoch allmählich bemerkbar. Ich fragte mich, wie Kate das machte. Sie war bereits Associate Partner und schien den Spagat zwischen Mandantenbetreuung und Personalführung locker zu schaffen. Sie war einfach die geborene Anführerin.

Ich selbst hingegen fühlte mich mit jedem Meeting, das ich leitete, unwohler. Wie eine Hochstaplerin, die es gar nicht verdient hatte. Dabei war das Unsinn. Mr Ming würde doch niemandem die Leitung übertragen, den er für unfähig hielt.

Kaffee. Ich brauchte unbedingt einen Kaffee.

Zumindest die Tatsache, dass ich nicht die Einzige war, die noch arbeitete, munterte mich etwas auf. *Black & Chase* beschäftigte ein Heer an Nachtassistenten und -assistentinnen, die für die internationalen Kontakte zur Verfügung standen. *Black & Chase* schlief niemals. Und ich gehörte in dieser Nacht dazu. Auf dem Flur begegnete mir eine Kollegin, die mir freundlich zulächelte. So jung, wie sie war, gehörte sie bestimmt zu den Neuen, weshalb ich mich nicht an ihren Namen erinnerte. In einem anderen Büro brannte noch Licht und ich hörte jemanden telefonieren.

Nachdem ich mir den dringend notwendigen Kaffee geholt hatte, setzte ich mich zurück an den Computer.

Überrascht stellte ich fest, dass ich eine neue Mail im Postfach hatte.

Von Parker Simon.

Mein Herz klopfte schneller. Verdammtes, verräterisches Herz.

Was glaubte ich denn, was er mir mitten in der Nacht schrieb? Eine Liebeserklärung ganz bestimmt nicht. Besonders nicht nach der Aufstellung, die ich ihm am späten Nachmittag geschickt hatte. Die Excel-Tabelle hatte mich Nerven und Schweiß gekostet.

Genau hierauf ging Parker nun ein.

Hey, Gill,
habe die Aufstellung nebst deiner ausführlichen Anspruchsbegründung erhalten. Nach einer ersten Durchsicht muss ich dir mitteilen, dass dein Mandant seine Forderung unmöglich ernst meinen kann. Ich werde Rücksprache mit meiner Mandantin halten. Aber ich möchte dir jetzt schon mitteilen, dass dieser Fall möglicherweise vor Gericht landen wird, wenn dein Mandant nicht einsichtiger wird.
Hochachtungsvoll
Parker

Das »Hochachtungsvoll« hätte er sich in die Haare schmieren können.

Wahrscheinlich wäre es eine gute Idee gewesen, die Mail bis zum nächsten Morgen ruhen zu lassen. Oder erst gar nicht zu antworten. Aber übermüdet und gereizt wie ich war, tippte ich sofort eine Antwort.

> Wie ich schon erwähnte, ist es meine Aufgabe, die Rechte meines Mandanten durchzusetzen. Besprich dich auf jeden Fall mit deiner Mandantin und frag sie, warum sie denkt, Anspruch auf ein Vermögen zu haben, für das sie nicht gearbeitet hat.
> HOCHACHTUNGSVOLL
> Gill

Das »Hochachtungsvoll« setzte ich in Großbuchstaben. Er sollte ruhig merken, dass ich genervt war.

Keine Minute später brummte mein Handy, weil ich eine Nachricht erhalten hatte.

> Arbeitest du etwa noch?

Kopfschüttelnd tippte ich eine Antwort.

> Du doch offensichtlich auch.

Seine Rückmeldung kam prompt.

> Aber ich bin zu Hause. Habe mir hier die Unterlagen noch mal angesehen. Bist du in der Kanzlei?

Ich biss mir auf die Unterlippe. Konnte er durch das Handy durchschauen?

Ja. Aber das geht dich gar nichts an.

Diesmal dauerte es eine Weile, bis mein Handy erneut vibrierte.

Geh nach Hause, Gill. Die Scheidungsfälle lassen sich morgen auch noch bearbeiten.

Stimmt. Die schon.
Ich habe hier noch etwas anderes zu tun.

Was genau, das konnte ich ihm natürlich nicht schreiben. Damit er merkte, dass für mich die Konversation beendet war, fügte ich noch hinzu:

Gute Nacht, Parker. Schlaf gut. Wir hören sicher ganz bald voneinander.

Gute Nacht, Gill.

Mehr schrieb er nicht mehr. Blinzelnd starrte ich auf mein Handy. Parker machte sich Sorgen, weil ich so lange im Büro war? Es konnte ihm doch egal sein, wie viel ich arbeitete … Verärgert legte ich das Handy weg. Wobei ich nicht sauer auf Parker war. Ich war genervt von mir selbst, da ich zu viel über Parker nachdachte.

Also konzentrierte ich mich erneut auf die Zahlen. Sie schienen nun endlich komplett zu sein. Die Umsätze waren in den letzten Monaten gestiegen, das würde den Chef sicher freuen. Wir hatten einige größere Scheidungsfälle mit hohen Abfindungen bearbeitet. Die Honorare waren bei diesen Mandaten nach Zeit bezahlt worden, sodass einiges zusammengekommen war. Vor allem, da mehrere Personen mit einem Fall beschäftigt gewesen waren.

Endlich war ich zufrieden genug und schickte die Mail an Mr Ming ab. Ich wartete noch auf die Eingangsbestätigung, dann schaltete ich den PC aus und sammelte meine Sachen zusammen.

Da ich nicht so leichtsinnig war, mitten in der Nacht allein mit den Öffentlichen durch London zu fahren, rief ich mir ein Taxi, das mich sicher nach Hause brachte.

Erica schlief natürlich schon längst. Sie hatte mir eine Box mit Asia-Nudeln in den Kühlschrank gestellt. Von der Taxifahrt aber war ich müde geworden und hatte keinen großen Hunger.

Ich putzte meine Zähne und schlüpfte anschließend in meine geblümten Schlafshorts und ein weißes Top. Dann kuschelte ich mich ins Bett und zog die kuschelige Decke über mich.

Trotzdem fand ich nicht direkt in den Schlaf, sondern starrte die pastellgrün gestrichene Wand meines Zimmers an. Ich fragte mich, wie es wohl wäre, in einer kleineren Kanzlei zu arbeiten. Eine, die nicht rund um die Uhr erreichbar war, weil die Büros über sämtliche Kontinente verteilt waren.

Während des Studiums hatte ich davon geträumt, in einem international agierenden Anwaltsbüro zu arbeiten. Ich hatte bei den ganz großen Fällen mitarbeiten wollen, bei den großen Playern mitspielen. Selbst, als ich mich vom Wirtschaftsrecht ab- und dem Familienrecht zugewandt hatte, war dieser Traum geblieben. Sogar meine Praktika hatte ich in größeren Kanzleien absolviert.

Erneut stellte ich mir vor, in einer kleinen Kanzlei zu arbeiten. Mit vielleicht nur drei bis vier Anwälten. Mit einem familiären Umfeld und ohne die Ellbogenmentalität, die bei *Black & Chase* vorherrschte.

Und es gab sie, diese Anwaltskanzleien, die von Ehepartnern geführt wurden, in denen sogar die Kinder später mitarbeiteten. Oder beste Freunde, wie bei *Padget und Co.* Wobei diese Kanzlei selbst gerade enorm wuchs.

Eine Freundin aus dem Studium war die Tochter einer Anwältin und sofern ich noch auf dem Laufenden war, würde sie in ein paar Jahren die Kanzlei ganz übernehmen.

Eine eigene Kanzlei. *Hobbs & Partner.* Was für eine verrückte Idee. Im Halbschlaf sah ich sie schon vor mir: die gemütlichen Kanzleifeiern, familiäre Atmosphäre und ein Gemeinschaftsgefühl, durch das jeder jeden unterstützte …

Am nächsten Morgen versagte mein Wecker.

»Hey, Schwester, hast du heute frei?« Es war Erica, die mich schließlich aus dem Schlaf riss.

»Welchen Tag haben wir?«, nuschelte ich in mein Kissen.

»Donnerstag.«

»Donner-fuck!« Ruckartig setzte ich mich auf. »Donnerstag? Ich muss ins Büro!«

»Dann aber schnell. Soll ich dich fahren?«

»Oh, verdammt! Auf jeden Fall!« Ich hüpfte aus dem Bett, und obwohl ich mich in Lichtgeschwindigkeit duschte, einen schwarzen Hosenanzug aus dem Schrank zog, den ich mit einem weißen Shirt kombinierte, und Erica so schnell durch den Londoner Verkehr fuhr, dass jeder Taxifahrer neidisch geworden wäre, kam ich zu spät zum Abteilungsmeeting.

Sämtliche Mitglieder hatten sich bereits eingefunden und besprachen gerade einen Fall von Mrs Bones.

»Verzeihung«, gab ich von mir und setzte mich auf meinen Platz.

Mona musterte mich mit einem äußerst süffisanten Grinsen. »Na, lange Nacht gehabt?«

Mrs Bones hüstelte, sagte aber nichts dazu. Die anderen schwiegen.

Diese Sticheleien durch Mona waren echt nervig. Ich hielt ihrem Blick stand. »Ich musste Unterlagen für Mr Ming zusammenstellen, die ich ihm noch letzte Nacht per Mail geschickt habe. Also: Ja, es war eine lange Nacht.«

»Falls du von der Excel-Tabelle sprichst: Mr Ming war nicht zufrieden. Und weil er dich heute früh nicht erreichen konnte, hat er mich darum gebeten, einzuspringen.«

Groll stieg in mir auf. Ausgerechnet Mona.

»Das ist sehr freundlich, dass du mir unter die Arme gegriffen hast«, brachte ich hervor.

»Gern geschehen«, flötete sie und lehnte sich zufrieden zurück, die Arme vor der Brust verschränkt.

»Da das geklärt ist, fahre ich nun mit meinem Bericht fort«, sagte Mrs Bones. »Ich habe hier schließlich Wichtigeres zu tun, als Ihnen beiden beim Streiten zuzuhören.«

Dabei hatten wir nicht einmal gestritten. Aber die Stimmung im Raum knisterte förmlich vor Anspannung. Ich war froh, als das Meeting endlich vorüber war.

Unser Praktikant blieb noch und half mir, die Teetassen einzusammeln.

»Ich habe Protokoll geführt. Darf ich es Ihnen schicken, sobald ich es in Form gebracht habe?«

Seine vorsichtige Art war herzerfrischend. Er hatte einen ersten Einblick bekommen, was es bedeutete, in einer großen Kanzlei zu arbeiten. Ob er damit klarkam, würde sich erst noch zeigen.

»Versprich mir etwas, Joseph.«

Er sah mich mit großen Augen an. Einst war ich so gewesen wie er: jung, unerfahren, beeindruckt von allem, was mir begegnete.

»Wenn du merkst, dass diese Kanzlei … diese Art von Kanzlei … nichts für dich ist, dann höre auf dein Herz und suche dir etwas anderes.«

Er runzelte die Stirn. »Sind Sie etwa nicht zufrieden hier, Ms Hobbs?«

»Keine Ahnung. Moment fühlt sich alles etwas wirr an.« Ich lächelte entschuldigend, und er nickte, als wüsste er, was ich meinte.

Nachdem ich mir den ersten Kaffee des Tages geholt und meinen Computer eingeschaltet hatte, entdeckte ich, dass Mr Ming mir drei Mails geschrieben hatte. Eine davon etwa fünfzehn Minuten, nachdem ich ihm die Excel-Tabelle geschickt hatte. Er bedankte sich für die Arbeit. So weit gar nicht schlecht.

Die zweite aber war zwei Stunden später angekommen. Hatte er etwa erwartet, dass ich die ganze Nacht im Büro blieb? Die dritte Mail war etwa drei Stunden alt. Er hatte mich darüber informiert, dass Mona eingesprungen war und sich seine zweite Mail erledigt hatte.

Ich stützte den Kopf in die Hände und versuchte, mich nicht weiter aufzuregen. Es war nichts Schlimmes passiert. Aus den Mails war kein Vorwurf herauszulesen, und doch hatte ich das Gefühl, dass ich hätte mehr tun sollen. Mich noch effektiver hinter die Aufgabe hätte klemmen müssen, damit Mr Ming auch wirklich all die Informationen bekam, die er angefordert hatte.

Aber es half nichts, sich weiter Vorwürfe zu machen. Ich musste mich auf meine anderen Aufgaben konzentrieren. Ein Kollege hatte einen Scheidungsvertrag aufgesetzt und mich gebeten, gegenzulesen. Oft sahen vier Augen mehr als zwei, wie ich mal wieder am eigenen Leib hatte feststellen müssen.

So kämpfte ich mich durch bis zur Mittagspause. Die Mädels schlugen vor, beim Italiener essen zu gehen, was ich sehr begrüßte, nachdem ich nicht einmal gefrühstückt hatte.

Sarah hatte außerdem Neuigkeiten für uns.

»Stones Villa ist endlich bezugsfertig.«

Der Millionär hatte vor wenigen Monaten ein altes Haus in Chelsea erworben und anschließend sanieren lassen. Sarah und Stone verband damit eine ganz besondere Geschichte …

Becks sprach sofort aus, was wir uns alle fragten: »Und, wirst du mit einziehen?«

»Ja, das werde ich.« Sarah sagte es in einem beinahe zurückhaltenden Ton, doch ihre Augen strahlten, und ihre Wangen waren rosig.

Becks brach sofort in einen Jubelschrei aus, der dafür sorgte, dass sich einige Köpfe von den Nachbartischen zu uns umdrehten.

Kate reagierte besonnener. »Das freut mich für euch. Das ist wirklich ein wichtiger Schritt.«

»Stimmt«, pflichtete ich bei. »Ihr seid ein wundervolles Paar.«

»Danke, ihr Lieben.« Sarah seufzte zufrieden. »Und ihr seid übrigens zur Einweihungsparty eingeladen. Ist wohl klar, dass ihr kommt, oder? Am Samstag ab neunzehn Uhr. Ist euch das zu spontan?«

»Das lasse ich mir auf keinen Fall entgehen!«, rief Becks begeistert aus und stopfte sich eine volle Gabel Spaghetti in den Mund.

»Gerne, ich bin gespannt, wie das Haus aussieht«, sagte Kate.

Stirnrunzelnd starrte ich in mein Glas Limonade. Was, wenn Sarah Parker einlud? In den sauren Apfel musste ich wohl beißen. Außerdem war ich wirklich neugierig, was Stone aus dem Haus gemacht hatte, nachdem Sarah schon so viel erzählt und Bilder vom alten Zustand gezeigt hatte.

»Gill?«, fragte Sarah. »Alles okay bei dir?«

Ich nickte. »Bin nur etwas müde … Natürlich komme ich.«

»Das freut mich.« Sie tätschelte meine Hand. »Aber jetzt

zu dir: Warum bist du so müde? Ist alles gut in der Abteilung?«

Ich verzog das Gesicht. Vor meinen Freundinnen konnte ich selten etwas geheim halten. Was ich in diesem Fall auch nicht musste. »Irgendwie habe ich momentan das Gefühl, dass mir alles über den Kopf wächst. Und dann noch diese Zickereien mit anderen Kolleginnen.«

»Oha«, gab Becks von sich. »Erzähl uns alles. Wem müssen wir die Augen auskratzen?«

Ich lachte leise. »Mona Brown. Dabei hat sie mir nicht einmal wirklich etwas getan. Aber es gibt da diese unterschwellige Diskrepanz, die mir echt auf die Nerven geht.«

»Du solltest mit ihr reden«, schlug Kate vor. »Ganz in Ruhe und unter vier Augen. Falls das nicht hilft, dann wäre ein klärendes Gespräch mit Mr Ming angeraten, sobald er aus New York zurück ist.«

Da hatte Kate natürlich recht, aber mir wurde ganz flau bei dem Gedanken daran. Ich wollte nicht, dass Mr Ming davon ausging, ich wäre auf Streit mit Kolleginnen aus. Ich wollte es lieber selbst klären. Dabei hatte ich das Eindruck, dass Mona selbst überhaupt kein Interesse daran hatte, die Situation zwischen uns zu klären. Nein, für sie wäre es natürlich toll, wenn ich so richtig scheiterte. Weil sie dann besser dastand. Zumindest bildete ich mir ein, dass sie so tickte.

»Können wir dich irgendwie unterstützen?«, fragte Sarah.

»Könntest du die Tage auf achtundvierzig statt vierundzwanzig Stunden hochschrauben?«

»Verstehe. An diesem Punkt stehst du also momentan. Aber lass dir gesagt sein: Es wird besser. Man wächst mit seinen Aufgaben.«

Becks verzog das Gesicht. »Sarah, mit solchen Floskeln ist Gill gerade nicht geholfen.«

Ich winkte ab. »Ist in Ordnung. Ich glaube, ich brauche

nur etwas Schlaf und einen klaren Kopf. Dann sieht die Welt schon besser aus.«

Immerhin hatte ich immer davon geträumt, an diesem Punkt meiner Karriere anzukommen.

Warum war ich derzeit so unzufrieden?

13. Parker

Nachdem mich das Taxi abgesetzt hatte, fragte ich mich, ob der Fahrer zur falschen Adresse gefahren war. Ich befand mich inmitten einer der teuersten Wohngegenden von Chelsea, was nicht verwunderlich war, denn Sarahs Freund war ein amerikanischer Millionär, für den die Londoner Immobilienpreise wohl nicht das Problem waren. Aber das Haus, vor dem ich stand, machte einen beinahe rustikalen Eindruck. Ich hatte mit einem modernen Neubau gerechnet und nicht mit einer alten Villa.

Ich schüttelte meine Verwunderung ab und steuerte auf den Eingang zu. Der Vorgarten, in dem wilde Rosen und Lavendel blühten, war mit zahlreichen Lichterketten geschmückt, und auch die Villa selbst war hell erleuchtet. Popmusik drang nach draußen, und es dauerte einen Moment, bis mir jemand die Tür öffnete.

Eine Frau mit kurzem grau gefärbtem Haar stand vor mir und musterte mich von oben bis unten. »Du bist ganz sicher Parker Simon«, begrüßte sie mich.

Dann war ich also wirklich richtig. »Stimmt.«

»Hi, komm rein. Ich bin Elizabeth.« Sie grinste mich vergnügt an und reichte mir die Hand. »Sarah ist im Salon … oder Bibliothek … oder wie auch immer sie den Raum nun nennt.«

Elizabeth zeigte mir den Weg, und unterwegs drückte mir ein Mann, der eine schwarze Hose und ein weißes Hemd trug, ein Glas Sekt in die Hand.

Im Salon traf ich schließlich nicht nur auf Sarah, sondern ebenso auf ihren Freund, Rorik Stone. Der Amerikaner hob eine Braue, als er mich sah, prostete mir aber dann mit seinem Sektglas zu.

Sarah begrüßte mich mit einer herzlichen Umarmung. »Parker! Wie schön, dass du es einrichten konntest! Hast du den Weg gut gefunden? Oh, ich sehe, du hast bereits ein Glas, sehr gut.«

»Ich bin mit einem Taxi gekommen. Das ist ein wunderbares Haus, wirklich sehr schön geworden.«

Schön war in der Tat noch eine Untertreibung. Der Dielenboden glänzte frisch poliert. Die Wände waren in einem hellen Creme gestrichen. Und hier im Salon reihten sich unzählige Bücherregale aneinander. Ein prachtvoller Kamin beherrschte den Raum. Darin brannte zwar kein Feuer, doch mehrere Kerzen waren in die Öffnung gestellt worden und verbreiteten ein angenehmes Licht.

Sarah lachte vergnügt. »Erinnerst du dich an Stone?«

Wie konnte ich mich nicht an den Mann erinnern, der sich Sarah Davies geschnappt hatte?

Sarah und ich waren seit dem Studium befreundet. Wir hatten uns zwischenzeitlich aus den Augen verloren, aber vor ein paar Monaten waren wir uns erneut begegnet. Genau in der Zeit, in der sie Rorik Stone kennengelernt hatte.

»Freut mich, Sie wiederzusehen, Mr Stone.«

Wir begrüßten uns mit Handschlag, wobei er meine Hand einen Moment fester hielt als üblich und mir direkt in die Augen blickte.

Ich verstand durchaus, was er mir damit sagen wollte: *»Mein Haus, meine Freundin.«*

Dass Sarah und ich während des Studiums ein paarmal ausgegangen waren, schien ihm ganz und gar nicht zu schmecken.

Ich lächelte jedoch breit und ließ mich nicht aus der Ruhe bringen.

»Freut mich ebenso«, sagte er schließlich und ließ meine Hand los. »Und nenne mich bitte Stone.«

Das bedeutete dann wohl, dass er mir nicht ins Gesicht schlagen und mich auch nicht irgendwo in seinem riesigen Garten verbuddeln würde. Ein vielversprechender Start also. Dabei war ich zunächst skeptisch gewesen, als ich Sarahs Nachricht mit der Einladung zu ihrer Einweihungsparty bekommen hatte.

»Komm, ich stelle dich den anderen vor«, sagte sie nun vergnügt und hakte sich bei mir unter.

Ich nippte an meinem Sekt und ließ mich bereitwillig von ihrem breitschultrigen Ex-Footballspieler und heutigem Multimillionär wegziehen. Man musste als Mann schon über ein gehöriges Selbstbewusstsein verfügen, wenn man sich in dessen Gegenwart nicht unwürdig und blass vorkommen wollte.

Sarah stellte mich einem Pärchen vor, das ein kleines Kind dabeihatte. Der Mann hieß Sebastian und war Stones Assistent. Er machte direkt einen sympathischen Eindruck, und wie sich herausstellte, waren wir beide Fans vom selben Fußballclub, sodass wir direkt ein Gesprächsthema hatten.

Außerdem stießen auch Elizabeth und ihre Ehefrau zu uns. Elizabeth arbeitete unter anderem als Chauffeurin für Stone, war aber weit mehr als das, denn sie und ihr Boss schienen einen vertrauten Umgang miteinander zu pflegen.

Die Party war ziemlich locker und ich war froh, dass ich nicht im Anzug gekommen war, sondern in Jeans und Hemd. Es wurde warm im Salon, und ich rollte die Ärmel auf.

Trotz der lockeren Stimmung und einem weiteren Glas Sekt ließ meine innere Anspannung jedoch nicht nach. Ich wusste sogar, woran das lag.

Jemand war nicht hier. Und ich wusste nicht, ob ich darüber erleichtert oder beunruhigt sein sollte.

Irgendwann stieß Sarah wieder zu uns. »Parker, soll ich dir

das Haus zeigen? Ich habe dich noch gar nicht herumgeführt.«

»Klar, gerne.« Ich leerte mein Glas und folgte ihr durch den Flur, der mit einem wunderschönen restaurierten Mosaik-Boden ausgestattet war, hin zu einem Esszimmer und der angrenzenden Küche, die Modernität und Rustikales vereinte. Sarah erzählte mir von dem ganzen Aufwand, der hier betrieben worden war, und ich hörte aufmerksam zu, auch wenn Immobilien und Einrichtung überhaupt nicht mein Thema waren. Doch Sarah vermochte über Dinge, die ihr wichtig waren, mit großer Leidenschaft zu sprechen. Deswegen hatte ich sie schon immer bewundert.

Im Obergeschoss befanden sich mehrere Schlafzimmer und ein großes Bad sowie ein weiteres Arbeitszimmer.

»Das Arbeitszimmer kann als Gästezimmer genutzt werden«, erklärte Sarah. »Und damit hätten wir nun alles gesehen.«

»Sehr schön, wirklich«, sagte ich artig. Aber so recht hatte ich ihren Ausführungen nicht mehr folgen können.

»Okay, lass uns zurückgehen. Nicht, dass wir noch vermisst werden.«

Zurück im Salon schnappte ich mir das nächste Glas Sekt.

»Parker?«

»Hmm?« Ich fragte mich, ob es unhöflich wäre, mich bei Stone nach der Marke zu erkundigen. Es war ein ausgesprochen angenehmer Tropfen.

Sarah sah mich forschend an. »Was ist los? Irgendwas stimmt nicht mit dir.«

»Findest du?«

Sie deutete auf das Glas. »Ja, du bist irgendwie … angespannt.«

Volltreffer.

Ich schluckte und schaute mich um. Gill war immer noch nicht hier. Eigentlich sollte mich das erleichtern, weil das eine unangenehme Situation weniger bedeutete. Aber irgendwie, tief in mir, hatte ich gehofft, heute auf sie zu treffen.

»Weißt du, was merkwürdig ist?«, merkte Sarah nun an. »Gill verhält sich in letzter Zeit genauso.«

Beinahe hätte ich mich am Sekt verschluckt. »Wirklich?«

Sarah runzelte die Stirn. »Was läuft da zwischen euch?«

Gill hatte ihrer Freundin also nichts erzählt? Gar nichts?

»Ich weiß nicht, was du meinst.«

Sarah sah sich um. Ein paar Gäste unterhielten sich in der Nähe. Sie packte mein Handgelenk und zog mich mit sich.

»Ähm, was hast du vor?«

»Ich denke, wir sollten uns unterhalten. Über Gill.«

Sie schleppte mich in die Küche, wo der Catering-Service am Arbeiten war. Hier schnappte sie sich einen Teller mit Häppchen und marschierte dann mit mir im Schlepptau in das Arbeitszimmer.

Mir fiel auf, dass es zwar einen antiken Schreibtisch und einen klassischen Ledersessel gab, ansonsten aber allen möglichen technischen Schnickschnack.

Sarah stellte den Teller auf dem Tisch ab und biss von einem Cracker ab. »Hmm, die sind gut. Magst du auch?«

»Später vielleicht. Also, was ist mit Gill?«

Sie kniff die Augen zusammen. »Bis vor gar nicht allzu langer Zeit hat Gill von dir geschwärmt.«

Wärme breitete sich in mir aus. »Sicher?«

»Ja, sehr sicher. Sie hat mich sogar gefragt, ob es okay für mich wäre, wenn sie mit dir ausgeht. Das war natürlich, bevor ich mit Stone zusammenkam.«

»Hmm. Interessant.« Ich bemühte mich, möglichst gelassen zu wirken.

»Ihr habt euch doch gut verstanden, oder nicht?« Sie legte den Kopf schief und musterte mich genauso eindringlich wie ihr Freund zuvor.

»Haben wir.«

»Parker, sag nicht, dass du ihr einen Korb gegeben hast! Gill ist eine meiner besten FreundInnen. Sie ist wundervoll, witzig, locker … wenn du sie wirklich abblitzen hast lassen, werde ich dir das nie verzeihen. Du hättest mit ihr wenigstens einmal ausgehen können.«

Ich räusperte mich und konzentrierte mich auf den Teller mit Köstlichkeiten. »Die Cracker sehen gut aus. Ich glaube, ich versuche doch einen.« Schnell stopfte ich mir einen davon in den Mund, damit ich nicht reden musste. Eine Mischung aus Salz, Frischkäse und Lachs explodierte in meinem Mund. Ziemlich gut.

»Verdammt, ich hätte Gill fragen sollen. Aber sie ist genauso verschlossen wie du gerade.« Sarah verschränkte die Arme vor der Brust.

Stimmt, sie hätte mit Gill sprechen sollen. Das hätte mir erspart, nun Sarah Davies Rede und Antwort stehen zu müssen.

»Okay«, sagte ich, als ich zu Ende gegessen hatte. »Also, was Gill dir vermutlich nicht erzählt hat, ist …« Ich schluckte. Nein, was in jener Nacht zwischen uns passiert war, würde ich ganz bestimmt nicht ausplaudern. »Wir arbeiten am selben Fall. Wir vertreten gegensätzliche Parteien.«

»Wirklich? O nein!« Sie wirkte enttäuscht, als würde es sie persönlich treffen. »Das ist echt ärgerlich.«

»Warum das?« Jetzt war ich selbst neugierig.

»Weil ich überzeugt davon bin, dass ihr beiden sehr gut zusammenpasst.«

»Derzeit passt so ziemlich gar nichts. Kennst du Tom und Jerry? Genau so sind Gill und ich. Und ich habe das Gefühl, dass ich der dumme Kater bin und Gill die schlaue Maus.«

Sarah prustete belustigt los. »Jesses, wie viele Gläser Sekt hattest du?«

»Nicht genug.« Ich stopfte mir ein weiteres Häppchen in den Mund.

Sarah musterte mich stirnrunzelnd, wurde dann jedoch von Stone abgelenkt, der in das Arbeitszimmer geschlendert kam, die Hände locker in die hellgraue Hose gesteckt. Das kurzärmelige Shirt betonte noch seine Bizepse. Selbst ich als Mann musste zugeben, dass der Millionär mit dem langen blonden Haar gut aussah. Vermutlich lagen ihm sämtliche Frauen Londons zu Füßen. Aber er hatte nur Augen für Sarah.

»Hey, störe ich?«

»Nein«, sagte ich schnell. »Deine Freundin verhört mich gerade, und dein Auftauchen ist die Rettung, auf die ich gehofft hatte.«

»Freut mich, dass ich helfen kann.«

Wow, er zeigte sogar Humor. Langsam mochte ich den Kerl.

»Sarah, deine Freundinnen von der Arbeit sind angekommen. Ich habe sie mit Sekt versorgen lassen, doch ich denke, sie brauchen deine Aufmerksamkeit.«

»Klar, danke dir.« Sie warf mir einen letzten prüfenden Blick zu. »Brauchst du noch einen Moment, oder kommst du mit?«

Stone antwortete, bevor ich es konnte. »Er bleibt bei mir. Ich habe da einen achtzehnjährigen Scotch, den ich nicht allein trinken möchte.«

14. Gillian

»OMG, was für eine mega Hütte!«

Becks' Begeisterung ließ mich schmunzeln, während Kate die Arme vor der Brust verschränkte. Wir hatten im Stau gestanden und außerdem hatte Becks eine Ewigkeit gebraucht, um sich für die Party fertig zu machen, weshalb wir etwas zu spät gekommen waren. Das hielt Becks jedoch nicht davon ab, sich neugierig umzublicken.

»Du hast doch das Haus schon vorher gesehen«, merkte Kate an.

»Klar, aber nicht so!«

Becks war Sarahs Assistentin gewesen, als diese Stone geholfen hatte, passende Immobilien zu erwerben. Damals hatten sie die alte Villa gefunden und sich in diese verliebt.

Immobilien waren nicht mein Fachgebiet, doch selbst mir fiel auf, dass hier nicht einfach irgendetwas gemacht worden war. Der amerikanische Millionär hatte den alten Charme des Hauses bewahrt, und gleichzeitig erstrahlte die Villa in neuem Glanz.

Ich nippte an meinem Sekt und genoss die Atmosphäre des Salons. Nicht nur warme Holztöne bestimmten den Raum, sondern auch der Duft von Büchern und Kerzen. Auf einer Récamiere saßen Stones Assistent und ein mir nicht bekannter Mann, während sich Stones Chauffeurin Elizabeth mit einer Frau und einem kleinen Kind unterhielt.

Aus dem Augenwinkel bemerkte ich, dass Becks ihr Glas inzwischen nervös hin und her drehte und sich ständig umsah.

»Suchst du jemanden?«, fragte ich daher.

»Ähm, nein.« Sie trank einen großen Schluck Sekt, und ihre Wangen färbten sich rosa.

Kate und ich tauschten wissende Blicke. Es war kein großes Geheimnis, dass unser Küken für den Vorbesitzer der Villa schwärmte, den Duke of Harlington. Sie hatte sicher darauf gehofft, heute auf ihn zu treffen. Aber vergebens, von dem Aristokraten war nichts zu sehen.

Die Gästeliste war ohnehin überschaubar. Zum Glück hatte uns Sarah im Vorhinein informiert, dass es eher eine lockere Veranstaltung werden würde. Deswegen hatte ich ein cremefarbenes Kleid mit dunkelroten Punkten gewählt, in dem ich mich sehr wohlfühlte. Dazu trug ich dunkelrote Ballerinas und mein Haar offen über die Schultern.

Kate wirkte wie stets sehr elegant in ihrem dunkelblauen Leinenkleid. Ihr dunkles Haar hatte sie hochgesteckt, was die feine Kontur ihres Halses betonte.

Becks trug wiederum ein cremefarbenes Häkelkleid und ihr rotes Haar zu einem Zopf gebunden. Sie hatte immer einen Hauch von Hippie an sich, was ich superschön an ihr fand.

»Ah, da seid ihr ja!« Voller Energie betrat Sarah den Salon. »Und wie bezaubernd ihr ausseht!«

Ihrem zarten Äußeren zum Trotz strahlte sie auch heute Stärke aus. Sie trug ihr schulterlanges Haar glatt, eine Strähne hatte sie mit einer Haarklammer aus dem Gesicht gesteckt. Mit ihrem ausgestellten knielangen Rock und dem kurzärmeligen Oberteil erinnerte sie an eine liebliche Prinzessin, in der jedoch eine echte Powerfrau steckte.

»Du siehst entzückend aus«, antwortete Kate als Erste und begrüßte unsere Freundin mit Küsschen auf die Wange. »Danke für die Einladung. Es ist wirklich ein wundervolles Haus.«

»Finde ich auch«, schloss sich Becks an. »Stone erlaubt dir wirklich, hier zu wohnen?«

Sarah lachte vergnügt. »Er besteht darauf.«

»Es ist ja nicht so, dass die beiden eine WG gründen.«

Becks lachte. »Dann wäre es eine ›WG-mit-Anfassen‹.«

»Ernsthaft«, fügte ich hinzu.« Es ist toll, euch beide so glücklich zu sehen.«

Wenigstens bei einer von uns hatte es mit der Liebe geklappt. Aber das sprach ich besser nicht aus, sondern trank einen weiteren Schluck Sekt.

»Zeigst du uns auch noch den berühmten Keller?« Becks grinste verschwörerisch. »Oder wird der jetzt anderweitig genutzt?«

Kate runzelte die Stirn. »Als was sollte er sonst genutzt werden?«

Becks' Grinsen wurde breiter, und ich verstand, worauf sie hinauswollte, sodass ich nicht anders konnte, als laut aufzulachen.

»Becks hat wohl zu viel *Fifty Shades of Grey* geschaut«, prustete ich.

Selbst Sarah musste lachen. »Nein, der Keller dient allein als Abstellraum. Wir haben dort kein geheimes Spielzimmer eingerichtet.«

Kate rollte mit den Augen. »Becks, du bist unmöglich.«

»Ach was, jetzt sagt nicht, dass ihr den Film und Mr Grey nicht toll fandet.«

»Was soll an einem toxischen Stalker toll sein?«

Bevor sich die beiden jedoch wegen eines Films nebst Buchvorlage in die Haare bekommen konnten, wurden wir von Sarahs Freund gerettet.

»Ah, Stone, da bist du ja wieder.« Sarahs Augen strahlten, als er den Raum betrat.

Ich wandte mich in seine Richtung und erstarrte, weil Stone nicht allein war.

Parker war bei ihm. Verdammt. Sein Auftauchen überraschte mich mehr, als es sollte. Ich hatte mir schon gedacht, dass sie ihn einladen würde. Dennoch hätte er genauso gut absagen können.

»Hey, Parker«, rief Becks. »Komm rüber und stoß mit uns an.«

»Muss das sein?«, zischte ich in ihre Richtung.

Becks' grüne Augen weiteten sich vor Überraschung. »Was meinst du?«

Aber ich konnte zu keiner Erklärung ansetzen, da Parker bereits neben uns auftauchte.

»Guten Abend, die Damen.«

Sein Lächeln war ehrlich und warm, wobei seine Augen etwas glasig wirkten. Wie viel Sekt hatte er schon getrunken? Dann bemerkte ich das Whisky-Glas in seiner Hand. Das also hatten Stone und er getrieben.

Auch Kate hatte meinen Einspruch vernommen und sah von ihm zu mir und wieder zurück. Da ich aber weiter nichts sagte, begrüßte sie ihn ebenfalls.

»Guten Abend, Parker. Schön, dass du da bist. Wir haben dich schon länger nicht mehr im Pub gesehen. Geht es dir gut?«

Seitdem ich ihm offenbart hatte, dass ich aufgrund unserer beruflichen Lage privat getrennte Wege gehen wollte, war er tatsächlich nicht mehr zu unseren allfreitäglichen Treffen in den *Sunshine Pub* gekommen.

»Es ist viel zu tun in der Kanzlei«, erklärte er Kate. »Von daher bleibt kaum Zeit für abendliche Drinks.«

Becks hakte sich freundschaftlich bei ihm unter. »Umso besser, dass du heute Zeit hattest. Sarah freut sich sicher, dass du hier bist. Und wir uns genauso, nicht wahr, Gill?«

»Mhmmhm«, machte ich zustimmend.

Zum Glück lenkte in diesem Moment Stone alle Aufmerksamkeit auf sich.

»Vielen Dank noch mal, dass ihr alle gekommen seid. Sarah und ich freuen uns sehr, und wir hoffen, ihr fühlt euch alle wohl bei uns.« Sein Blick wurde wärmer, als er seine Freundin anschaute. Die beiden brauchten nicht viele Worte, um einander zu verstehen. Sarah stellte sich an seine Seite, wobei sie ihm einen Arm um die Taille legte.

Becks seufzte. »Sie sehen so toll zusammen aus.«

»Und glücklich, das ist das Wichtigste«, fügte Kate hinzu.

Ich konnte nichts sagen, denn ich versuchte, mich davon abzuhalten, in Parkers Richtung zu blicken.

Stone lud uns alle ein, hinaus in den Garten zu kommen. Dort war in dieser angenehm lauen Sommernacht ein Büfett aufgebaut worden. Lampions in Warmweiß erhellten den groß angelegten Garten. Leise Popmusik untermalte die Kulisse. Gerade lief ein Song von Harry Styles, was perfekt zum leichten Sommerflair passte.

»Das ist sicher Sarahs Playlist«, merkte Becks an, während sie an mir vorbei zu den Erfrischungen lief.

Ich folgte ihr und nahm mir einen Teller. Zum Lunch hatte ich nur eine Banane gegessen, nachdem meine Schwester und ich beim Wocheneinkauf die Zeit vertrödelt hatten. Natürlich war das nicht ideal, aber glücklicherweise kam das nicht oft vor. Dafür belud ich meinen Teller nun mit gegrillten Champignons, Baguette und kleinen Gemüsebällchen.

»Knoblauchsoße?«

Fast wäre mir der Teller runtergefallen.

Parker stand direkt hinter mir. Zwar in angemessenem Abstand, aber ich hatte ihn nicht bemerkt, und das war schon genug, um mich zu erschrecken.

»Entschuldigung?«, erwiderte ich einer Tonlage höher als gewöhnlich und wandte mich leicht in seine Richtung.

»Knoblauchsoße würde gut zu den Champignons passen«, sagte er seelenruhig. Ein leichtes Schmunzeln lag auf seinen Lippen, als er auf eine Glasflasche mit der entsprechenden Beschriftung deutete.

»Ähm, ja. Danke.« Ich griff nach der Soße und tat mir etwas auf den Teller.

Im Augenwinkel nahm ich wahr, dass Parker sich eine große Portion Grillgemüse nahm. Dann schlenderte er an mir vorbei zu einer Platte mit gefüllten Auberginen.

Ich eilte zu einem der Stehtische. Kate kam ebenfalls mit, während Becks noch mit der Auswahl ihres Essens beschäftigt war.

»Hmm, sieht köstlich aus«, bemerkte Kate.

»Ja, lecker.« Ich stopfte mir ein Stück Brot in den Mund und beobachtete, wohin Parker ging.

Glücklicherweise steuerte er nicht unseren Tisch an, sondern stellte sich zu Elizabeth und ihrer Ehefrau.

»Gill.« In Kates Stimme lag ein drohender Unterton. »Was ist los? Warum herrscht diese angespannte Stimmung zwischen dir und Parker?«

Mit dem Brot tunkte ich in die Knoblauchsoße. »Ich weiß gar nicht, was du meinst.«

»Unsinn. Ich sehe doch, dass etwas nicht stimmt. Vor ein paar Wochen wart ihr quasi unzertrennlich, wie Bruder und Schwester. Was ist passiert?«

Bruder und Schwester? *Alles, nur nicht das*, schoss es mir durch den Kopf.

Weil ich nicht antwortete, wandte sich Kate an Becks, die gerade zu uns an den Tisch gekommen war und Kates Worte natürlich gehört hatte. »Findest du nicht auch, dass irgendetwas komisch ist?«

»Komisch im Sinne von merkwürdig.« Unser Küken nickte eifrig. »Das ist mir vorhin schon aufgefallen. Und dann noch der Fakt, dass Parker sich seit Wochen nicht im Pub blicken lässt. Gill, was hast du mit ihm angestellt?«

Meine Wangen glühten. Ganz bestimmt sah man mir an, wie unangenehm mir die Situation war. Doch ich wusste, dass die beiden nicht lockerlassen würden. Ich schaute mich um, ob niemand sonst in Hörweite war. Mit gesenkter Stimme erklärte ich: »Wir vertreten ein sich streitendes Ehepaar. Er die Ehefrau, ich den Ehemann.«

»Oh«, machte Kate.

»Shit«, war hingegen Becks Antwort. »Aber das kann doch nicht alles sein. Ich meine, nur weil man auf der Gegenseite steht, heißt das noch lange nicht, dass ihr euch auch privat aus dem Weg gehen müsst.«

Kate sah das nicht so locker und musterte mich von Kopf bis Fuß. Sie hatte diese Art, einen zu betrachten, dass man sich fühlte wie ein kleines Mädchen vor der Gouvernante. »Gill und Parker sollten sich in der Tat voneinander fernhalten. Schon allein der kleinste Verdacht, dass da Absprachen hinter dem Rücken der Mandanten laufen, reicht aus, um die beiden vor die Rechtsanwaltskammer zu zitieren. Nicht zu vergessen der Ärger, der durch den Boss droht.«

Das stimmte. Mr Holden war fair, allerdings auch streng. Sarahs Fall war das beste Beispiel. Der Boss hatte ein Exempel an ihr statuiert, weil sie sich auf einen Mandanten eingelassen hatte. Obwohl er sie vorgewarnt hatte, wohlgemerkt. Aber gegen ihre Gefühle hatte Sarah nicht ankämpfen können und so einen Knick in ihrer Karrierekurve hingenommen, um mit Stone zusammen sein zu können.

Mir hätte viel Schlimmeres gedroht, wenn ich meine Beziehung zu Parker aufrechterhalten hätte. Gut, dass ich es beendet hatte.

»Sie sind doch nur Freunde.« Becks legte den Kopf schief. »Freundschaften kann man nicht verbieten, auch nicht unter Anwälten.«

Mir stieg erneut Hitze in die Wangen. Verdammter Mist. Ich rückte meine Brille zurecht und konzentrierte mich auf die Köstlichkeiten auf meinem Teller.

»Ihr seid Freunde, oder?«, hakte Becks nach.

Ich presste fest die Lippen aufeinander.

Kate sog scharf die Luft ein. »Gill!«

War ich denn so leicht zu durchschauen?

Sarah kam zu uns geschlendert. »Alles gut bei euch? Schmeckt das Essen? Stone war etwas kritisch, da der Caterer im letzten Moment noch Details geändert hat.«

»Nein, alles köstlich!«, sagte ich und bemühte mich darum, sie anzulächeln.

Allerdings entging unserer Freundin nicht, dass Kate mich entsetzt anstarrte und Becks wohl kurz davor war, in Kichern auszubrechen, weil sie so fest die Lippen aufeinanderpresste.

»Hier stimmt etwas nicht. Wollt ihr mich nicht einweihen?«

»Also gut, ich sag es euch.« Ich sah mich betreten um. »Aber nicht hier.« Mir waren zu viele Leute im Garten. Außerdem stand Parker in Sichtweite. Er war zwar in ein Gespräch mit Elizabeth vertieft, schaute jedoch immer wieder zu uns hinüber. Was ich natürlich nur deswegen bemerkte, weil ich selbst zu ihm blickte.

»Lasst uns in die Küche gehen«, schlug Sarah vor. »Dort sollten wir unsere Ruhe haben.«

Wir folgten ihr in den wunderschön gestalteten Raum, der wie der Rest des Hauses Moderne und Altes harmonisch vereinte.

»Wow, ist der Mosaikboden echt?« Kate hatte sich ganz offensichtlich ebenfalls in das Haus verliebt.

»Ist er. Stone hat ihn restaurieren lassen.« Sarah marschierte zum doppeltürigen Kühlschrank und holte eine weitere Flasche Champagner heraus.

Kate half ihr, frische Gläser aus dem Schrank zu holen, da wir unsere zurückgelassen hatten.

Nachdem sie eingeschenkt hatte, starrten mich drei Augenpaare erwartungsvoll an.

Ich seufzte. »Ja, Parker und ich stehen auf gegensätzlichen Seiten bei unserem neuen Fall. Das habe ich ja eben erläutert.«

Der Sekt perlte auf meiner Zunge, und ich schloss kurz die Augen, um mich zu sammeln. »Aber bevor ich wusste, dass Parker die Gegenseite vertritt … waren wir … also.« Himmel, wir waren Freundinnen und hatten uns schon über alles Mögliche unterhalten. Warum fiel mir das Geständnis jetzt so schwer? »Wir waren bei ihm zu Hause.«

»Nicht dein Ernst!« Becks kicherte. »Ihr habt miteinander geschlafen?«

Ich leerte das ganze Glas, bevor ich antwortete. »Ja, das haben wir.«

»O nein, Gill, warum hast du das Mandat nicht abgelehnt?« Kates hübsche Stirn lag in Sorgenfalten. »Wenn Mr Holden das rausbekommt.«

»Wie sollte er das denn rausbekommen?«, entgegnete Becks. »Sie hat es doch nur uns erzählt, und wir halten dicht. Nicht wahr, Sarah?«

»Deswegen ist Parker so komisch«, sagte diese. »Das erklärt alles.«

»Ich musste mich zwischen Parker und dem Job entscheiden«, verteidigte ich mich. »Und nun … ihr wisst, wie lange ich auf die Beförderung gewartet habe. Endlich kann ich Senior Associate werden. Und wer weiß, ob das mit Parker und mir länger gehalten hätte. Ich meine, er ist attraktiv, witzig, charmant und sehr aufmerksam. Wir hatten jede Menge Spaß, und ich mag ihn. Mehr als das. Aber ich habe tagtäglich mit gescheiterten Beziehungen zu tun. Es gibt nie eine Garantie, dass zwei Menschen für immer zusammenbleiben. Meine Eltern sind das beste und abschreckendste Beispiel. Große Liebe in der Jugend, noch größerer Hass im Eheleben.«

Es war wohl der Alkohol, der mich so in Fahrt kommen ließ. Dabei redete ich äußerst ungern von meinen Eltern. Doch sie waren der wirkliche Grund, warum ich mich dem Familienrecht zugewandt hatte.

Meine drei Freundinnen hörten mir aufmerksam zu, und

doch bemerkte ich, dass etwas nicht stimmte. Becks hatte fest die Lippen aufeinandergepresst. Kate hatte beide Brauen erhoben, und Sarah starrte auf einen Punkt hinter mir.

Ich stand mit dem Rücken zur Tür.

Ein schrecklicher Verdacht machte sich in mir breit.

»Steht Parker hinter mir?«

»Ja, das tut er«, antwortete jemand mit tiefer Stimme.

Ruckartig drehte ich mich zu ihm um. »Warum hast du dich nicht bemerkbar gemacht?«

Parker hob die Schultern. »Du warst gerade so schön in Fahrt.« Dann sah er Sarah an. »Elizabeth hat sich den Ellbogen gestoßen. Ich wollte etwas Eis holen, damit sie die Stelle kühlen kann.«

Sie eilte an den Kühlschrank. »Ich kümmere mich darum. Becks, Kate, helft ihr mir?«

Schneller, als ich Einwände erheben konnte, huschten die drei aus der Küche und ließen mich mit Parker allein zurück. *Na toll.*

Er stand weiterhin lässig in der Tür, nahm nun einen Arm hoch und stützte sich am Rahmen ab. »Du magst mich also?«

»Wenn wir nicht gerade für unsere Mandanten sprechen, finde ich dich ganz okay.«

Langsam kam er auf mich zu, wie ein Raubtier, das sich seiner Beute näherte. »Okay? Hmm, ich hatte den Eindruck, es war mehr als okay.«

Mein Mund fühlte sich trocken an. Ich schluckte. »Das war, bevor das Schicksal uns zu Kontrahenten machte.«

»Das Schicksal hat wohl weniger damit zu tun als die Londoner Geschäftswelt.« Er kam noch näher.

Irgendwie wirkte er anders als sonst. Nicht so locker, eher angespannt. Auf eine sehr beunruhigende Weise angespannt.

»Du bist betrunken«, warf ich in den Raum und wich einen Schritt zurück.

»Ein wenig, stimmt.« Sein Blick glitt von meinem Gesicht

über meinen Hals weiter nach unten. »Du siehst entzückend aus. Nein, das ist das falsche Wort.« Er hielt inne und runzelte die Stirn. »Atemberaubend schön. Das passt besser.«

Ich keuchte entsetzt auf. »Was soll das werden, Parker? Wir hatten uns doch darauf geeinigt, dass wir getrennte Wege gehen und uns auf unsere Jobs konzentrieren.«

»Haben wir das? Kann mich nicht daran erinnern.«

Ich war froh, dass er stehen geblieben war. Denn ich hätte nicht sagen können, was ich lieber getan hätte: ihm eine Ohrfeige zu verpassen oder ihm um den Hals zu fallen.

»Vermutlich hast du dir den Kopf bei dem Unfall doch stärker angeschlagen.«

Er fasste sich an die Stirn. »Meinem Kopf geht es gut.«

Das erleichterte mich. Ich hatte mir im Nachhinein lange Gedanken darüber gemacht, ob ich ihn nicht doch zu einem Arzt hätte bringen sollen. Aber ich hatte ihn ja nicht allein zurückgelassen, sondern mit den Leuten vom Pannendienst.

Nun wurde seine Miene ernster. »Du hast mir nie davon erzählt, wie es mit deinen Eltern war.«

Bitterkeit breitete sich in meinem Inneren aus. Das war nichts, was ich mit Parker besprechen wollte. Schon gar nicht hier und jetzt. Eigentlich wollte ich gar nicht mit ihm reden. »Es ist … privat«, erklärte ich knapp und machte einen Schritt auf ihn zu. »Würdest du mich bitte vorbeilassen?«

»Natürlich.« Er machte mir Platz. Doch als ich auf der gleichen Höhe mit ihm war, berührte er mich sanft an der Schulter. »Es muss nicht immer so sein.«

»Was?« Keine Ahnung, was er damit meinte.

Sein Blick war ernst und doch voller Wärme. »Es gibt viele glückliche Beziehungen da draußen.«

»Das weiß ich«, antwortete ich und ging weiter. Nur in meinem Inneren hörte ich die Stimme, die flüsterte: *»Aber nicht für mich.«*

15. Parker

Jasper wagte wieder einmal eine stürmische Begrüßung, doch ich war standfest genug. Mit ein paar Kraulern hinter den Ohren war er zufrieden und zog sich hinter sein Frauchen zurück.

»Ach, Mr Simon, wie schön, dass Sie hier sind. Hatten Sie eine gute Fahrt?«

Besser als die letzte Rückfahrt nach London. Ich schluckte die Bemerkung herunter, da ich die Dame nicht beunruhigen wollte. »Die Fahrt war angenehm, danke, Mrs Charleston.«

»Kommen Sie herein. Andrew ist bei der Arbeit, wir haben also das Haus für uns allein.«

Allein mit Jasper und der Haushälterin, bemerkte ich, als eine Frau mittleren Alters mit gelber Schürze hinter uns in den Salon schritt. Sie trug ein Tablett mit Tee und Keksen, das sie auf dem Tisch abstellte. Dann verschwand sie schnell wieder, während Mrs Charleston sich auf einen Stuhl setzte.

Gedankenverloren streichelte sie den Kopf ihres Hundes, der sich neben sein Frauchen gelegt hatte. »Nehmen Sie doch Platz.«

Ich kam ihrer Aufforderung nach und setzte mich ihr gegenüber an den Tisch. Meine Mandantin machte heute einen sehr gefassten Eindruck, wie ich fand. Die Unterredung gemeinsam mit ihrem Ehemann und Gill hatte vor drei Wochen stattgefunden. Sie hatte also Zeit gehabt, sich damit auseinanderzusetzen, dass ihre Ehe zerrüttet war. Hoffentlich würde sie die Neuigkeit, die ich ihr heute mitteilen musste, nicht wieder aus der Bahn werfen.

Ich hatte für die Unterredung einen Hausbesuch vorgeschlagen. Zum einen, da ich nicht unbedingt wollte, dass sie ständig die anderthalbstündige Fahrt nach London unternehmen musste, und zum anderen, weil sie in ihren eigenen vier Wänden die Botschaft bestimmt besser aufnehmen würde.

Ohne weiteres Zögern sagte ich ihr, was los war: »Mrs Charleston, ich muss Ihnen leider mitteilen, dass Ihr Ehemann die Scheidung eingereicht hat.«

Der Löffel, mit dem sie gerade Zucker in ihren Tee gerührt hatte, fiel scheppernd in die Tasse. »Aber … wir stecken doch noch mitten in unseren Verhandlungen. Wie … wie kann er das tun? Bekomme ich nun gar nichts?«

»Nein, das bedeutet es nicht.«

Ihre Gesichtsfarbe war nach wie vor rosig, allerdings glänzten Tränen in ihren Augen.

»Scheidung und Vermögensaufteilung sind zwei verschiedene Sachverhalte. Man kann sich scheiden lassen, ohne das Vermögen auf rechtlichem Weg aufzuteilen. Oder man lässt sich scheiden und klärt die Vermögensaufteilung später. Hier gibt es keine zeitliche Frist.«

»Aber warum hat Andrew das gemacht?« Sie schüttelte zweifelnd den Kopf. »Da steckt sicher diese Anwältin dahinter. Sie sieht so nett aus, doch in ihren Augen lauert diese Kampfeslust.«

Das traf es auf den Punkt. Mit Gills Augen, meinte ich. Nicht, dass sie hinter der Sache steckte. »Ich gehe davon aus, dass es von Anfang an der Wunsch von Mr Charleston war, sich so schnell wie möglich scheiden zu lassen.« Ich holte die entsprechenden Papiere aus meiner Aktentasche, damit meine Mandantin diese in Ruhe durchlesen konnte.

Auch wenn sie einen Teil der Anwaltsvokabeln nicht verstehen würde, wollte ich doch, dass sie mit eigenen Augen sah, dass ihr Ehemann wirklich die Scheidung wollte. Sie musste die Worte lesen, um sie zu begreifen. Und sofern sie diese nicht verstand, war ich da, um sie zu erklären.

Nachdem sie die Seiten durchgeblättert hatte, atmete sie tief durch, nahm einen großen Schluck Tee und blickte mich gefasst an. »Was sollen wir jetzt tun?«

Ich war erleichtert, dass sie es tatsächlich mit Fassung trug, da ich mit Schlimmerem gerechnet hatte.

»Wir haben zwei Optionen: Entweder gehen wir gegen die Scheidung an … oder wir stimmen zu. Im letzterem Fall, einer einvernehmlichen Scheidung, könnte die Ehe in drei Monaten richterlich geschieden sein.«

»Das heißt, sollte ich der Scheidung nicht zustimmen, könnte ich das Ende hinauszögern?«

»So ist es.«

Sie umklammerte ihre Teetasse mit beiden Händen, ein filigranes Stück Keramik mit Rosenbemalung. »Ich habe die ganzen letzten Wochen darüber nachgedacht. Habe mit mir gehadert, an mir gezweifelt. Was habe ich falsch gemacht, außer das Leben zu führen, das Andrew und ich gemeinsam aufgebaut haben? Er hat sich immer in die Arbeit gestürzt, kaum Zeit mit mir verbracht. Am Anfang war es notwendig, weil wir jung waren und uns etwas aufbauen wollten. Ich kümmerte mich um das Haus, die gesellschaftlichen Ereignisse und schließlich um unser Kind. Während ich Collin großzog, war ich beschäftigt. Natürlich hätte ich mir schon damals mehr Zeit mit meinem Ehemann gewünscht. Aber die Dinge waren nun einmal, wie sie waren und ich hatte genug zu tun. Als unser Sohn aber zunehmend auf eigenen Beinen stand, entstand eine Leere in meinem Leben. Andrew arbeitete noch immer so viel, obwohl er in der Karriereleiter so weit aufgestiegen war, dass es höher gar nicht mehr ging. Also habe ich mir neue Beschäftigungen gesucht, damit mir nicht das Dach auf den Kopf fällt.« Sie schüttelte den Kopf. Ihr Blick war ganz nach innen gerichtet.

»Vermutlich ist es genauso meine Schuld wie seine. Ich habe nie mit ihm darüber gesprochen, dass ich mir mehr Zeit mit ihm wünsche. So hat jeder sein eigenes Leben geführt. Wenn ich ehrlich zu mir selbst bin, hat die Trennung also schon vor langer Zeit begonnen. Sie kam schleichend, und doch stehen wir jetzt so weit auseinander, dass wir nicht mehr zurück zueinander finden.« Erneut glänzten Tränen in ihren Augen. Dennoch war die Mrs Charleston, die gerade vor mir saß, eine ganz andere als die, die ich vor ein paar Wochen im Besprechungsraum der Kanzlei kennengelernt hatte.

Nun erst schien sie mich richtig anzusehen. »Mr Simon, mein Mann hat recht. Wir passen nicht zueinander. Und ich möchte nicht mehr mit einem Menschen zusammenleben, der sich für nichts interessiert, was ich tue, und weder meine Errungenschaften noch mein Wesen an sich wertschätzt.«

Ich lächelte aufmunternd. »Da gebe ich Ihnen vollkommen recht, Mrs Charleston.«

»Also gut, wo muss ich unterschreiben?«

Auf der Rückfahrt nach London dachte ich über den Sinneswandel meiner Mandantin nach. Womöglich sollte sie ihrem Ehemann dankbar sein, dass er den Schlussstrich gezogen hatte. Jetzt durfte sie ihr Leben neu gestalten, musste nicht mehr zurückstecken. Sie würde ihren eigenen Weg finden. Und ich würde ihr dabei helfen, dass sie das mit einer guten finanziellen Basis schaffen würde.

Allerdings gab es hierbei einen Knackpunkt.

Gill.

Ihr vor sechs Tagen auf der Einweihungsparty zu begegnen, war nicht überraschend gewesen. Und doch ließ mich die Begegnung nicht mehr los. Was zum Teufel hatte sie in ihrem Leben mitgemacht, dass diese Traurigkeit, die in ihrer letzten Antwort mitgeschwungen hatte, solche Macht über sie besaß? Gill war ziemlich gut darin gewesen, sie zu überspielen. Ich hatte gedacht, ihre Zurückhaltung läge allein an Unsicherheit. Deswegen hatte ich unsere Beziehung langsam angehen wollen. Dabei war es mehr als pure Unsicherheit. Ich wünschte mir, sie hätte sich mir irgendwann geöffnet und mir verraten, was sie bedrückte. Es musste mit ihren Eltern zu tun haben. Denn sie hatte mir nicht viel von ihnen erzählt, außer, dass sie eine furchtbare Ehe geführt hatten, einschließlich einer schrecklichen Scheidung.

Vielleicht hätte ich Gill nicht unbedingt helfen können, darüber hinwegzukommen. Aber ich hätte ihr zuhören können, für sie da sein können. Stattdessen waren wir nun gezwungen, im Sinne unserer Mandanten weiter gegeneinander zu kämpfen …

Ich zwang mich, mich auf den Verkehr zu konzentrieren, bevor ich noch ganz den Verstand verlor, und war mehr als froh, als ich endlich den Leihwagen wieder abgeben konnte. Eilig stieg ich in die Tube und erreichte kurz darauf meine Wohnung.

Erschöpft legte ich meine Aktentasche ab und zog mir das Jackett aus. Noch auf dem Weg in die Küche öffnete ich die obersten Knöpfe meines Hemds.

Mein Kühlschrank hatte nicht viel zu bieten. Ich nahm mir eine Scheibe Käse, legte sie auf eine Scheibe Toast, die ich dann zusammenfaltete. Ich nahm einen Bissen, füllte ein Glas mit kaltem Leitungswasser und ging ins Wohnzimmer.

Was mich dort erwartete, hätte mich fast dazu gebracht, das Wasserglas fallen zu lassen.

»Na endlich, ich dachte, du kommst nie!«

Auf meinem Sofa hatte es sich meine Nichte gemütlich gemacht. Auf dem Couchtisch lag eine Tüte Chips, Krümel waren überall verteilt, dazu entdeckte ich eine Dose Cola und benutzte Taschentücher, die selbst auf dem dunkelgrauen Fliesenboden herumflogen.

Flos Gesicht war tränenverschmiert, ihr dunkles Haar stand wirr in alle Richtungen ab, und ihr Blick war so finster, dass jeder Dämon der Hölle neidisch geworden wäre.

»Was machst du hier, Flo?« Ich stand noch immer wie erstarrt inmitten meines Wohnzimmers.

»Darf ich etwa nicht hier sein?!«, war ihre patzige Antwort.

»In Anbetracht dessen, dass ich dir einen Schlüssel gegeben habe, darfst du sehr wohl hier sein. Aber ich wüsste schon gerne, ob ich eine Verabredung verpasst habe.« Ich ließ mich neben sie auf das Sofa sinken, stellte mein Glas auf dem Tisch ab und biss erneut in meinen Toast.

»Mum ist doof, und Dad hält immer zu ihr.«

Okay, das war in der Welt einer Dreizehnjährigen wohl offensichtlich ein guter Grund, ganz spontan den coolen Onkel zu besuchen.

»Dann erzähl mal, was passiert ist.«

Ein lautes Grummeln aus ihrem Magen ließ darauf schließen, dass die Tüte Chips das Einzige war, was sie seit einer Ewigkeit gegessen hatte.

»Warum hast du dir nichts zu essen gemacht?«, erkundigte ich mich.

Ihre dunklen Augen funkelten vor Kampfeslust. »Weil du überhaupt nichts da hast! Was soll die blöde Frage?«

Ich seufzte tief. Schlimmer, als mit einem wütenden Teenager zu reden, war nur, mit einem *hungrigen* wütenden Teenager zu reden. Drei ältere Schwestern hatten mich das am eigenen Leib spüren lassen. »Sollen wir Pizza bestellen?«

»Sushi?« Ihre Brauen hoben sich hoffnungsvoll.

»Von mir aus auch Sushi.«

Nachdem wir über die Handy-App Essen bei einem Lieferdienst bestellt hatten, ging ich in mein Schlafzimmer, um mich in bequemere Klamotten zu werfen.

In Jogginghose und T-Shirt kehrte ich zurück zu meiner Nichte. Ihr Handy lag auf dem Glastisch, das Display nach oben. Das Wort »Mum« leuchtete auf.

»Möchtest du nicht rangehen? Sie macht sich bestimmt Sorgen, wo du steckst.«

Flo schüttelte den Kopf und verschränkte die Arme vor der Brust. »Ich rede nicht mit ihr. Nie wieder.«

Was auch immer passiert war, es war eskaliert. »Darf ich ihr dann Bescheid sagen, dass du hier bist? Nur für den Fall, dass deine Eltern in den nächsten fünf Minuten die Polizei rufen. Du willst den Steuerzahler doch kein Geld kosten, oder?«

»Nicht witzig.«

Stimmt. Das war einer meine schlechteren Scherze. »Also, darf ich?«

Sie winkte ab. »Von mir aus. Aber ich werde nicht nach Hause kommen! Ich bleibe hier!«

Mein Handy war noch in der Tasche. Ich holte es und ging zum Telefonieren ins Schlafzimmer.

Meine Schwester meldete sich nach nur einem Klingeln.

»Parker! Bitte sag mir, dass Flo bei dir ist!«

»Das ist sie.«

»Gott sei Dank!« Die Erleichterung in der Stimme meiner Schwester war kaum zu überhören. Dann wandelte sie sich in Ärger. »Sie ist einfach abgehauen! Ohne etwas zu sagen. Deine Nichte ist wirklich momentan einfach nicht zum Aushalten!«

»Sie ist dreizehn, was erwartest du da?« Ich schaute zur Schlafzimmertür, aber Flo konnte mich im Wohnzimmer garantiert nicht hören. »Um was geht es denn? Warum ist sie weggelaufen?«

»Ach, um eine kindische Sache eigentlich. Ich erlaube ihr nicht, ein Konzert zu besuchen. Alle ihre Freundinnen gehen dorthin. Angeblich. Ich habe noch nicht mit den Müttern gesprochen.«

»Wieso erlaubst du es ihr nicht? Ist das so eine Metal-Band?« Ich wusste, dass Flo einen kunterbunten Musikgeschmack hatte.

»Nein, kein Metal. Irgend so ein Poprock-Star, der früher in einer Boyband war. Sie und ihre Freundinnen sind ganz aus dem Häuschen.«

»Hmm, sie wäre doch nicht allein dort, sollte sie mit Freundinnen hingehen.«

»Parker! Auf wessen Seite stehst du eigentlich?«

»Auf keiner.« Es war nicht so einfach, diplomatisch zu sein, wenn man zwischen zwei hitzköpfigen Frauen stand. Noch so eine Sache, die ich als Bruder von drei Schwestern eigentlich wissen sollte. »Es ist schon spät. Was hältst du davon, wenn Flo über Nacht bei mir bleibt? Morgen ist Samstag. Ich bringe sie dann morgen vorbei, okay?«

Bis dahin hatten sich die Gemüter hoffentlich abgekühlt.

»Nun gut. Aber du wirst ihr nicht diese Konzertkarte schenken, klar? Das ist eine Sache zwischen ihr und mir!«

Mist, eigentlich hatte ich kurz tatsächlich mit dem Gedanken gespielt. Meine Schwester kannte mich einfach zu gut.

»Alles klar. Bis morgen dann.«

Kaum war ich ins Wohnzimmer zurückkehrt, klingelte es an der Tür und unser Essen wurde geliefert.

»Was ist das für ein Konzert?«, hakte ich nach, während wir uns das Sushi kurze Zeit später schmecken ließen.

Etwas Merkwürdiges geschah, als ich die Frage laut ausgesprochen hatte. Ich hätte damit gerechnet, dass Flo sauer werden würde, weil ich mit ihrer Mutter gesprochen hatte. Stattdessen wandelte sich das finstere, verheulte Gesicht in ein helles Strahlen. Ihre Augen leuchteten, und sie lächelte so breit, wie ich es lange nicht mehr bei ihr gesehen hatte.

»Danny Morton! Der heißeste Typ in diesem Universum!«

Ich verschluckte mich am eingelegten Ingwer und hustete. Das hatte sie doch nicht gerade wirklich gesagt? Sie war erst dreizehn!

Mit einem Schluck Wasser spülte ich den letzten Bissen runter und kam wieder zu Atem. »Danny Morton? Ich glaube nicht, dass ich den Namen schon einmal gehört habe.«

Flo griff nach ihrem Handy, tippte so schnell, dass *The*

Flash neidisch gewesen wäre und hielt mir kurz darauf das Bild eines verstrubbelten Typen vor die Nase.

Stirnrunzelnd betrachtete ich das Bild. »Der ist ja fast so alt wie ich.«

»Kann gar nicht sein.« Sie tippte noch mehr Infos in ihr Handy. »Guck, er ist drei Jahre jünger.«

Dann war er also dreißig. Das war nicht gerade beruhigend.

»Außerdem ist es doch egal, wie alt er ist. Er macht die beste Musik im ganzen Universum! Und guck dir seine Augen an.«

Für mich sahen sie schlammfarben aus. Aber so genau konnte ich das auf dem Handydisplay nicht erkennen. »Hmm, nett.«

»Nett? Nett?! Erkennst du nicht, wie tiefgründig sie sind! Und voller Emotionen.«

Es hatte Flo schlimmer erwischt als befürchtet. »Ich glaube nicht, dass ich bereits irgendein Lied von ihm gehört habe.«

Das hätte ich wohl besser nicht gesagt, denn schon erklangen die ersten Töne eines Songs aus Flos Handy.

Die Melodie kam mir tatsächlich bekannt vor. »Ach so, der ist das. Ist er Amerikaner?«

»Lebst du eigentlich hinterm Mond? Danny Morton ist Australier! Und früher war er einmal Mitglied von *Sunny Dreams.*«

Das war dann wohl die Boyband, die meine Schwester erwähnt hatte. Bestimmt hatte ich schon von der Band gehört, aber so wirklich sagte mir der Name nichts. Kein Wunder, ich war ganz sicher nicht die richtige Zielgruppe.

Mir fiel auf, dass meine Nichte kaum etwas gegessen hatte. »Lass doch eine Playlist laufen«, schlug ich vor. »Und dabei essen wir weiter.«

Sie nickte eifrig, und sobald Gitarrenklänge und eine

männliche Stimme den Raum erfüllten, konnte das Mädchen auch wieder ans Essen denken.

Die Musik war eigentlich gar nicht schlecht, musste ich zugeben. Erinnerte an eine Mischung aus Country, Pop und Jazz.

»Du kannst übrigens heute hierbleiben, falls du möchtest«, erklärte ich. »Habe ich mit deiner Mum abgesprochen.«

»Danke, Onkel Parker. Ich hätte es wirklich nicht ausgehalten, wenn ich heute noch einmal mit ihr hätte reden müssen. Sie erlaubt mir nie etwas. Nicht die Party bei Cassy, nicht der Ausflug mit Tina und Josy ans Meer … einfach gar nichts.«

»Sie ist beschützend. War sie früher auch schon.«

»Und was kann ich dagegen machen?«

»Zum einen solltest du froh sein, dass du eine Mum hast, die sich um dich sorgt.«

Flo rollte mit den Augen und zog eine Fratze.

»Na gut. Ich meine, sie ist echt sehr beschützend. Aber sie macht es aus Liebe. Nicht, weil sie dich ärgern will.«

»Nein, sie macht es allein, um mich zu ärgern. Warum sonst erlauben die anderen Mütter mehr als meine?«

Da war er wieder, der schmollende Ausdruck auf ihrem jungen Gesicht.

Wie auch immer die Story mit dem Konzert ausgehen würde, die Pubertät nahm gerade erst ihren Anfang, und ich wünschte meiner Schwester Nerven aus Stahl.

16. Gillian

Sonnenstrahlen drangen in meine Träume. Verwirrt öffnete ich die Augen und kniff sie direkt wieder zu.

Etwas Schweres plumpste neben mir aufs Bett. »Aufstehen, Schlafmütze.«

»Welchen Wochentag haben wir?«, krächzte ich schlaftrunken.

»Samstag. Und die Sonne scheint.«

»Samstag. Warum weckst du mich?«

»Die Sonne scheint.«

»Das sagtest du bereits.«

Erica wuschelte mir durchs Haar. »Du hast vergessen, dass wir bei Sonnenschein in den Park wollten. Haben wir vor drei Tagen besprochen.«

Tief in meinem Unterbewusstsein klingelte etwas. »Wieso habe bei so was zugestimmt?«

Sie lachte herzhaft. »Weil du eine liebe kleine Schwester bist und Zeit mit mir verbringen wolltest.«

Und Erica verbrachte gern Zeit an der frischen Luft. So was Dummes.

»Gibt es Kaffee?«, gab ich brummend von mir.

»Sicher. Er ist schon fast kalt. Komm runter, dann frühstücken wir zusammen und besprechen, was wir im Park alles unternehmen.«

»Darf ich vorher noch duschen?«, fragte ich wenig begeistert.

Sie schnüffelte an mir und rümpfte die Nase. »Das solltest du unbedingt.«

Den letzten Drink im Pub hätte ich mir wohl besser gespart. Aber zumindest hatte ich Spaß gehabt. Damit mir für ein paar Stunden nicht ein gewisser Kerl mit dunkelbraunen Augen und charmantem Grinsen durch den Kopf geisterte. Besagter Kerl war glücklicherweise auch nicht im Pub aufgetaucht. Wie schon seit Ewigkeiten nicht mehr.

Doch ich hatte ihn vor einer Woche gesehen. Auf Sarahs und Stones Einweihungsparty. Gott, er war wirklich attraktiv. Und ich war froh, dass ich ihm den Rest des Abends aus dem Weg hatte gehen können. Sonst hätte ich vermutlich all meine rationalen Entschlüsse über Bord geworfen und mich meinen weiblichen Gelüsten hingegeben.

Fast hätte ich unter der Dusche über mich selbst gelacht. Ich war eine Anwältin. Rationalität gehörte quasi zu meinem Beruf. Aber Parker Simon hatte diese verdammt ungute Wirkung auf mich. Wie sollte ich damit nur klarkommen? Spätestens beim nächsten Termin wegen unserer Mandanten würde ich ihm wieder begegnen, und ich hatte keine Ahnung, wie ich das überstehen sollte.

Das Beste war wohl, sich zunächst auf den Alltag zu konzentrieren, und der bestand darin, mein Versprechen gegenüber Erica einzulösen.

Meine anfängliche Befürchtung, dass meine Schwester mit Sportsachen aufwarten würde, erfüllte sich glücklicherweise nicht. Wir mussten außerdem für das Wochenende einkaufen und die Einkäufe verstauen, sodass wir doch erst am Nachmittag zu unserem Ausflug aufbrachen.

Wir packten uns ein paar Snacks ein und zogen bequeme Klamotten an, dann ging es mit der Bahn zum Crystal Palace Park.

Die Luft roch hier angenehm frisch, und man hatte diese fantastische Sicht auf Londons Skyline. Wir organisierten uns zwei Becher Coffee to go und schlenderten los.

Sittiche, die an ihrem grünen Federkleid gut zu erkennen waren, bevölkerten diesen Teil des Parks und machten sich lautstark bemerkbar. Außerdem nutzten viele Familien diesen schönen Sommertag, um an der frischen Luft zu sein.

»Wir könnten zum Labyrinth laufen«, schlug meine Schwester vor.

Das letzte Mal hatten wir uns zwischen den hoch aufragenden Hecken verirrt, und es hatte eine Ewigkeit gebraucht, um wieder rauszufinden. Immerhin handelte es sich um eines der größten Labyrinthe Englands. Trotzdem war es spaßig gewesen, und am Ende hatten wir uns zur Belohnung ein Eis gegönnt.

»Klar, aber diesmal halten wir uns an meinen Orientierungssinn.«

»Hey, jetzt sag nicht, dass es meine Schuld war.« Erica lachte vergnügt. »Außerdem, wo bliebe denn der Spaß, wenn man sich nicht ein bisschen verläuft?« Dann wurde sie jedoch ernst, und ich spürte, dass sie etwas auf dem Herzen hatte.

»Sag mal, möchtest du mir etwas erzählen? Ich merke doch, dass dich etwas beschäftigt.«

Sie nickte und deutete auf eine Stelle im Gras. »Wollen wir uns setzen?«

Es wurde also diese Art von Gespräch, bei der man sich besser setzte. Ich nickte und wir nutzten unsere Jacken, um uns darauf niederzulassen. Es war zwar sonnig, aber das Gras noch etwas feucht.

»Was ist los?«, fragte ich geradeheraus. »Hat Dad sich gemeldet, weil er mal wieder Geld braucht?«

Erica winkte ab. »Nein. Bei mir hat er sich seit drei Monaten nicht mehr gemeldet. Bei dir?«

»Zuletzt an Weihnachten.« Unser Vater war nicht gerade ein Held, was den Kontakt zu seinen Kindern betraf. Immerhin hatte er seit etwa zwei Jahren so etwas wie Kontinuität gefunden. Er betrieb eine Surfschule in Portugal und schien damit auszukommen.

»Dann ist es Mum?«

Erica lachte. »Nein, Mum hat uns doch zuletzt per WhatsApp mitgeteilt, dass sie mit ihrem Mann in die Karibik fährt.«

»Stimmt, sicher bekommen wir demnächst ein paar Fotos zu sehen.«

Ich betrachtete meine ältere Schwester eingehend. So zurückhaltend hatte ich sie selten erlebt, da sie eher zu ungeschönter Direktheit neigte. Aber ich wollte sie nicht weiter drängen. Also nippte ich an meinem Kaffeebecher und sah hinüber zum See, bis sie die richtigen Worte gefunden hatte. Eine Entenmama und ihre Küken schwammen in aller Gemütlichkeit über das Wasser. Sehr zur Freude von zwei kleinen Kindern, die die Küken bewunderten.

»Erinnerst du dich noch, als wir früher immer davon geredet haben, nach Paris zu gehen?«, fragte sie schließlich.

»Ja, wir wollten uns eine Künstler-WG suchen und von Baguette und Rotwein leben.« Das war einer dieser Träume gewesen, die uns davon ablenkten, wie bescheiden unser echtes Leben gewesen war. Allerdings waren wir beide keine Künstlerinnen, weshalb zumindest dieser Traum gescheitert war.

Erica atmete tief durch. »Also, ich habe ein Angebot bekommen für den Neubau eines Hotels. Sie haben mein letztes Objekt in Schottland bewundert und möchten etwas in dem Stil haben.«

»In Paris?«

Sie nickte. »Ich müsste eine Weile dort leben, mehrere Monate, wenn nicht sogar ein bis zwei Jahre. Ich muss vor Ort sein, und zu pendeln wäre unpraktisch.«

»Wow, Erica! Das ist eine großartige Chance für dich!« Ich schloss sie in eine feste Umarmung. Meine Schwester hatte sich schon immer gewünscht, als Architektin international arbeiten zu dürfen, und das war nun die Gelegenheit, auf die sie lange gehofft hatte.

Dennoch wirkte sie bekümmert. »Du wärest dann allein in London.«

Es dauerte etwas, bis ich verstand, was sie mir damit sagen wollte. »Hey, ich bin dreißig Jahre alt. Denkst du, ich bekäme das nicht hin? Während des Studiums haben wir auch nicht zusammengewohnt.«

»Aber wir waren immer in der Nähe, nie mehr als eine Autostunde entfernt.«

Ich nahm ihre Hände in meine und sah ihr tief in die Augen. »Wir schaffen das beide. Du in Paris und ich in London. Außerdem ist das nur eine Stunde mit dem Flugzeug.«

Einmal mehr wurde mir bewusst, wie viel mir meine Schwester bedeutete. Sie war mein Anker gewesen, seit ich denken konnte. Sie war stets da gewesen. Aber natürlich würde ich ohne sie zurechtkommen. Erica war jetzt schon viel beruflich unterwegs, immer dort, wo das nächste Projekt sie benötigte.

»Du hast doch nicht etwa Angst gehabt, mir davon zu erzählen?«, hakte ich nach. »Du musst wissen, dass ich mich über jeden deiner Erfolge freue, als wäre es mein eigener. Mal abgesehen davon bin ich nicht allein. Ich habe die Mädels im Büro, und wir unterstützen uns gern gegenseitig.«

»Ich weiß. Deswegen habe ich mir auch nicht ganz so große Sorgen gemacht.«

»Du hast hoffentlich nichts dagegen, dass ich in der Zwischenzeit dein Zimmer zum Büro umfunktioniere? Ich benötige dringend mehr Platz, falls ich mir Akten mit nach Hause nehme.«

»Hey, ich hätte schon gerne einen Platz zum Schlafen, wenn ich nach Hause komme.«

»Das lässt sich einrichten.« Ich stieß ihr freundschaftlich in die Seite, und sie nahm mich in die Arme.

»Ich freue mich, dass du es so locker siehst.«

»Und ich freue mich, dass du deine Träume verwirklichen

kannst.« Ich schmiegte mich an meine große Schwester und schloss die Augen, um den Moment auszukosten. Viel Gelegenheit würden wir dafür in Zukunft nicht mehr haben. Ihre Umarmungen hatten mir immer Trost gespendet. Sie strahlte eine Wärme aus, wie es unsere Mutter leider nie vermocht hatte.

Und obwohl ich schon dreißig war, würde ich diese kleinen Momente vermissen, wenn wir nicht mehr zusammenwohnten. Sie war außer unserer Großmutter in Schottland alles, was Familie für mich bedeutete.

»Hmm, sieh jetzt nicht hin«, raunte Erica und löste sich von mir. »Aber da ist so ein richtig heißer Typ auf dreizehn Uhr. Scheint ein Single-Daddy zu sein. Obwohl … eigentlich ist das Mädchen ein bisschen zu alt, um seine Tochter zu sein.«

Natürlich schaute ich hin, bei einer solchen Ansage. Der Schock schoss mir in die Adern, als hätte man mir eiskaltes Wasser gespritzt.

»Gill, alles okay?« Erica klang amüsiert. »Wusste ich doch, dass das genau dein Typ ist.«

Ich schnappte nach Luft, um sprechen zu können. »Das ist Parker Simon.«

»Oh, du kennst ihn also?« Dann klingelte es bei ihr. »Ach so, der Parker Simon, von dem du mir erzählt hast?«

»Genau der.«

»Du hast gar nicht erzählt, dass er ein Kind hat.«

»Hat er auch nicht.«

Parker lief auf dem Weg am See entlang in unsere Richtung, hatte uns aber noch nicht bemerkt, da er in eine Diskussion mit dem Mädchen an seiner Seite vertieft war.

Ich schätzte die Kleine auf etwa dreizehn oder vierzehn, das war in dem Alter schwer zu sagen. Sie trug schwarze Jeans mit Löchern an den Knien, dazu einen übergroßen Hoodie, und ihr dunkelbraunes Haar war zu einem hohen Dutt gebunden.

Ich wollte Erica gerade vorschlagen, lieber woanders hinzugehen, als Parker in unsere Richtung sah. Er blieb stehen, und ich konnte nicht erkennen, ob er genauso verblüfft war wie ich.

Dabei hätte es nicht besonders sein sollen, dass wir uns im Park begegneten. Wir wohnten immerhin im selben Stadtteil. Aber bis heute waren wir uns noch nie zufällig über den Weg gelaufen.

»Wer ist das?«, hörte ich das Mädchen fragen. »Freundinnen von dir?«

Parker schüttelte den Kopf, und diese Geste reichte, um mir einen Eispfeil durchs Herz zu jagen. Natürlich war ich keine Freundin, was hatte ich erwartet?

»Eine Kollegin«, erklärte er.

Das Mädchen verschränkte die Arme vor der Brust. »Willst du nicht Hallo sagen?«

Erica stupste mich an. Als ich nicht reagierte, stand sie auf und ging zu den beiden, bevor ich sie aufhalten konnte.

»Hi, ich bin Erica, Gills Schwester.«

Parker lächelte. »Schön, dich kennenzulernen. Ich bin Parker, und das ist meine missgelaunte Nichte Flo.«

Am liebsten hätte ich mich hinter einem Busch verkrochen. Die Situation war so strange.

Ich sprang auf und eilte zu ihnen. »Ähm, wir wollten gerade gehen.«

Meine Schwester sah mich amüsiert an. »Wollten wir das?«

»Der Irrgarten. Weißt du nicht mehr?«

»Hi, Gill.« Parker klang betont freundlich.

»Hallo, Parker.« Mein Blick fiel auf das Mädchen, das mich finster von oben bis unten musterte. »Und hallo, Nichte von Parker. Ist Flo dein echter Name?«

»Florine«, sagte sie. »So heiße ich.«

»Das ist ein sehr schöner Name.« Ich legte den Kopf schief, um sie genauer zu betrachten. »Er passt sehr gut zu dir.«

»Wo ist dieser Irrgarten?«, fragte sie.

»Auf der anderen Seite des Sees.« Ich deutete in die entsprechende Richtung.

»Oh, darf ich mitkommen?« Ihre dunklen Augen, die Parkers so sehr glichen, leuchteten auf.

»Wir wollten gerade gehen«, sagte ihr Onkel und fuhr sich durchs kurze Haar. Er schien nicht so begeistert von der Idee.

»*Du* wolltest gehen. Ich bleibe noch.« Florine nickte mir zu. »Ich störe euch doch nicht?«

»Nein, natürlich nicht.« Ich sah zu meiner Schwester, die grinsend mit den Achseln zuckte.

Florine lächelte, und jetzt gab auch ihr Onkel nach.

»Okay, aber danach bringe ich dich zu deiner Mum.«

Und schon lief die Teenagerin mit meiner Schwester voraus, sodass mir nichts anderes übrig blieb, an Parkers Seite zu bleiben, wenn ich nicht unhöflich sein wollte.

»Du lässt dich wohl gern von deiner Nichte um den Finger wickeln?«

»Das war das erste Mal, dass ich sie heute habe lächeln sehen. Ich konnte nicht anders.«

»Verstehe.«

Wir gingen ein paar Meter schweigend nebeneinander her. Über uns zwitscherten die Sittiche um die Wette.

»Ist der Kaffee gut?« Parker deutete auf meinen Becher.

»Ja, sehr gut sogar.«

»Schönes Wetter heute«, sagte er weiterhin.

Ich blieb stehen. »Was soll das werden? Small Talk, als wären wir zufällige Bekannte?«

»Du hast es so gewollt. Und bessere Themen fallen mir gerade nicht ein, wenn wir nicht streiten wollen.«

Ich schüttelte den Kopf und ging weiter. Seine Anwesenheit brachte mich stets aus der Fassung. So sehr ich diese auch wahren wollte. Das lag vor allem daran, dass ich gegen meine inneren Bedürfnisse ankämpfte. Viel zu gern hätte ich nun seine Hand genommen, um gemächlich durch den Park zu schlendern, als wären wir ein Liebespaar. Tief in mir wollte ich mit Parker Zeit verbringen. Ihn weiter kennenlernen. So, als wäre dieses verdammte Mandat nicht zwischen uns geraten.

»Deine Nichte ist entzückend«, meinte ich schließlich, um unser Gespräch in eine andere Richtung zu lenken.

»Entzückend? So würde ich Flo nicht bezeichnen, und ihre Mum wohl derzeit ebenso wenig.« Sein Lächeln sagte jedoch etwas anderes.

»Gab es Stress? Du musst nichts erklären, geht mich ja eigentlich nichts an. Aber es sah so aus, als hättet ihr etwas zu diskutieren.«

»Gut beobachtet. Ich würde behaupten, es ist der ganz normale Teenager-Stress. Es gibt eine Meinungsverschiedenheit zwischen Flo und ihrer Mum, und ich stehe nun irgendwie zwischen den Stühlen.«

»Hmm, keine gute Position.« Ich warf ihm einen Seitenblick zu. Ich wusste, dass er seinen Schwestern und deren Kindern sehr zugetan war. Wenn es im Lexikon einen Artikel zum Thema Familienmensch gäbe, würde ein Bild von Parker Simon sehr gut dazu passen.

»Flo ist die Älteste meiner Nichten und Neffen. Die Erste, mit der ich durch die Pubertät gehe. Und glaube mir: Alles, was ich mit meinen Schwestern durchgemacht habe, wiederholt sich.«

»Das hören sie bestimmt gerne.«

Er lachte herzlich, was eine angenehme Wärme in meinem Inneren verursachte.

»Jedenfalls möchte Flo unbedingt mit ihren Freundinnen

auf ein Konzert gehen. Nicht nur, dass die Karten dafür unendlich teuer sind, meine Schwester erlaubt auch nicht, dass sie dorthin geht, weil der Typ in unserem Alter ist. Sie ist der Meinung, dass ein Kind in Flos Alter nichts auf einem Konzert zu suchen hat, wo sich hauptsächlich Erwachsene herumtreiben.«

»Was eine sehr vernünftige Einstellung ist«, musste ich hinzufügen. »Aber ich gehe mal davon aus, dass Flo total auf diesen Musiker steht. Wer ist es?«

»Danny Morton.«

Ich blieb stehen. »Du machst Witze.«

Er musterte mich kritisch. »Kennst du ihn?«

»Deine Nichte hat einen ziemlich guten Geschmack.«

»Jetzt sag nicht, dass du Fan dieser Boyband warst?«

»*Sunny Dreams?* Und ob ich das war. Ich hatte mein Zimmer quasi zugepflastert mit Postern.«

Er warf mir einen Blick zu, als wäre ich ein exotisches Insekt.

»Waren deine Schwestern nie Fans irgendwelcher Bands?«, fragte ich amüsiert.

»Doch. Leider. Aber ich bitte dich: *Sunny Dreams.* Was ist das für ein Name? Ich wette, die Jungs haben sich mit braungebranntem Oberkörper am Sandstrand geräkelt.«

»So in der Art. War immerhin eine australische Band. Doch ich war erst fünfzehn. Da steht man auf so was.«

»Ich nicht.«

»Hast du nie für jemanden geschwärmt in dem Alter?«

Er schien lange darüber nachdenken zu müssen. »Doch, jetzt, wo du es sagst. Ich fand Scarlett Johansson schon immer ganz cool.«

»Siehst du!«

»Aber darum geht es ja gar nicht. Sondern darum, dass meine Nichte zu jung ist, um allein mit ihren Freundinnen ein Konzert zu besuchen.«

»Dann begleite sie doch.«

»Machst du Witze? Ich werde garantiert nicht auf so ein Schmusesänger-Konzert gehen.«

»Er ist kein Schmusesänger.« Durch unsere gemeinsame Zeit im Pub kannte ich Parkers Musikgeschmack tatsächlich schon ein wenig. »Seine Musik wird dir gefallen. Und du tust sowohl deiner Schwester als auch deiner Nichte einen Gefallen.«

Er verzog das Gesicht. »Es wird meiner Schwester aus pädagogischer Sicht nicht gefallen, dass Flo ihren Willen bekommt. Und Flo wird es nicht gefallen, mit ihrem alten Onkel dorthin gehen zu müssen.«

»Wann ist das Konzert eigentlich?« Ich hatte überhaupt nicht mitbekommen, dass Danny Morton auf Tour ging.

»Erst in einem halben Jahr. Aber der Vorverkauf startet schon am Montag, und die Karten sollen angeblich recht schnell ausverkauft sein.«

»Verstehe. Deine Nichte steht also unser Zeitdruck. Kein Wunder, dass sie so angespannt ist.«

»Angespannt ist leicht untertrieben.«

»Sei nett zu ihr. Sie wird gerade zur Frau. Das ist keine leichte Zeit.«

»Ich bin immer nett.«

Ich sah ihn mit hochgezogenen Brauen an.

Er grinste schief. »Nun gut. Ich bin nett, solange ich es nicht mit einer heißblütigen Anwältin auf der Gegenseite zu tun bekomme.« Unbekümmert ging er weiter, als hätte er nicht vor einem Atemzug zu mir gesagt, dass ich heißblütig war.

Schmetterlinge flatterten in meiner Brust.

Verdammter Mist.

Irgendwann erreichten Parker und ich den Eingang zum Labyrinth, der durch einen Metallbogen markiert war. Erica und

Flo warteten dort auf uns. Wenn ich nicht aufpasste, würde ich mit ihm hinter den beiden herlaufen müssen. Das wollte ich vermeiden, also entsorgte ich meinen leeren Kaffeebecher in der bereitstehenden Mülltonne und grinste die anderen herausfordernd an.

»Wer als Letzter das Zentrum erreicht, ist ein Loser.«

Schnell betrat ich den ersten Pfad des Labyrinths und entschied mich an der ersten Kreuzung dazu, nach links zu laufen. Weil wir uns vor ein paar Jahren hier total verirrt hatten, hatte ich immer noch keinen Plan, wie man am besten vorging. Doch ich schätzte, dass es ganz gut wäre, sich stets für die gleiche Richtung zu entscheiden.

Hinter mir vernahm ich Schritte. Florine hatte mich eingeholt. »Du bist schnell. Nur nicht so schnell wie ich.« Sie kicherte vergnügt, blieb aber an der nächsten Kreuzung stehen. Drei Wege standen hier zur Auswahl.

»Lass uns nach links gehen«, schlug ich meinem Plan folgend vor.

»Nein, ich gehe geradeaus.«

Sicherheitshalber folgte ich ihr. Sich gemeinsam zu verlaufen, war doch angenehmer.

»Parker hat mir erzählt, du hörst Danny Morton.« Sie warf mir über die Schulter einen kritischen Blick zu. »Hat mein Onkel dich jetzt vorgeschickt, um mit mir zu reden?«

»Nein, hat er nicht. Aber ich war früher großer Fan von *Sunny Dreams.*«

Sie blieb stehen und musterte mich erneut. »Dann bist du jünger als Parker?«

»Nur ein bisschen. Doch ich war schon immer ein Tatum-Girl.«

»Tatum?« Sie lachte empört. »Das war Dannys Erzfeind.«

»Nein, das war lediglich Show. Die beiden mochten sich gern und haben vor der Kamera so getan, als könnten sie sich nicht leiden.« Ich ging an ihr vorbei zur nächsten Weggabelung. »Habe ich vor drei Jahren in einem Interview gelesen.«

»Da kam gerade Dannys erstes Soloalbum heraus.«

»Genau. Und Tatum ist jetzt Schauspieler in Hollywood. Sie fahren ganz oft zusammen in den Urlaub.«

Flo beschleunigte ihre Schritte, um mit mir mitzuhalten. »Du bist ja wirklich ein Fan.«

»Sag ich doch.« Ich stemmte die Hände in die Hüfte. »Rechts oder links? Ich würde ja links vorschlagen.«

»Okay, dann links«, stimmte sie zu.

»Denkst du, deine Mum würde erlauben, dass du auf das Konzert gehst, falls dein Onkel dich und deine Freundinnen begleiten würde?«

»O Gott, bitte nicht! Das wäre extrem peinlich!«

»Parker kommt mir ziemlich cool vor für einen Onkel.«

»Ist er auch. Aber er kennt Danny gar nicht.« Sie verzog das Gesicht, als hätte sie saure Milch getrunken. Dann hellte sich ihre Miene blitzartig auf. »Wenn du mitkämst, wäre das was anderes!«

»Ich?« Beinahe hätte ich nähere Bekanntschaft mit dem Gebüsch gemacht. Ich sollte mit einer Horde Teenager auf ein Konzert gehen? Dazu fehlte mir jede Erfahrung. Die würden mir vermutlich auf der Nase herumtanzen, und ich hätte am Ende erzürnte Eltern am Hals.

Aber Florine fand die Idee offensichtlich immer besser. »Das wäre mega! Du könntest Parker begleiten, damit er nicht allein ist!«

Auch noch zusammen mit Parker auf ein Konzert. »Das wäre keine gute Idee.«

»Wieso nicht? Ihr seid Kollegen. Ist doch nichts dabei.«

»Na ja, wir arbeiten nicht in derselben Kanzlei. Tatsächlich stehen wir sogar gerade auf gegensätzlichen Seiten.«

»Echt? Geht das? Ich meine, dass ihr trotzdem zusammen ausgeht?«

Hitze stieg mir in die Wangen. Die Fragen der Teenagerin waren erfrischend direkt, brachten mich aber genauso in Bedrängnis. »Wir gehen nicht zusammen aus.«

»Komisch, ich finde, ihr würdet ganz toll zusammenpassen. Außerdem braucht Parker unbedingt eine Freundin.«

Ihre Worte brachten mich zum Lachen. »Braucht er das, ja?«

»Ja. Er sollte nicht allein sein. Er ist so ein toller Typ, und ich weiß, dass er sich eine Familie wünscht. Er kann übrigens sehr gut kochen und liebt gemütliche Abende auf dem Sofa. Aber er kann auch aktiv sein, wenn er will.«

»Ähm, danke. Ich weiß.«

Sie schaute mich erneut mit diesen dunklen Augen an. »Aha.«

Irritiert rückte ich meine Brille zurecht. »Bitte?«

»Ihr kennt euch bereits länger, hab ich recht?«

»Ja, ein paar Monate. Wenn man in derselben Branche arbeitet, begegnet man sich öfter.«

Sie deutete mit dem Zeigefinger auf meine Nase. »Glaub ich dir nicht. Ihr wart sicher schon mal aus.«

Wir befanden uns an der nächsten Weggabelung. »Wir gehen nach links.«

Flo grinste in sich hinein. Sollte sich die Kleine ruhig ihren Teil denken.

Ich würde ganz sicher nicht mit einem Teenager über die Art meiner Beziehung zu Parker Simon sprechen.

17. Parker

Von Gill und meiner Nichte fehlte jede Spur.

»Wie lange laufen wir schon durch das Labyrinth?«, fragte Gills Schwester.

Ich warf einen Blick auf meine Uhr. »Etwa zwanzig Minuten.«

»Das geht ja noch. Das letzte Mal war ich mit Gill eine Stunde oder länger unterwegs.«

»Das macht Hoffnung.«

Erica lachte und deutete auf den Pfad, der nach rechts führte. »Lass uns da lang gehen.«

»Erinnerst du dich an den Weg?«

»Nein, ist nur so ein Gefühl.«

»Okay.«

»Darf ich dich was fragen, Parker?«

Oha, ich hatte keine Ahnung, wie viel Gill ihrer Schwester von uns erzählt hatte. Aber ich wusste, dass die beiden sich nahestanden. Also wusste sie vermutlich genug.

»Benötigst du rechtlichen Rat?«, scherzte ich.

»Nein. Ich würde jedoch gerne wissen, wie du die Sache siehst? Ich meine, dass du gegen Gill in den Ring trittst oder wie man das bei euch Anwälten nennt.«

»Hat Gill dir nichts dazu gesagt? Sie hat die Sache beendet, bevor es mit uns beiden überhaupt richtig angefangen hat. Insofern braucht man wohl nicht mehr viel darüber zu sinnieren.«

»Oh.« Sie blieb stehen, und ich sah fragend zurück. »Du wolltest aber was anderes?«

Ich hob die Schultern. »War nicht so, dass ich eine Wahl

gehabt hätte. Ich hatte nicht einmal eine Chance, überhaupt darüber nachzudenken, weil sie mich vor vollendete Tatsachen gestellt hat.«

»Das ist in der Tat merkwürdig.«

»Warum? Sie hat sich für die Karriere und gegen eine mögliche Beziehung entschieden.«

Wir gingen weiter, und ich hatte den Eindruck, dass Erica darüber nachdachte, was ich ihr gerade gesagt hatte.

»Hättest du anders entschieden?«, fragte sie schließlich nach. »Wenn sie dir eine Wahl gelassen hätte?«

»Keine Ahnung. Mir ist mein Job auch wichtig. Aber vielleicht hätten wir gemeinsam eine Lösung gefunden. Ich mag deine Schwester nämlich sehr.«

Sie lächelte in sich hinein. »Also gut, du machst einen sympathischen Eindruck. Deswegen werde ich dir etwas erzählen. Was du daraus machst, ist deine Entscheidung. Und solltest du meine Schwester auf irgendeine Weise verletzen, werde ich dich in deinen finstersten Träumen heimsuchen. Das ist dir sicher klar?«

Never mess with a bigger sister.

»Klar.« Ich meinte es ernst und hielt Ericas stechendem Blick daher stand.

»Vermutlich hat Gill nicht viel über unsere Familie gesprochen.«

»Sie hat von dir berichtet, von eurer verstorbenen Oma in Schottland … und davon, dass eure Eltern geschieden sind.«

Sie nickte. »Die Ehe unserer Eltern war eine Katastrophe. Sie haben sich ständig gestritten. Sofern sie überhaupt Zeit miteinander verbracht haben. Für ein Kind ist es mehr als schwierig, in einer solchen Konstellation aufzuwachsen. Ich habe versucht, immer für Gill da zu sein.« Traurigkeit lag in Ericas Stimme und noch mehr: Bedauern.

»Du kannst nichts dafür. Du warst doch selbst noch ein Kind.«

»Ich weiß.« Sie atmete tief durch. »Während des Studiums hatte ich ein paar Schwierigkeiten, zurechtzukommen.« Sie winkte ab. »Nichts, womit ich dich belasten will. Ich habe eine Therapie gemacht, und das hat mir sehr gutgetan und mich wieder auf die richtige Bahn gelenkt.«

Auf eine seltsame Weise berührte es mich, dass Erica diese Information mit mir teilte. Das war nichts, was man jemandem, den man erst seit fünf Minuten kannte, einfach so anvertraute.

»Gill war nie in einer Therapie«, sagte sie nun leise. »Aber ich glaube, es hätte ihr gutgetan, mit jemandem darüber zu reden, was wir in unserer Kindheit erlebt haben. Ich glaube, sie hat es nie komplett verarbeitet, und deswegen fällt es ihr schwer, sich zu binden. In einer Beziehung, meine ich. Sie hatte Freundschaften … jedoch keine ernste Beziehung. Sie glaubt nicht daran, dass es wirklich funktionieren kann.«

Genau das hatte ich ebenfalls bereits vermutet.

»Was kann ich tun, damit sie an wahre Beziehungen glaubt? An solche, die halten?«

Sie lächelte geheimnisvoll. »Das, mein Lieber, musst du schon selbst herausfinden.« Erica bog nach rechts ab. »Oh, sieh doch, wir haben die Mitte des Labyrinths gefunden.«

Gill und Flo saßen bereits auf einer der Steinbänke, und beide grinsten triumphierend.

»Erste!«, rief Flo gut gelaunt.

Mein Herz setzte für einen kurzen Moment aus. Nicht nur, weil Flo endlich wieder gute Laune zu haben schien, sondern auch, weil Gill mir ein Lächeln schenkte, das Nord- und Südpol gleichzeitig hätte schmelzen lassen können.

Wie konnte eine Frau wie Gillian Hobbs nicht an die wahre Liebe glauben? Es war eine schreckliche Fügung des Schicksals, dass sie eine Kindheit ohne echte Liebe erlebt hatte.

»Parker, Gill hat eine mega coole Idee wegen des Konzerts!«, platzte es aus meiner Nichte heraus.

Gill lachte. »Eigentlich war es Florines eigene Idee.«

»Nenn mich ruhig Flo, Tatum-Girl.«

Ich sah verwirrt zwischen den beiden Ladys hin und her. »Was ist ein ›Tatum-Girl‹?«

Flo zwinkerte Gill verschwörerisch zu. »Das bleibt unser Geheimnis.«

»Okay und was hat es mit dieser Idee auf sich?«

Gill nickte meiner Nichte zu, und die erklärte, was die beiden in meiner Abwesenheit ausgeheckt hatten.

»Wir schlagen Mum vor, dass du und Gill mit mir auf das Konzert kommt. Dann kann sie einfach nicht Nein sagen. Außerdem habe ich in zwei Monaten Geburtstag. Es gibt einfach keine andere Möglichkeit für Mum!«

Ihre Aufregung war ansteckend. Sie hatte recht. Wie konnte ich ihren Vorschlag da ablehnen? Fast wünschte ich mir, ich wäre selbst noch einmal dreizehn und meine einzige Sorge und Hoffnung wäre, ob ich auf dieses Konzert gehen durfte.

»Also gut, ich rede mit deiner Mum.«

Flo sprang auf und fiel mir um den Hals. »Danke! Du bist der beste Onkel der Welt!«

Sie rannte in Richtung einer der Gänge. »Wer zuletzt draußen ist, schuldet allen eine Runde Eis!«

Erica lachte und rannte hinterher. »Den Letzten beißen die Hunde!«

Gill kam gemächlich auf mich zu. »Ich hatte recht: Sie kann dich absolut um den Finger wickeln.«

Ich zwinkerte ihr zu. »Aber nur, weil ich es zulasse.« Dann wurde ich ernster. »Du musst das nicht tun. Mit uns auf das Konzert gehen, meine ich.«

»Ich möchte es sehr gern. Bis dahin ist die Scheidung unserer Mandanten hoffentlich längst durch, und keiner kann etwas dagegen sagen.«

Die Sonne senkte sich langsam und ließ Gills Haar in warmem Goldbraun erstrahlen. Ohne weiter darüber nachzudenken, strich ich ihr eine Haarsträhne hinters Ohr.

Sie wich nicht zurück, sondern blickte mir direkt in die Augen. »Was wird das, Mr Simon?«

»Wir sind allein. Niemand kann uns sehen.«

Sie stellte sich auf die Zehenspitzen, sodass sich unsere Gesichter näherten. »Ich wiederhole meine Frage: Was wird das?«

Ihr Blick lag auf meinen Lippen.

»Genau das, was du denkst«, raunte ich. Dann legte ich meinen Arm um ihre Taille und zog sie näher an mich heran. Sie schmiegte ihren Körper an mich, und Hitze schoss durch mich hindurch. Ich hatte ihre Nähe vermisst. Viel zu lange war es her, dass ich Gill so hatte halten dürfen.

Langsam legte ich meine Lippen auf ihre und wartete auf ein Zögern ihrerseits. Doch stattdessen schlang sie ihre Arme um meinen Nacken und presste sich fester an mich.

»Wir dürfen das nicht tun«, flüsterte sie an meinen Lippen. »Mir ist egal, was wir dürfen«, murmelte ich. »Wir sind allein, das ist alles, was zählt.«

Gill ließ ihre Zunge zwischen meine Lippen gleiten.

Das reichte schon, um mich verrückt zu machen. Ich küsste sie. Nicht zärtlich. Hart und fordernd. Ich hatte mich viel zu lange zurückgehalten. Sie sollte wissen, was ich fühlte, was ich wollte. Und dann sollte sie noch einmal darüber nachdenken, was sie selbst in diesem Leben wollte.

Unsere Zungen trafen sich zu einem wahnsinnigen Spiel. Wie von selbst wanderte meine Hand unter Gills Oberteil, bis ich nackte Haut spürte. Meine andere Hand lag nun auf ihrem Hintern. Die Hitze in mir machte sich in einer heftigen Erektion bemerkbar, die gegen ihren Bauch drückte.

»Hallo? Ist da jemand?«

Erschrocken fuhren wir auseinander, als ein anderes Pärchen das Zentrum des Labyrinths erreichte.

Gill reichte mir ihre Jacke, damit ich die Beule in meiner Hose damit bedecken konnte. Ich hielt sie ganz unauffällig davor.

»Herzlichen Glückwunsch, ihr habt den Irrgarten gemeistert«, rief Gill den anderen beiden zu. Dann packte sie meine freie Hand und zog mich mit sich.

»Das war knapp.« Sie lachte.

»Knapp?« Ich deutete auf meine Hose.

»Na, wir wären uns wohl nicht an die Wäsche gegangen. Mitten im Park, Mr Simon? Das wäre Erregung öffentlichen Ärgernisses.«

»Schuldig im Sinne der Anklage.«

Sie kicherte vergnügt, während sie mich weiter über die Pfade des Labyrinths führte. Sie hätte mich überall hinbringen können. Selbst an den Abgrund der Welt. Ich wäre bereitwillig mit ihr gesprungen.

Als wir den Ausgang erreichten, hing die Sonne schon tief am Horizont. Gill ließ meine Hand los und eilte voraus.

»Onkel Parker!«, rief Flo. »Du bist Letzter!«

Der Kuss war es wert gewesen. Ich sah zu Gill, die sich unmerklich über die Lippen leckte.

»Ich gestehe meine Niederlage ein.« Ich verbeugte mich vor den drei Damen. »Für Eis ist es ein bisschen spät. Darf ich euch alle zum Abendessen einladen?«

Meine Nichte quietschte vergnügt. »Burger?«

Ich schaute fragend zu den Schwestern.

»Burger klingt gut«, stimmte Erica zu.

Gill aber blickte auf einmal in eine ganz andere Richtung. Nichts war mehr von der Leichtigkeit zu erkennen, die sie gerade eben ausgestrahlt hatte.

»Schwesterherz?«, fragte Erica. »Was ist los?«

»Nichts.« Gill schüttelte den Kopf. »Wir müssen gehen. Tut mir leid.« Sie nahm ihre Schwester am Arm und zog sie mit sich.

»Was ist mit dem Konzert?«, rief Flo ihr hinterher.

»Ich melde mich bei Parker!« Gill wandte sich nicht einmal mehr in unsere Richtung.

Meine Nichte kam an meine Seite, verschränkte die Arme vor der Brust und schüttelte den Kopf. »Was war das denn jetzt? Gill sah aus, als würde sie vor irgendetwas weglaufen.«

Meine kleine Nichte hatte es voll und ganz erfasst. Ich betrachtete die anderen Personen in der Nähe, die Gill kurz zuvor entdeckt zu haben schien. Es war eine Gruppe junger Frauen. Eine davon sah ebenfalls in Gills Richtung, schien sich dann aber zu besinnen und widmete sich wieder ihren Freundinnen.

Würde es jetzt immer so ablaufen, dass Gill vor mir weglief, wenn es schwierig wurde?

»Parker? Alles okay?« Flo schien besorgt.

»Alles prima«, log ich. »Komm, lass uns Burger essen und dann bring ich dich heim.«

18. Gillian

»Gill! Was zum Teufel ist in dich gefahren?« Erica blieb abrupt stehen, sodass ich ihren Arm losließ und ebenfalls innehielt. Inzwischen befanden wir uns außerhalb der Sichtweite von Parker und seiner Nichte.

»Nichts.«

»Hör auf. Du redest mit mir, nicht mit irgendeiner Fremden. Ich kenne dich seit deiner Geburt. Also?«

Ich atmete tief durch. Sie hatte recht. Es hatte keinen Zweck, ihr irgendetwas vorzumachen. »Ich glaube, da war eine Kollegin von mir im Park.«

»Was? Und deswegen sind wir fluchtartig aufgebrochen? Muss ja eine schreckliche Person sein.«

Ich starrte auf meine Fußspitzen. »Sie ist … okay. Aber wir arbeiten in derselben Abteilung.«

»Und weiter?«

Erica begriff es nicht. Wie auch. Sie hatte von meinem Beruf überhaupt keine Ahnung. Genauso wenig wie ich von ihrem. Und ich hatte ihr gar nicht erzählt, dass es eine Kollegin gab, mit der ich weniger gut klarkam.

»Sie hat Parker und mich gesehen. Jeder in unserer Abteilung weiß, dass wir am selben Fall arbeiten. Als Gegner.« Mein Herz wurde schwer. Tränen stiegen in mir auf. Verdammt. Warum hatte ich mich darauf eingelassen, mit Parker und seiner Nichte ins Labyrinth zu gehen? Ich hätte meinem ersten Instinkt folgen und das Weite suchen sollen, sobald ich Parker gesehen hatte.

Meine Schwester hakte sich bei mir unter. »Bist du dir sicher, dass die Kollegin weiß, wer Parker ist?«

Ich schüttelte den Kopf und sah sie an. Nein, sicher war ich mir nicht. Aber die Möglichkeit reichte schon aus, um mich in Schwierigkeiten zu bringen. Das Donnerwetter würde ganz London erschüttern. Dagegen war das, was meine Freundin Sarah wegen ihrer Beziehung zu Stone erlebt hatte, ein Spaziergang.

»Wir holen uns jetzt erst einmal etwas zu essen«, entschied Erica. »Dann besprechen wir das zu Hause in Ruhe.«

Auf dem Sofa sitzend stocherte ich schließlich lustlos in meinem Bulgursalat.

Erica hatte bereits aufgegessen und machte es sich im Schneidersitz neben mir gemütlich. »Du solltest am Montag direkt mit deiner Kollegin sprechen, um herauszufinden, ob sie wirklich etwas gesehen hat.«

»Dann weiß sie aber, dass ich sie bemerkt habe, und wird sich fragen, warum ich nicht kurz Hallo gesagt habe.«

»Hmm, du könntest behaupten, dass du dir nicht sicher warst und wir es eilig hatten.«

Ich stellte den Salat auf den Couchtisch und nahm meine Bierflasche. »Nein, das klingt zu konstruiert.«

»Du musst zuversichtlich sein. Wo ist meine gut gelaunte kleine Schwester, die für jedes Problem eine Lösung kennt?«

Das Problem war noch viel größer, als Erica ahnte. Deswegen würde ich sie einweihen müssen. »Parker und ich haben uns im Labyrinth geküsst.«

»Ist nicht wahr?!«

»Doch. Leider.«

»Warum leider? War der Kuss nicht gut?« Sie hob vielsagend eine Braue.

»Nein, er war sogar sehr gut. Atemberaubend. Alles, was ich mir von einem leidenschaftlichen Kuss wünsche.«

»Leidenschaftlich war er also auch noch.«

Hitze stieg mir in die Wangen. Wir Schwestern konnten

über alles reden, aber manche Dinge waren dann doch etwas zu privat, um sie weiter auszuführen.

»Es darf nicht sein. Wir sind Anwälte und stehen auf der jeweiligen Gegenseite. Wir haben geschworen, die Interessen unserer Mandanten zu wahren. Wie soll das funktionieren, wenn wir insgeheim nur daran denken können, uns gegenseitig an die Wäsche zu gehen? Kein Mensch der Welt kann so gut Berufliches und Privates trennen.«

Erica kicherte in sich hinein. »Nein, das glaube ich auch nicht. Aber was willst du stattdessen tun?«

»Keine Ahnung.« Ich starrte auf einen leeren Punkt. »Vielleicht sollte ich mit Sarah darüber reden. Sie war schon einmal in einer ähnlichen Situation.«

Erica indes schien sich nicht allzu große Sorgen zu machen. Sie grinste weiter in sich hinein, und ich fragte mich, was sie mit Parker besprochen hatte, als sie zu zweit durch das Labyrinth gelaufen waren.

Egal, was es war, es würde mir jetzt vermutlich nicht weiterhelfen, sondern mich tiefer in die Misere treiben. Deswegen hakte ich lieber nicht nach.

Außerdem war ich müde. Der Tag an der frischen Luft und der fehlende Schlaf der vorherigen Nacht machten sich bemerkbar. Ich beschloss, ins Bett zu gehen, während Erica sich noch einen Film ansehen wollte.

Dennoch fand ich nicht sofort in den Schlaf. Nachdem ich mich gefühlt Hunderte Male im Bett hin- und hergewälzt hatte, nahm ich mein Handy in die Hand.

Ich war einfach so aufgebrochen, ohne Parker eine Erklärung zu geben.

Schon wieder.

Das war ihm gegenüber nicht fair. Aber ich war in einem Tunnel gewesen, als ich Mona Brown im Park entdeckt hatte. Ich hatte allein daran denken können, was das nun für unsere Arbeit bedeutete. Auch für Parkers. Denn wenn es mich traf, würde es ihn ebenfalls treffen. Er hatte denselben Eid geschworen wie ich.

Dabei dachte ich hier nicht nur an unseren Beruf. Ebenso an uns. Falls es überhaupt ein Uns gab. Etwas war da zwischen uns. Das war nicht zu ignorieren. Doch was war »das«? Eine leidenschaftliche Affäre oder mehr? Etwas, wofür es sich lohnte, alles zu riskieren, was man sich in den letzten Jahren mühevoll aufgebaut hatte? Ich hatte keine Ahnung. Absolut nicht. Wie sollte ich auch? Ich hatte nie eine lange Beziehung geführt. Es waren immer nur lockere Freundschaften mit Bonus gewesen. Damit war ich bisher ganz gut im Leben zurechtgekommen.

Bis Parker meinen Weg gekreuzt hatte.

Klopfenden Herzens tippte ich eine Nachricht an ihn.

> Hey, tut mir leid, dass wir so schnell aufbrechen mussten.

Es dauerte nicht lange, bis ich eine Antwort erhielt. Parker konnte also auch noch nicht schlafen.

> Ist alles gut bei dir?

> Ja …

Ich löschte die Buchstaben.

> Nicht ganz. Ich befürchte, ich habe eine Kollegin im Park gesehen.

> Das habe ich mir schon gedacht. Willst du reden?

Ich war zu müde zum Denken und erst recht zu müde zum Reden.

> Vielleicht morgen. Oder nächste Woche.

Die nächste Antwort dauerte etwas länger.

> Okay. Werde dir klar darüber, was du willst. Dann reden wir.

Seine Worte verwirrten mich. Zum einen implizierten sie ja das, was ich selbst geschrieben hatte, nämlich, dass ich erst einmal meine Gedanken und ganz besonders meine Emotionen sortieren musste. Zum anderen schien es zu bedeuten, dass nur ich diejenige war, die über etwas nachdenken musste. Kümmerte es ihn nicht, dass wir zusammen gesehen worden waren? Befürchtete er keine Gefahr für seine Reputation?

Ich setzte mich im Bett auf und starrte das Display meines Handys an. *Nein, wir klären das nicht später, wir klären das jetzt sofort.*

Ich tippte auf seinen Namen. Nach einem Tuten war seine Stimme zu hören. Wenig hilfreich war, dass sie sexy verschlafen klang. Also hatte er mir die Nachrichten im Halbschlaf geschrieben.

»Das ging schnell«, sagte Parker.

»Was?«

»Das Denken.«

Ich war nicht in der Verfassung, um Scherze zu machen. »Was meinst du damit, dass ich mir darüber klar werden soll, was ich möchte? Müssen wir das nicht beide?«

»Ja, doch. Das müssen wir beide.«

»Und was willst du, Parker Simon?« Ich ließ ihn nicht zu Wort kommen, denn ich hatte Angst vor der Antwort. Außerdem braute sich in mir eine Wut zusammen, die ich kaum bändigen konnte. »Ich kann dir sagen, was ich will: meinen Job nicht verlieren. Aber genau das wird nun passieren, wenn meine Kollegin mich verpfeift. Falls ich Glück habe, kostet es mich nur die Beförderung, auf die ich so lange hingearbeitet habe. Und wofür? Für einen Kuss, aus dem vielleicht doch nichts wird.«

»Es war mehr als ein Kuss, das weißt du genau.«

»Nein, das weiß ich nicht. Keiner von uns weiß das. Wohin das führen wird oder wie lange es Bestand haben wird.«

»Stimmt, das wissen wir beide nicht. Wir werden es jedoch nie wissen, wenn wir es nicht versuchen.«

»Für einen Versuch alles aufs Spiel setzen?« Es schnürte mir die Kehle zu. »Nein, dazu bin ich nicht mutig genug.«

Ich legte auf, bevor er antworten konnte, und ließ mich zurück in die Kissen sinken.

Alles in mir zog sich zusammen. Ich wollte schreien und weinen. Ich wollte mein Handy gegen die Wand werfen, mich unter der Decke verstecken und nie mehr aufstehen.

Ganz besonders aber wollte ich endlich wieder klar denken können.

Irgendwann schlief ich ein. Aber nicht sehr tief. Immer wieder schreckte ich aus dem Schlaf. Einmal träumte ich sogar, dass Holden, der Big Boss, mich persönlich in sein Büro rief, um mir die fristlose Kündigung vor die Füße zu werfen.

Schweißgebadet wachte ich auf.

Was, wenn ich wirklich meinen Job verlor? Keine Kanzlei in London würde mich noch nehmen, sobald sich herumsprach, warum ich vor die Tür gesetzt worden war. Sie würden davon ausgehen, dass ich nicht integer war. Genauso gut konnte ich meine Anwaltszulassung auch gleich abgeben.

Erschöpft verschlief ich den halben Sonntag. Erica war so rücksichtsvoll, mich nicht zu wecken. Als ich mich endlich aus dem Bett quälte, fühlte ich mich, als wäre ich gegen eine

Wand gelaufen. Jede Faser meines Körpers schmerzte, und mein Hirn fühlte sich an, als wäre es in Watte gepackt.

In der Küche wartete eine frisch aufgebrühte Kanne Kaffee auf mich und eine Nachricht auf dem Tisch. Erica traf sich mit einer Freundin im Kino.

Abgeschlagen ließ ich mich mit meiner Kaffeetasse auf dem Sofa im Wohnzimmer nieder. Diese Nacht war alles andere als erholsam gewesen.

Nach der ersten Tasse brütete ich dumpf vor mich hin, bis ich versuchte, Sarah zu erreichen. Sie antwortete mir, dass sie das Wochenende bei ihrem Vater in Wales verbrachte. Also würde unser Gespräch bis morgen warten müssen. Hoffentlich fand ich im Büro ein paar ruhige Minuten, damit ich mir ihren Rat einholen konnte.

Andererseits brauchte ich ihren Rat vielleicht gar nicht mehr.

Parkers Worte hallten in meinen Ohren wider. Ich sollte mir überlegen, was ich wollte.

Es gab nur zwei Wege. Der erste wäre, den Job hinzuschmeißen und es zu wagen, mich auf Parker weiter einzulassen. Der zweite Weg war der, den ich ursprünglich verfolgt hatte: Nicht auf ein wackeliges *Vielleicht* zu setzen, sondern mich auf das zu konzentrieren, was ich immer hatte haben wollen, nämlich meine Karriere.

Allerdings war fraglich, ob die überhaupt zu retten war, nun, da Mona Brown mich mit Parker gesehen hatte?

Irgendwie musste ich mir überlegen, wie ich meinen Job retten konnte. Es hieß ja nicht, dass Mona unbedingt sofort zum Boss rannte, um mich zu verpfeifen. Andererseits würde sie es wohl einer anderen Kollegin weitertratschen, wie es in unserem Büro gerne mal passierte. Und dann würde es ohnehin die Runde machen, und entweder Mr Ming oder Mr Holden würden davon erfahren. Wie ich dieses Getratsche hasste. Genauso wie die fehlende Teamgemeinschaft.

Ich musste darauf setzen, dass es nur ein Gerücht war. Parker und ich waren uns zufällig begegnet, mehr nicht. Niemand konnte etwas anderes beweisen.

Zudem sollte ich mich auf meinen Auftrag konzentrieren. Ich hatte keine Ahnung, ob der Scheidungsfall der Charlestons vor Gericht landen würde. Wenn Parkers Mandantin der einvernehmlichen Scheidung nicht zustimmte, würde es so kommen. Es war besser, sich auf diesen Worst Case vorzubereiten. Außerdem stand uns der größere und kompliziertere Part noch bevor. Die Vermögensteilung war alles andere als einfach. Ich hatte letzte Woche keinen Präzedenzfall gefunden, der die Ansprüche meines Mandanten untermalen oder gar bestätigen würde.

Entschlossen machte ich mir einen weiteren Kaffee, stopfte mir eine Banane in den Mund und suchte meine Sachen zusammen. Mit Laptop, Notizblock und Stift machte ich es mir auf der Couch bequem und durchforstete die Liste der Scheidungsfälle, die ich vor Tagen schon angefertigt hatte.

Ich hatte meinem Mandanten gegenüber die Verpflichtung, alles für ihn und seine Interessen zu tun. Darauf würde ich mich nun konzentrieren. Auf nichts sonst. Denn darin war ich gut.

19. Gillian

»Guten Morgen, Ms Hobbs.« Unser Praktikant begrüßte mich gut gelaunt und wedelte mit einem Umschlag. »Das kam mit der Post per Einschreiben.«

»Guten Morgen und danke, ich werde es mir gleich ansehen.« Ich legte meinen Trenchcoat ab und setzte mich an meinen Schreibtisch.

»Und Mr Ming ist aus den USA zurückgekehrt. Er hat für zehn Uhr ein Teammeeting anberaumt. Sie müssten die Einladung per Mail bekommen haben.«

Das war seltsam, ich hatte erst in drei Tagen mit ihm gerechnet.

»Okay, danke für die Info.«

Als Joseph gegangen war, schaltete ich meinen Computer an und suchte nach dem iPad. Wenn Mr Ming wieder da war, wollte er sicher vor dem Meeting noch mit mir unter vier Augen sprechen, damit ich ihn auf den neuesten Stand brachte. Nachdem ich mein Mailprogramm geöffnet hatte, fand ich die entsprechende Mail.

Er wollte sich eine halbe Stunde vor dem Meeting mit mir im Konferenzraum treffen. Also hatte ich gerade ausreichend Zeit, um mir einen Kaffee zu holen, meine übrigen Mails zu checken und den Brief zuzuordnen.

Das Schreiben ließ mich seufzend in den Sessel sinken. Mrs Charleston hatte der einvernehmlichen Scheidung zugestimmt. Es würde zu keinem Rechtsstreit kommen. Zum Glück. Ich verfasste eine entsprechende Mail, um meinen Mandanten über die frohe Botschaft zu informieren. Außerdem hatte ich ein weiteres Anliegen. Aber das musste ich erst mit meinem Vorgesetzten absprechen. Das durfte ich nicht im Alleingang entscheiden.

Als ich zum Besprechungsraum ging, konnte ich an nichts anderes denken, doch Mr Ming verspätete sich um fünf Minuten. »Tut mir leid, dass Sie warten mussten, Ms Hobbs. Wie ist es Ihnen in den letzten Wochen ergangen? Sie sehen etwas müde aus.«

Er war ein sehr aufmerksamer Chef, das musste man ihm lassen. Ihm hingegen merkte man kaum an, dass er gerade einen achtstündigen Flug hinter sich hatte. Der Besuch im New Yorker Büro schien erfolgreich verlaufen zu sein, da er mit solch positiver Energie nach London zurückkehrte.

»Wir haben Sie auf jeden Fall vermisst«, gestand ich. »Aber es gab keine Katastrophen, wenn Sie das meinen.«

Außer meiner eigenen. Ich rückte meine Brille zurecht und schaltete das iPad ein.

»Nein, mit großen Katastrophen hatte ich nicht gerechnet. Höchstens mit Unstimmigkeiten im Team.«

Das war mein Einsatz. Ich berichtete ihm, dass wir die Teammeetings regelmäßig abgehalten hatten, wie er meinen wöchentlichen Berichten und den Protokollen entnehmen konnte. Alles Weitere würde er ohnehin gleich vom Team erfahren.

Ehe ich jedoch von irgendwelchen Unstimmigkeiten berichten konnte, erschien Mona bereits hinter der gläsernen Trennwand. Als sich unsere Blicke trafen, grinste sie süffisant. In diesem Moment war mir klar, dass sie mich gesehen hatte. Und dass sie wusste, wer Parker Simon war.

Verdammt.

Ich atmete tief durch. Sie würde mich hoffentlich nicht vor Mr Ming darauf ansprechen. So niederträchtig war sie nicht. Aber irgendetwas führte sie im Schilde, das war offensichtlich. Denn sie ließ mich keinen Moment aus den Augen, nur ganz kurz, als sie den Raum betrat und Mr Ming die Hand schüttelte.

»Guten Morgen auch dir, Gill«, begrüßte sie mich und ließ sich auf den Stuhl gegenüber von mir am Konferenztisch nieder. »Du siehst müde aus. Hattest du ein anstrengendes Wochenende?«

»Tatsächlich habe ich gearbeitet.«

»Hast du das?«

»Habe ich.« Ich wandte mich an Mr Ming. »Hätten Sie vielleicht nach dem Meeting ein wenig Zeit für mich? Ich würde gerne über meinen aktuellen Fall reden.«

»Natürlich, Ms Hobbs.«

Ich fing Monas Blick auf, der noch giftiger wurde.

»Ms Browns Mandant hat übrigens trotz der letzten Mahnung nicht gezahlt«, brachte ich zur Sprache. »Sie hatten ja zuletzt angeordnet, dass wir ihm eine letzte Chance geben sollen.«

Mona setzte sich in ihrem Stuhl zurecht und hielt meinem Blick stand.

Der Kampf war eröffnet.

»Mein Mandant befindet sich in finanziellen Schwierigkeiten, weil seine geschiedene Ehefrau bis jetzt nicht den Unterhalt gezahlt hat, den wir mit ihren Anwälten vereinbart haben. Er hat mich um eine Ratenzahlungsvereinbarung gebeten.«

Ich legte meine Hände auf den Tisch und spielte mit meinem Kugelschreiber. »Ratenzahlungsvereinbarungen sind mit dem Abteilungsleiter abzusprechen.«

Mr Ming räusperte sich. »Das besprechen wir ebenfalls später. Ms Brown, bitte keine Alleingänge. Oder denken Sie, Ihr Gehalt zahlt sich durch das Wohlwollen unserer Kanzlei?«

Monas Blick verfinsterte sich, und ich konnte nicht anders, als sie anzugrinsen. Es war ein fieses Spiel. Aber sie hatte damit angefangen.

Die anderen Mitarbeitenden der Abteilung erschienen nun im Konferenzraum, und so wurde unsere nonverbale Auseinandersetzung zunächst unterbrochen.

Mr Ming ließ sich von jedem noch einmal schildern, welche Fälle sie derzeit bearbeiteten und wie der aktuelle Stand der Dinge war.

»Gerade heute habe ich die unterschriebene Scheidungserklärung erhalten«, erklärte ich, als ich an der Reihe war. »Es ist lediglich eine Formsache, bis Mr und Mrs Charleston geschiedene Leute sind. Ich werde meinem Mandanten die erste Honorarabrechnung heute zukommen lassen.«

»Das haben Sie sehr gut hinbekommen, Ms Hobbs«, sagte Mr Ming. »Ich bin wirklich stolz auf Sie. Und auf das ganze Team. Sie haben sich hervorragend gehalten. Wie Sie alle wissen, steht die Familienrechtsabteilung immer etwas abseits. Wir ziehen nicht die großen Fische an Land, haben selten prestigeträchtige Fälle. Deswegen ist jeder erfolgreich abgeschlossene Fall umso wichtiger für uns alle als Team. Während ich mit Mr Holden in den Staaten war, kam auch die Zukunft dieser Abteilung zur Sprache. Ich darf Ihnen ausrichten, dass Mr Holden äußerst zufrieden mit der Entwicklung ist. Wir werden daher die Abteilung um zwei Anwaltsstellen erweitern. Die Stellenanzeigen werden demnächst geschaltet. Wer von Ihnen Kontakte zu Kollegen und Kolleginnen hat, die derzeit mit dem Gedanken spielen, bei einer der größten und erfolgreichsten Wirtschaftskanzleien anzufangen, darf gerne schon entsprechende Hinweise geben.«

Dezentes Gelächter war zu hören. Doch ich blieb ernst. Ich wusste, dass Parker in seiner Kanzlei absolut zufrieden war. Aber … wäre das nicht eine Möglichkeit, um nie wieder auf gegensätzlichen Seiten stehen zu müssen?

Mein Herz klopfte schneller bei dem Gedanken, dass wir zusammenarbeiten könnten. Wir würden uns viel öfter sehen und einander noch besser kennenlernen. Beziehungen unter

Kollegen und Kolleginnen waren nicht ungewöhnlich. Wir mussten nur diesen Charleston-Fall hinter uns bringen. Ich starrte auf meinen Kugelschreiber, den ich nervös zwischen meinen Fingern hin und her gleiten ließ. Ich musste so schnell wie möglich mit Parker reden.

Mr Ming beendete das Meeting, und ich wollte schon aufspringen, als er mir zunickte.

»Ms Hobbs, kommen Sie mit in mein Büro?«

Da war ja das kleine Problem, dass der Charleston-Fall mich in den Wahnsinn trieb und mir schlaflose Nächte bereitete.

Natürlich folgte ich meinem Chef. Mit dem Aufzug fuhren wir in die Etage, in denen die Bosse untergebracht waren. Zurückhaltender Luxus war hier der vorherrschende Stil. Glas, Metall und glänzendes Schwarz dominierten die Farbgebung.

Mr Ming ließ sich hinter seinem Schreibtisch nieder. Seine Assistentin brachte uns Kaffee und fragte, ob wir noch etwas benötigten, was der Chef verneinte.

»Nun gut, Ms Hobbs. Dann schießen Sie mal los.«

Es war ein unangenehmes Gefühl, so vor dem Vorgesetzten zu sitzen und ihm schildern zu müssen, dass ich mit Mr Charleston nicht weiterkam. Aber anders konnte ich mir nicht mehr helfen. Ich wusste, wann ich an meine Grenzen stieß, und die waren jetzt erreicht. Ich benötigte Unterstützung und vor allem jemanden, der die Rechtslage erneut mit einem anderen Blick betrachtete.

»Wie ich eben schon sagte: Die Scheidung ist durch. Wir konnten die Ehefrau davon überzeugen, dass sie einwilligt, ohne dass es zum Rechtsstreit kommt. Ganz im Sinne unseres Mandanten.«

»Hervorragend gemeistert, Ms Hobbs. Und weiter?«

»Leider komme ich bei der Vermögensteilung nicht weiter.« Ich schluckte, weil es mir schwerfiel, das zuzugeben. »Mr Charleston besteht darauf, dass seine Ehefrau nur einen

Bruchteil dessen bekommt, was ihr zusteht. Die beiden haben nicht einmal einen Ehevertrag geschlossen, auf den man sich stützen könnte.«

Mr Ming runzelte die Stirn. »Worauf haben Sie sich bei den Verhandlungen gestützt?«

»Dass Mrs Charleston während der Ehe bereits einen Großteil von dem ausgegeben hat, was Mr Charleston verdient hat. Er arbeitete – sie gab das Geld aus.«

»Interessanter Ansatz.«

»Unser Mandant hat unzählige Belege dazu aufgehoben. Das Thema muss ihn also schon lange beschäftigt haben.« Ich wagte kaum, meinen Verdacht auszusprechen. Aber das hier war mein Chef. Wenn nicht ihm, wem sollte ich mich dann anvertrauen? Er hatte die größte Erfahrung im Familienrecht von uns allen und er entschied mit darüber, ob wir Fälle weiter bearbeiteten oder doch das Mandat niederlegten.

»Haben Sie Mr Charleston darüber aufgeklärt, dass seine Vorstellungen riskant sind?«

Ich nickte. »Ich habe es erwähnt. Womöglich sollte ich ihm gegenüber deutlicher werden, allerdings wollte ich das mit Ihnen abklären. Ich habe in den vergangenen Tagen immer wieder nach Präzedenzfällen geforscht, um den Rechtsanspruch der Verrechnung zu festigen. Aber ich finde keine. Zumindest nicht in diesem Ausmaß.«

»Was wäre in Ihren Augen die fairste Handhabung?«

»Wenn es nach mir ginge, sollte unser Mandant seiner geschiedenen Ehefrau zumindest eines der drei Häuser überlassen sowie eine monatliche Unterhaltszahlung bis zu einer eventuellen neuen Eheschließung. Aber darauf wird er sich nicht einlassen. Er möchte, dass sie für sich selbst sorgt.«

»Dann wäre eine einmalige Entschädigungszahlung ratsamer als eine wiederkehrende Unterhaltszahlung.« Mr Ming wandte sich von mir ab, um sich dem Ausblick aus seinem

Büro zu widmen. »Dennoch sind wir in der Pflicht, die Interessen unseres Mandanten zu vertreten. Wie stehen Sie dazu?«

»Wir vertreten seine Interessen, doch wenn wir erkennen, dass diese rechtlich keinen Bestand haben, insbesondere vor Gericht, sind wir dazu verpflichtet, unseren Mandanten über mögliche Konsequenzen aufzuklären.«

Mr Ming schwieg eine Weile, und ich wusste, dass er über den Fall nachdachte. »Von wem wird die Gegenseite vertreten?«

Mein Herz machte einen kleinen Sprung. »Parker Simon. Von *Padget, Knight, Woods, Collins und Carter.*«

»Ich wusste nicht, dass die Kanzlei nunmehr auch Familienrecht bearbeitet. Das wird Mr Holden sicher interessieren. Er kennt einige der Anwältinnen, die diese Kanzlei gegründet haben, und sie haben uns bereits zwei gute Leute abgeworben. Dieser Simon … sein Name sagt mir nichts. Ist er gut?«

»Ja, ist er.«

»Ich sehe mir die Akte an. Wir setzen uns morgen noch einmal zusammen.«

»Danke«, gab ich erleichtert von mir.

Das Gespräch schien beendet, und ich erhob mich bereits, da drehte sich Mr Ming zu mir um. »Schicken Sie mir bitte Ms Brown nach oben. Ich möchte ebenfalls mit ihr über ihren aktuellen Fall reden.«

»Werde ich«, sagte ich mit einem mulmigen Gefühl im Magen.

Ich hoffte inständig, Mona würde nichts davon erzählen, dass sie Parker und mich gesehen hatte.

Ich traf meine Kollegin allein in der Teeküche an.

»Hey, Mona, Mr Ming möchte dich in seinem Büro sprechen.« Ich versuchte, so unverfänglich wie möglich zu klingen.

Mona musterte mich von Kopf bis Fuß. »Möchte er das?«

»Sonst hätte ich es nicht gesagt. Es geht um deinen Fall.«

Es ärgerte mich, dass sie sich so bitten ließ.

»In dem Fall wird mein Tee wohl kalt. Wir werden uns vermutlich länger unterhalten.« Sie spitzte die Lippen, und für einen Moment erinnerte sie mich an Cruella de Vil aus diesem Hundefilm.

»Viel Erfolg«, meinte ich nur und wollte die Küche verlassen.

Doch Mona räusperte sich und sprach schließlich das aus, was ihr schon die ganze Zeit unter den Nägeln zu brennen schien. »Wie gut kennt ihr euch eigentlich? Du und Parker Simon?«

Ich war stolz auf mich. Weder keuchte ich entsetzt auf, noch bekam ich Schnappatmung. Allein die zusammengeballten Fäuste verrieten meine innere Anspannung.

»Wieso interessiert dich das?«

»Vertritt er nicht die Gegenseite in deinem aktuellen Fall?«

Es wäre sinnlos gewesen, das zu leugnen. Man musste sich nur die elektronische Akte ansehen, zu der jeder im Büro Zugang hatte und in der sämtliche wichtigen Daten vermerkt waren, unter anderem, welcher Anwalt die Gegenseite vertrat.

»Ja, tut er. Er ist Familienrechtler, genau wie wir.« Ich antwortete so unverbindlich wie möglich.

Mona rührte seelenruhig etwas Honig in ihren Tee. »Wie ungewöhnlich. Hattet ihr am Samstag im Park also eine berufliche Unterredung? Händchenhaltend?«

Innerlich zählte ich langsam bis zehn, bevor ich antwortete. »Keine Ahnung, was du meinst.«

»Ich habe euch gesehen.« Ihre Stimme troff von Gift. »Dich und Parker Simon.«

»Du hast dich geirrt«, gab ich kühl zurück. Außerdem war ich mir ziemlich sicher, dass wir nicht Händchen gehalten hatten.

»Nein. Ich bin mir sicher.«

»Du kennst Mr Simon also?«

»Machst du Witze? Er arbeitet in einer der aufstrebendsten Kanzleien Londons. Außerdem ist er einer der heißesten Anwälte, die man in der Stadt treffen kann. Von daher: Wer kennt ihn nicht?« Sie trat auf mich zu und nippte an ihrer Teetasse.

»Ich weiß immer noch nicht, wovon du redest. Aber ich rate dir, dich zu beeilen, um zum Chef zu kommen. Oder willst du ihn länger warten lassen?«

»Oh, Gill. Willst du mich unter Druck setzen? Nur, weil du gerade in seiner Gunst stehst, denkst du, du wärest etwas Besseres. Wenn der Boss allerdings erfährt, dass du dich privat mit dem Vertreter der Gegenseite getroffen hast, wird er ganz sicher überdenken, wem er sein Wohlwollen schenkt.«

Ich presste die Lippen fest aufeinander, damit mir keine unbedachte Bemerkung herausrutschte. Sollte diese blöde Kuh doch an ihrem süßen Gesöff ersticken.

Ohne sie noch einmal anzusehen, verließ ich die Küche und ging zu meinem Büro. Was mich besonders ärgerte, war, dass Mona überhaupt nichts davon hatte, wenn sie mich verriet. Außer Schadenfreude. Dabei konnte sie mich wirklich in Schwierigkeiten bringen.

»Hey, Gill, wie geht … oh.« Sarah erwartete mich in meinem Büro. Bei meinem Anblick verging ihr das Lächeln. »Was ist passiert?«

Man sah mir also an, dass etwas nicht stimmte. Aber bei Sarah war das kein Wunder. Wir kannten uns schon seit dem Tag, als wir beide hier angefangen hatten. Wir hatten so viele Hürden gemeinsam überwunden … Doch konnte ich auch jetzt auf ihre Unterstützung hoffen?

»Ich habe richtig Mist gebaut«, flüsterte ich.

Sarah musterte mich besorgt, dann schloss sie schnell die Tür hinter mir und bedeutete mir, dass ich mich setzen sollte.

»Eigentlich wollte ich dir gerade die frohe Botschaft verkünden, dass der Big Boss mich wieder in die Immobilienrechtsabteilung zurückversetzt hat. Aber erzähle mir lieber, was bei dir los ist.«

Tatsächlich konnte ich mich kaum freuen über das, was meine Freundin eben berichtet hatte. Obwohl ich es sollte. Denn sie hatte so lange darauf hingearbeitet.

»Ich habe dir erzählt, dass Parker die Gegenseite in meinem Fall vertritt?«

Sie nickte und setzte sich gegenüber von mir auf den Besucherstuhl. »Und das andere hast du mir auch erzählt.«

»Ja.« Ich schluckte.

»Aber ihr habt euch nicht mehr privat getroffen.« Sarah legte den Kopf schief. »Oder doch?«

»Doch … doch, das haben wir.« Ich schloss die Augen, um mich zu sammeln. Als ich sie wieder öffnete, konnte ich klarer reden. »Wir sind uns am Wochenende zufällig begegnet. Im Crystal Palace Park. Wir hätten uns aus dem Weg gehen sollen. Das wäre nur vernünftig gewesen.«

»Was habt ihr stattdessen gemacht?«

Meine Wangen glühten, als ich an den leidenschaftlichen Kuss zurückdachte. »Wir waren spazieren, im Labyrinth. Und als wir herauskamen, hat uns Mona Brown gesehen.«

»Mona? Die aus deiner Abteilung?«

»Ja, genau die. Und sie sitzt in diesem Moment bei Mr Ming im Büro.«

»Verdammt!« Sarah schüttelte den Kopf. »Das kann richtig Ärger geben.«

»Ich weiß.« Verzweifelt stützte ich die Stirn in die Hände. »Keine Ahnung, was ich jetzt tun soll.«

»Da fragst du genau die Richtige. Diejenige, die gerade erst ihre Strafversetzung hinter sich hat.« Sarah seufzte tief. »Aber warum seid ihr da überhaupt zusammen herumgelaufen? Euch muss sicher klar gewesen sein, dass man euch entdecken könnte. Und überhaupt … Shit, Gill! Habt ihr wieder …?«

»Nein. Doch.« Es war alles so verwirrend. »Wir haben uns geküsst. Nicht mit Absicht. Es kam einfach so über uns.«

Ich sah auf, und ein kleines Lächeln huschte über das Gesicht meiner Freundin.

»Wir waren nicht allein da«, fügte ich noch rasch hinzu. »Parker befand sich auf einem Ausflug mit seiner Nichte, und ich war zum Spazieren mit Erica dort.«

»Ihr kommt nicht voneinander los, oder?«

Ich nickte. »Irgendwie nicht.«

»Das verstehe ich nur allzu gut.« Sie wurde ernster. »Aber das hilft nun auch nicht weiter. Wenn Mona dich verpfeift, dann ist es vorbei. Sie werden dich vor die Tür setzen.«

»Ich weiß.«

»Okay, lass uns nachdenken, wie wir das verhindern können.«

»Sollen wir Kate fragen? Sie ist immer sehr besonnen und hat mehr Erfahrung als wir.«

»Gute Idee.« Sarah nahm mein Telefon und klingelte Kate an.

Kurz darauf kam unsere Freundin mit Becks im Schlepptau in mein Büro.

»Sie war gerade bei mir, als ihr angerufen habt«, sagte Kate.

Und wir alle wussten, dass Becks sich bei so was nicht abwimmeln ließ.

»Ich bin hier für den emotional support«, erklärte Becks.

Ich lächelte sie dankbar an. Darin war sie nämlich wirklich gut. Ich konnte jetzt jede Unterstützung gebrauchen.

20. Parker

Ich war ein Idiot.

Gill hatte meine Worte in der Nacht nach dem Labyrinth-Besuch ganz falsch aufgefasst, und nun hatte ich keine Gelegenheit, das Gesagte richtigzustellen.

Die ganze Zeit war ich davon ausgegangen, dass der Charleston-Fall lediglich einer von vielen für Gill war. Ich hatte zu spät begriffen, dass ihre lang erhoffte Beförderung und damit ihre Karriere mit dem Fall zusammenhing. An ihrer Stelle hätte ich vermutlich genauso gehandelt. Nur dass ich nicht der Typ war, um in einer Großkanzlei zu arbeiten.

Nachdenklich starrte ich meinen Computer an und die Beratungsanfrage eines jungen Ehepaares, das gerade erst vor zwei Monaten geheiratet hatte. Sie wollten die Ehe annullieren lassen. Der Junge war gerade mal siebzehn Jahre alt, das Mädchen achtzehn. Die Anfrage kam von den Eltern des Jungen.

Eine große Kanzlei wie *Black & Chase* hätte den Fall garantiert abgelehnt, da nicht viel Geld daran zu verdienen war. Außer, eine der beteiligten Personen war prominent oder steinreich. Dann hätten sie sicher eine horrende Kostenvereinbarung getroffen.

Aber selbst in meiner Angestelltensituation konnte ich nicht allein entscheiden, ob ich den Fall übernehmen würde. Alles passierte den Tisch der Chefs. Verständlicherweise, denn sie trugen das finanzielle Risiko und die Verantwortung für sämtliche Angestellten.

Also ging ich rüber zu Daves Büro, dessen Tür immer offen stand.

»Hey, Dave, hast du einen Moment?«

Er sah von seinem PC auf, an dem er gerade getippt hatte.

»Klar, komm rein. Um was geht es?«

»Wir haben eine neue Beratungsanfrage erhalten.« Ich nahm ihm gegenüber Platz und schilderte den Fall.

»Wäre ein schneller Fall für zwischendurch«, schlussfolgerte David.

»Die zeitlichen Kapazitäten hätte ich jedenfalls. Der Charleston-Fall ist zwar kniffelig, aber aus meiner Sicht auch eindeutig. Er wird vor Gericht landen, weil die Gegenseite unnachgiebig und nicht verhandlungsbereit ist.«

»Okay, dann lade die neuen Kandidaten zu einer kostenlosen Erstberatung ein, in der du dir einen Überblick verschaffst. Eventuell nehmen wir hier den Mindeststundensatz für die weitere Bearbeitung.«

Das hatte ich mir bereits gedacht und so setzte ich mich direkt an den Rechner, als ich wieder in meinem Büro war.

Die Eltern des Jungen wollten noch an diesem Nachmittag einen Termin. Es schien sehr dringlich zu sein. Also vereinbarte ich einen Termin für vier Uhr.

Sie kamen mit ihrem minderjährigen Sohn, der es kaum wagte, den blonden Schopf zu heben und mir bei der Begrüßung in die Augen zu sehen. Er hatte ganz sicher schon einige Diskussionen mit seinen Eltern hinter sich.

Diese machten einen mehr als aufgebrachten Eindruck. Ich musste also erst einmal dafür sorgen, dass sich sämtliche Beteiligten beruhigten.

»Haben Sie gut hergefunden?«, eröffnete ich das Gespräch, sobald wir uns alle im Besprechungszimmer eingefunden hatten. Ich machte mein iPad für Notizen bereit.

»Der Londoner Verkehr ist grausam«, antwortete der Vater und rückte seine Brille zurecht. »Wir hätten doch zu einem Anwalt in einem Vorort gehen sollen.«

»Unsinn.« Die Ehefrau winkte ab. Sie trug ihr blondes Haar zu einem strengen Dutt gebunden und sah auch sonst sehr sorgfältig gekleidet aus mit ihrem hellbeigen Kostüm. »Wir wollen schließlich, dass der Fall schnell über die Bühne geht. Emily hat gesagt, dass Mr Parker einer der besten Anwälte ist.«

»Ah, Sie kommen also durch eine Empfehlung von Mrs Charleston in unsere Kanzlei?«

Die Mutter nickte eifrig, und ich machte mir eine entsprechende Notiz.

Mein Blick fiel wieder auf den Sohn. Er starrte auf seine Fingerspitzen.

»Haben Sie die Unterlagen dabei, die ich in meiner Mail angefragt hatte?«

»Natürlich.« Die Mutter schob mir einen Packen Dokumente zu. Ich blätterte sie durch, bis ich die Eheurkunde gefunden hatte.

»George«, sprach ich den Jungen an. »Ich darf dich doch beim Vornamen nennen?«

Er nickte betreten.

»Okay, George. In der Eheurkunde steht ein anderes Geburtsdatum. Dir ist klar, dass das nicht legal ist?«

Er hatte sein Geburtsdatum um ein Jahr vorverschoben. Tatsächlich wurde er erst in vier Monaten volljährig. Also hatte er Ausweisdokumente gefälscht, um heiraten zu können.

Ich wandte mich an die Eltern. »Ich weise Sie an dieser Stelle daraufhin, dass der Fall weitere rechtliche Konsequenzen haben könnte. Urkundenfälschung ist eine Straftat und kann mit einer Haftstrafe bis zu zwei Jahren und oder einer Geldstrafe belangt werden.«

Die Mutter schnappte nach Luft und fing an zu weinen.

Der Vater brummte vor sich hin und fixierte seinen Sohn.

George hob zum ersten Mal den Blick und sah mich trotzig an. »Aber ich liebe Charlotte.«

Seufzend blätterte ich die Unterlagen weiter durch. Charlotte war also das Mädchen, das er geheiratet hatte. Es gab doch nichts Herzergreifenderes als Teenagerliebe. Das ganze Universum drehte sich nur um diese beiden. Keine Hindernisse schienen unüberwindbar.

»Verstehe.«

Der Junge gab einen verächtlichen Laut von sich. »Was verstehen Sie? Sie kennen mich nicht und meine Charlotte ebenso wenig.«

»Das stimmt. Aber ich war auch einmal jung, man mag es kaum glauben.« Aufmunternd lächelte ich ihn an. »Außerdem bin ich hier, um dir zu helfen, nicht, um dich zu verurteilen. Wenn ich dein Anwalt werde, dann werde ich alles tun, um eine Haftstrafe zu verhindern.«

»Und was ist mit der Annullierung?«, fragte der Vater dazwischen. »Wie lange wird das dauern?«

»Das kommt darauf an, wie die Gegenseite dazu steht. Im schnellsten Fall drei Monate. So, wie die Gerichte derzeit arbeiten, kann es aber auch sechs Monate dauern. Vor allem, wenn die Gegenseite nicht zustimmt und wir vor Gericht gehen müssen.«

In sechs Monaten war der Junge volljährig. Um die Situation nicht weiter aufzuheizen, erwähnte ich an dieser Stelle erst einmal nicht, dass er dann den Antrag auf Annullierung zurückziehen durfte.

»Sechs Monate?« Die Mutter hatte sich von ihrem Weinanfall erholt. »Das geht nicht. Das muss schneller gehen.«

Stirnrunzelnd betrachtete ich die Heiratsurkunde. Die war gerade mal eine Woche alt. Ich ging davon aus, dass George seine Eltern im Vorhinein nicht über seine Heiratsabsichten informiert hatte.

»Haben Sie bereits Kontakt mit Charlotte oder ihren Eltern aufgenommen?«

Die Mutter wirkte erbost. »Das sind furchtbare Leute! Sie sind viel zu locker in ihrer Erziehung und lassen ihrer Tochter jeden Unsinn durchgehen. Wir wollen nichts mit ihnen zu tun haben!«

»Es sind unsere Nachbarn«, brachte Georges Vater zähneknirschend hervor. »Sie hatten ebenfalls keine Ahnung von den Plänen unserer Kinder. Wir wussten nicht einmal, dass da was läuft.«

»Wenn Sie mir die Kontaktdaten notieren, werde ich im nächsten Schritt Charlotte und ihre Eltern kontaktieren. Womöglich besteht der Trennungswunsch genauso auf deren Seite.«

»Niemals! Charlotte wird sich nie von mir trennen.« George hatte die Arme vor der Brust verschränkt und rutschte auf dem Stuhl nach unten.

»Das ist absoluter Unfug!«, donnerte der Vater.

In diesem Moment wurden Stimmen von draußen laut. Jemand regte sich sehr heftig im Flur der Kanzlei auf.

George setzte sich abrupt auf, und ein Strahlen huschte über sein Gesicht. Ich ahnte, wer da auf dem Flur einen solchen Aufstand verursachte.

»Bleiben Sie bitte sitzen«, bat ich. »Ich schaue mal nach dem Rechten.«

Ein älteres Paar mit einer jungen Frau hatte sich vor dem Empfang eingefunden. Unsere Empfangskraft versuchte gemeinsam mit David, die Herrschaften zu beruhigen.

»Bist du Charlotte?«, sprach ich die junge Frau an.

Sie schaute mich mit großen braunen Augen an, in denen Tränen glitzerten. »Ist George hier?«

Ich wandte mich an Dave. »Das ist … die Gegenseite.«

»Wir müssen unbedingt mit George und seinen Eltern sprechen!«, sagte die Mutter von Charlotte.

Dave sah sich im Flur um. Einige Kollegen und Kolleginnen waren bereits aus ihren Büros gekommen.

»Wir bringen sie ins Besprechungszimmer«, entschied er und legte mir eine Hand auf die Schulter. »Ich komme mit.«

Dankbar nickte ich. Allein hätte ich es vermutlich nie geschafft, die beiden Familien zu bändigen.

Kaum waren wir mit Charlotte in das Besprechungszimmer gekommen, fielen sich die Frischvermählten in die Arme.

»Das sieht nicht nach Trennung aus«, raunte Dave mir zu.

Ich nickte, versuchte aber, einen kühlen Kopf zu bewahren.

»Was machen die denn hier?«, wollte Georges Vater wissen.

Auch seine Gemahlin schien empört. »Das kann doch jetzt wirklich nicht wahr sein.«

»Georgy hat mir vorhin Bescheid gesagt, wo ihr hinwollt.« Charlotte richtete sich direkt an ihre unzufriedenen Schwiegereltern.

»Denkt ihr, ich würde mich jemals von ihm scheiden lassen? Er ist meine große und einzige Liebe!«

Ihre Mutter schien das anders zu sehen. Sie rollte mit den Augen und verschränkte die Arme vor der Brust. »Ist klar. Die einzig wahre Liebe. Und was war das mit Jamie im letzten Jahr? Da hast du auch behauptet, er sei deine große Liebe.«

»Das war anders!«

Ich machte mich räuspernd bemerkbar. »Bitte nehmen Sie doch Platz. Möchte jemand Kaffee oder Tee?«

»Wer sind Sie überhaupt?«, wollte die Mutter von Charlotte wissen.

»Verzeihung, ich habe mich noch gar nicht vorgestellt. Mein Name ist Parker Simon. Ich bin Rechtsanwalt für Familienrecht. Georges Eltern haben sich auf der Suche nach rechtlichem Rat an mich gewandt. Und das hier«, ich nickte in Daves Richtung, »ist David Padget, einer der Inhaber der Kanzlei.«

Nun, da die Förmlichkeiten geklärt waren, setzten sich

auch die Eltern von Charlotte, während ihre Tochter bereits neben George Platz genommen hatte. Die Jugendlichen hielten Händchen und tauschten verliebte Blicke.

»Damit wir alle auf demselben Stand sind, sollte Mr Parker wiederholen, was er mit Georges Eltern besprochen hat«, schlug Dave vor. »Sofern diese keine Einwände erheben. Ansonsten greift das Anwaltsgeheimnis.«

»Nein, erzählen Sie ruhig, was los ist«, sagte Georges Vater. »Ich denke, Charlottes Eltern würden gerne wissen, woran wir sind.«

Nachdem ich kurz zusammengefasst hatte, was Sache war, nämlich dass eine Annullierung möglich war, weil George noch nicht volljährig war – wobei ich die Sache mit der Urkundenfälschung nicht erwähnte, das ging die andere Seite hier nichts an –, erwähnte ich auch, dass eine Annullierung am schnellsten vonstattenginge, wenn sich die Parteien einig waren.

»Wir sind uns nicht einig«, sagte Charlotte sofort. »Also, George und ich schon. Wir werden uns nämlich nicht trennen. Niemals.« Sie schüttelte eifrig den Kopf, sodass ihre wilden Locken um das Gesicht herumsprangen.

Sie erinnerte mich ein wenig an meine Nichte Flo. Willensstark und unnachgiebig. Es waren keine schlechten Eigenschaften. Im Gegenteil. Es war gut, wenn man wusste, was man vom Leben wollte. Nur die Art und Weise der Durchsetzung sollte vielleicht überdacht werden.

Die Eltern der Jugendlichen protestierten lautstark und wild durcheinander, sodass man kaum etwas verstehen konnte.

Dave und ich sahen uns alarmiert an.

»Ich werde sie einfach wieder heiraten, sobald ich achtzehn bin«, rief George dazwischen. »Wenn ihr dafür sorgt, dass die Ehe annulliert wird, dann werden wir noch mal heiraten. Davon könnt ihr uns nicht abhalten.«

»Wie stellst du dir das vor?«, warf seine Mutter ein. »Wovon wollt ihr beiden leben? Charlotte sollte doch in ein paar Wochen mit dem Studium beginnen, und du bist mitten in der Schulausbildung.«

»Wir ziehen in eine Studentenwohnung. Wir haben uns längst informiert.« Charlotte rümpfte die Nase. »Außerdem bekomme ich ein Stipendium und werde nebenbei arbeiten. George auch.«

Ihr Angetrauter nickte eifrig.

»Das ist doch Unfug.« Ihr Vater winkte ab. »Ihr habt keine Ahnung, was das für euch bedeutet. Ihr würdet euch in drei Monaten sowieso trennen, weil ihr feststellt, dass das nichts wird. Wir tun euch lediglich einen Gefallen.«

Darin schienen sich alle Elternteile einig, denn ich sah eifriges Nicken.

»Außerdem treffen wir die Entscheidung nicht nur für uns selbst.« Ein geheimnisvolles Lächeln trat auf Charlottes Gesicht, und sie strahlte ihren Mann an.

Er hielt seine Hand auf ihren Bauch. »Wir bekommen ein Baby. Genau deswegen haben wir geheiratet. Wir wollen Verantwortung übernehmen. Für unser Kind und für unser Leben.«

Charlottes Mutter wurde blass, und Georges Mutter fächelte sich Luft zu.

Dave räusperte sich. »Ich denke, unter diesen Umständen sieht die Lage etwas anders aus, oder?« Er blickte in die Runde.

Sie alle waren damit beschäftigt, ihre Gedanken und Gefühle zu sortieren.

»George wird seinen Schulabschluss machen«, erklärte Charlotte nun. »Und ich werde mit dem Studium beginnen. Sobald das Kind da ist, steht uns auch eine Unterstützung vom Staat zu. Darüber haben wir uns schon informiert. Wir werden die Situation gemeinsam meistern. Wir müssen es unbedingt versuchen. Für unser Kind und für unsere Liebe.« Sie atmete tief durch. »Und ihr alle könnt euch jetzt überlegen, ob ihr Teil davon sein wollt. Wollt ihr für euer Enkelkind da sein? Oder wollt ihr uns alle im Stich lassen? Es ist eure Entscheidung. Aber drängt uns nicht zu etwas, nur weil ihr euch unser Leben anders vorgestellt habt. Wir mögen jung sein, dennoch wissen wir, wohin wir im Leben wollen. George möchte Arzt werden und ich Anwältin. Es würde uns vieles erleichtern, wenn ihr uns unterstützt. Solltet ihr es nicht tun, dann schaffen wir es auch ohne euch.«

George und Charlotte hielten einander an den Händen und schienen so glücklich, dass alle anderen nichts mehr zu sagen hatten.

Das war der Punkt, an dem ich mich einschaltete. »Herrschaften, ich denke, mein Kollege hat recht. Gehen Sie nach Hause. Bedenken Sie die neuen Umstände. Wenn Sie rechtliche Fragen haben, stehe ich gerne zur Verfügung. Außerdem habe ich eine Reihe an Kontaktadressen zu Familienberatungsstellen. Diese können außerdem Hinweise zu Förder- und Unterstützungsmöglichkeiten geben.«

»Charlotte, warum hast du denn nichts gesagt?«, wisperte ihre Mutter.

»Weil George und ich zunächst allein mit der Situation klarkommen mussten. Wir waren nämlich auch erst einmal ganz schön geschockt.«

Ihre Mutter nickte verstehend, und Tränen liefen ihre Wangen hinunter.

Georges Mutter seufzte tief. »Ich schlage vor, wir fahren alle zu uns nach Hause. Ich habe einen Schokokuchen gebacken. Der reicht für uns alle. Dazu eine nette Tasse Tee. Dann besprechen wir alles in Ruhe. Was haltet ihr davon?«

Die Familien waren sich einig.

Bei der Verabschiedung bedankte sich Georges Mutter

noch einmal für unsere Zeit. Dave und ich standen im Flur und beobachteten, wie sie unsere Kanzlei verließen.

»Das war … interessant«, meinte er und kratzte sich am Kinn.

»Ich hoffe, George und Charlotte finden ihr Glück«, sagte ich ehrlich. »Aber junge Liebe ist vergänglich. Leider.«

In diesem Moment trat Nora Padget, vormals Collins, aus dem Fahrstuhl. An ihrer Hand hielt sie ihren und Daves gemeinsamen Sohn.

»Nein, Parker«, flüsterte Dave. »Junge Liebe kann für alle Ewigkeit halten.«

Ich erinnerte mich daran, dass Dave und Nora einander schon in Kindheitstagen begegnet waren.

»Daddy!«, rief der kleine Anthony und rannte auf seinen Vater zu, der ihn lachend auffing und in der Luft herumwirbelte.

»Na, mein Kleiner? Warst du mit deiner Mum shoppen?«

»Nein, wir waren in einem Park«, erklärte Nora lächelnd. »Dort gab es sogar Dinosaurier.« Sie begrüßte ihren Mann mit einem Kuss auf die Wange. Dann wandte sie sich mir zu und streichelte mir freundschaftlich über den Arm. »Alles gut bei euch?«

Ich nickte nachdenklich. »Ihr wart im Crystal Palace Park?«

Sie nickte. »Oh, du wohnst dort in der Nähe, nicht wahr?«

»Ja, stimmt. Ist ein sehr schöner Park.«

Als ich das glückliche Paar mit seinem Sohn sah, musste ich an Gill denken. Der Kuss im Park war mehr gewesen als Lust. Er war ein Ausdruck von Sehnsucht gewesen. Ich konnte Gill einfach nicht vergessen und so einfach aufgeben. Irgendetwas musste mir einfallen, um ihr zu beweisen, dass ich bereit war, einen Schritt weiterzugehen. Ich musste ihr Vertrauen gewinnen. Nicht nur in mich, sondern auch in das Thema Liebe.

21. Gillian

»Das Problem ist nicht nur, dass Mona uns gesehen hat«, erklärte ich meinen Freundinnen.

Mein Büro wirkte merklich kleiner mit uns allen zusammen hier drin. Sarah saß auf dem Besucherstuhl. Becks lehnte mit dem Rücken an der geschlossenen Tür, und Kate stand mit vor der Brust verschränkten Armen vor dem Fenster.

Ich atmete tief durch, denn nun kam ein sehr privates Problem. »Parker scheint auch davon auszugehen, dass ich das Mandat niederlege, nicht er. Er möchte, dass ich meine Karriere hintanstelle, während er so weitermacht, als wäre nichts passiert.«

Sarah runzelte die Stirn. »Bist du dir da sicher? Das passt gar nicht zu Parker.«

»Aber selbst wenn nicht: Wer sagt mir, dass Parker und ich überhaupt zueinander passen? Ich bin einfach nicht mutig genug, um dafür alles aufs Spiel zu setzen.«

Schweigen.

Ich schaute von Sarah zu Kate und dann zu Becks. Die drei hingegen sahen nicht mich an, sondern wechselten untereinander bedeutungsvolle Blicke.

»Hey, was ist das? Was verpasse ich da gerade?«, verlangte ich zu wissen.

Kate räusperte sich. »Keine von uns steckt in deinen Schuhen. Und jede von uns versteht, wie wichtig dir deine Karriere ist. Wir sitzen diesbezüglich alle im selben Boot.«

»Aber Parker und du ...« Becks seufzte. »Ihr passt wirklich gut zueinander. Möchtest du es nicht wagen, für die Liebe einmal mutig zu sein?«

»Ihr steht also auf Parkers Seite?«

Kate schüttelte den Kopf. »Nein. Auf deiner. Die Frage ist nur: Bist du bereit, Parker komplett aufzugeben? Denn wenn wir dich hier durchboxen und dafür sorgen, dass du das Mandat behältst, dann wird es niemals mehr eine Chance für dich und ihn geben.«

Tränen traten mir in die Augen. Ich konnte mich nicht daran erinnern, dass ich je in meiner Karriere vor solch einer schwierigen Entscheidung gestanden hatte.

Sarah hatte zwischenzeitlich geschwiegen, doch nun kam ihr Kämpferinnenherz zum Vorschein. »Womöglich kann Gill trotzdem beides haben.«

»Wie soll das gehen?«, wollte Kate wissen. »Wir können ihr helfen, den Job zu behalten, aber dann kann sie mit Parker nicht so weitermachen wie bisher.«

»Gill«, sagte Sarah. »Erzähl uns etwas über diesen Fall. Du meintest, der Mandant treibt dich in den Wahnsinn?«

Ich nickte. »Er ist ein Sturkopf und lässt sich nicht auf meinen rechtlichen Rat ein.«

»Okay, ich glaube, wir könnten da etwas aushecken.« Sarah grinste verschwörerisch. »Was du allerdings aus der Sache mit Parker machst … das ist allein dir überlassen.«

Zwei Stunden später klopfte ich an Monas Bürotür.

»Na, kommst du, um zu erfahren, was ich dem Boss verraten habe?« Sie wirkte nicht überrascht, mich zu sehen.

Ich ging ungefragt hinein, schloss die Tür hinter mir und setzte mich auf den Stuhl ihr gegenüber.

»Du hast ihm nichts verraten, sonst säße ich jetzt draußen auf der Straße und nicht hier in deinem Büro.«

»Sehr schlau bemerkt.« Grinsend stützte Mona die Unterarme auf dem Schreibtisch ab und beugte sich in meine Richtung. »Ich dachte, ich hebe mir mein Wissen für einen späteren Zeitpunkt auf. Für eine passende Gelegenheit. Vielleicht die nächste Weihnachtsfeier, wenn noch mehr Kollegen in den Genuss der Story kommen können?«

Schon allein dafür hatte sie eine Ohrfeige verdient, und mir blutete das Herz, weil ich für dieses Biest einen Schritt in meiner Karriere zurückging. Dennoch war es der geringste Preis, den ich zahlen musste, um meinen Job überhaupt zu behalten.

»Hör mir zu, Mona. Du hast Parker Simon und mich im Park gesehen. Welche Schlüsse du daraus auch immer ziehen magst, sei versichert, dass das Treffen reiner Zufall war. Wir haben nicht über den Fall gesprochen und keine geheimen Absprachen getroffen. Es gab Zeugen, und wir alle würden unter Eid aussagen, dass das Treffen nichts mit dem Fall zu tun hat, den wir gerade bearbeiten.«

»Dennoch wäre deine Reputation dahin«, sagte sie süffisant. »Ein Makel hinge fortan an deiner nerdigen Oberfläche.«

Nerdig? So war ich seit meiner Schulzeit nicht bezeichnet worden. Aber das passte zu Mona. Sie gehörte zu den Mädchen, denen immer alles so zugeflogen war: das gute Aussehen, ein gutes Elternhaus, das Jura-Studium, die Stelle bei *Black & Chase*. Es bereitete ihr Freude, andere daran zu erinnern, dass sie nicht so viel Glück hatten, und diese damit auch noch aufzuziehen.

»Erinnere ich mich eigentlich richtig, dass dein Onkel im Dubliner Büro zu den Equity-Partnern gehört?«

Sie verzog das Gesicht. »Was hat das hiermit zu tun?«

»Nun, es steht der Verdacht im Raum, dass du den Job bei *Black and Chase* nur bekommen hast, weil dein Onkel ihn dir beschafft hat.«

»Mein Studienabschluss war tadellos. Ich hätte den Job auch so bekommen.« Sie sprach ruhig, doch ihre Hände ballten sich zu Fäusten, so wie bei mir zuvor.

Ich hatte ihren wunden Punkt getroffen.

»Also gut, aber dir fehlt noch das richtige Mandat, oder?

Ein Fall, bei dem du wirklich beweisen kannst, was du draufhast?«

Sie lehnte sich in ihrem Stuhl zurück. »Worauf willst du hinaus?«

»Ich sehe ein, dass der leiseste Verdacht, ich könnte etwas mit dem Vertreter der Gegenseite haben, ausreicht, um mich zurückzuwerfen. Daher möchte ich das Mandat an jemand anderen in der Abteilung übertragen. Und das könntest du sein.«

»Du willst mich kaufen? Ich halte die Klappe, und dafür gibst du mir dein Prestigemandat?«

»Der Fall ist nicht einfach. Mr Charleston ist etwas stur und hört kaum auf das, was ich ihm rate. Er benötigt eine Anwältin, die kaltherziger ist als ich.«

Mona lachte auf. »Klar denkst du da direkt an mich.«

»Willst du den Fall, oder soll ich zu Mrs Bones gehen? Sie hätte jedenfalls die ausreichende Erfahrung, um den Mandanten im Zaun zu halten.«

Etwas leuchtete in Monas Augen auf. Etwas, worauf ich gehofft hatte. »Was für ein Glück für dich, dass ich auf solche Spielchen stehe.«

Erleichtert beugte ich mich in ihre Richtung. »Du übernimmst den Fall?«

»Wenn Mr Ming zustimmt, dann übernehme ich dein Mandat, ja.«

Mr Ming war sehr überrascht, als wir zu zweit in seinem Büro auftauchten.

»Was kann ich für Sie beide tun, meine Damen?« Er deutete auf die beiden Stühle, damit wir uns setzten.

»Mr Ming, danke, dass Sie sich nochmals Zeit für mich … uns … nehmen«, eröffnete ich.

»Wenn es um persönliche Streitereien geht, bin ich raus«, sagte er sofort. »Ich weiß, dass es zwischen Ihnen beiden nicht immer reibungslos verläuft. Aber ich möchte nicht in private Kleinkriege involviert werden.«

»Tatsächlich gibt es keine Reibereien zwischen uns«, wandte Mona ein. »Im Gegenteil. Wir haben uns gerade etwas angenähert.«

Ich nickte zustimmend. »Wie ich Ihnen bereits heute Vormittag mitteilte, habe ich meine Schwierigkeiten mit dem Charleston-Fall.«

Mr Ming runzelte die Stirn. »Wollen Sie Ms Brown ins Boot holen zur Unterstützung?«

Mir wurde etwas flau im Magen, da ich nicht wusste, wie er nun reagieren würde. »Nein, ich …« Ich musste mich räuspern, da mir die Stimme zu versagen drohte. »Ich möchte den Fall an sie übergeben.«

»Bitte *was?*« Verwirrt sah er zwischen uns beiden hin und her.

»Natürlich würde ich Ms Brown jederzeit unterstützend zur Seite stehen, falls sie mich braucht oder sollte sie Infos benötigen, die ich bereits herausgearbeitet habe. Aber es wäre besser, wenn ich mich ganz aus dem Fall heraushalte.«

»Wie kommen Sie zu dieser Entscheidung?«, wollte Mr Ming streng wissen. »Sie überraschen mich wirklich, denn ich hatte Großes von Ihnen erwartet.«

Ich schüttelte den Kopf. »Es ist nicht nur der Fall. Ich trete auch aus privaten Gründen davon zurück. Zu meinem eigenen Wohl und zu dem der Kanzlei.«

»Das verstehe ich nicht. Können sie mir das bitte genauer erklären?«

Meine Finger zitterten. Ich versuchte, sie zu beruhigen, indem ich sie miteinander verschränkte. »Ich bin mit dem Anwalt der Gegenseite befreundet. Ich befürchte, es könnten Gerüchte auftauchen, dass es Absprachen oder Ähnliches gibt. Was es nicht gab. Niemals. Und auch niemals geben würde.«

»Sie sind mit dem Anwalt der Gegenseite befreundet? Habe ich das richtig verstanden?«

Ich nickte.

Seine Stimme wurde leise, und ein leicht grollender Ton war herauszuhören. »Wissen Sie eigentlich, was Sie hier aufs Spiel setzen? Wieso haben Sie das nicht gleich gesagt, als ich Ihnen den Fall übertrug?«

»Weil ich zu dem Zeitpunkt nicht wusste, dass Mr Simon den Fall übernehmen würde. Das habe ich erst später erfahren.«

Mr Ming schüttelte den Kopf. »Das ist wirklich enttäuschend. Ich hatte so große Hoffnungen in Sie gesetzt.«

»Ich verstehe Ihren Unmut«, sagte ich kleinlaut. »Es tut mir leid, dass ich mich nicht früher an Sie gewendet habe. Aber die Scheidung ist abgeschlossen. Die Vermögensteilung könnte eine andere Anwältin übernehmen. Ich denke, Ms Brown ist bereit dafür. Wir haben beide dieselbe Erfahrung, und ich könnte im Gegenzug ihren Fall übernehmen und dafür sorgen, dass ihr Mandant die Unterhaltszahlung erhält, die ihm zusteht, sodass er auch unser Honorar begleichen kann.«

Noch immer schüttelte Mr Ming den Kopf. »Ich weiß es nicht. Ich kann jetzt keine Entscheidung treffen. Womöglich werde ich die ganze Angelegenheit mit Mr Holden besprechen müssen.«

Genau das hatte ich befürchtet, aber ich würde es in Kauf nehmen. Ich hätte das Mandat in dem Moment ablehnen sollen, in dem ich erfahren hatte, dass Parker die Gegenseite vertrat.

»Verlassen Sie bitte beide mein Büro. Ich muss in Ruhe nachdenken.«

Als wir vor den Aufzügen standen, zeigte Mona zum ersten Mal ein Lächeln, das nicht fies, sondern ehrlich war. »Respekt, Gillian. Ich hoffe, Mr Holden wird ein Nachsehen haben.«

»Danke.«

Wenn ich allerdings bedachte, wie heftig Holdens Reaktion damals auf Sarahs Fehlverhalten ausgefallen war, bestand kaum Hoffnung auf Nachsehen. Das war der einzige Schwachpunkt in unserem Plan gewesen.

Aber nun war die Wahrheit endlich heraus. Und ich fühlte mich trotz der Ungewissheit, was aus meinem Job werden würde, erleichtert.

22. Parker

Können wir uns treffen, damit wir noch mal reden?

Ein paar Sekunden starrte ich bloß ratlos auf die Nachricht, die ich gerade auf meinem Handy entdeckt hatte. Die Worte klangen einerseits nach Hoffnung und andererseits nach einem endgültigen Schluss.

Was genau sie damit meinte, würde ich wohl erst bei unserem Treffen erfahren. Leicht nervös rutschte ich etwas auf meiner Couch vor und tippte eine Antwort.

Wieder an der Tower Bridge?
Vielleicht an einem Ort, an dem wir ruhiger reden können.

Es war ein verrückter Gedanke, aber der erste, der mir einfiel.

Im Zentrum des Irrgartens.

Ihre Rückmeldung kam prompt.

Heute um neunzehn Uhr?

Mein Herz schlug schneller, wenn ich an unseren letzten Kuss dort dachte.

Ja, das passt. Bis später.

Ich legte das Handy beiseite und atmete tief durch. Bis dahin hatte ich noch einiges zu tun. Zum einen musste ich meine Unterlagen zu Hause sortieren. Zum anderen hatte ich zwei Besichtigungstermine. Einer davon war sogar durch Stone zustande gekommen. Der Kerl war gar nicht so übel, wenn man ihn näher kannte. Außerdem verstand er sich bestens auf Immobilien, was in meiner derzeitigen Situation äußerst hilfreich war.

Als ich im Zentrum des Labyrinths ankam, wartete Gill schon auf mich. Sonst war niemand dort. Wir waren allein.

Sie trug ihren Trenchcoat, da der Wind abends etwas aufgefrischt hatte. Außerdem hatte sie ihr braunes Haar zu einem Dutt hochgebunden. Ihr Pony hing tief in der Stirn, und sie strich ihn mit der Hand etwas zur Seite.

Langsam trat ich auf sie zu. »Hey, da bin ich.«

»Danke, dass du gekommen bist.« Ihr Lächeln zeigte eine Spur von Unsicherheit. Dann runzelte sie die Stirn. »Warst du zu Hause, um dich umzuziehen?«

Ich sah an mir herunter. Ich trug Jeans, einen bequemen Pulli und einen Rucksack. »Nope, ich laufe den ganzen Tag schon so herum.«

»Warst du nicht in der Kanzlei?«

Ich schüttelte den Kopf und trat noch näher auf sie zu. Eine Strähne hatte sich aus ihrem Dutt gelöst. Ich streckte die Hand aus und bemerkte, dass Gill mich mit großen Augen anstarrte. Sanft strich ich ihr die Strähne hinters Ohr.

»Ich muss dir etwas erzählen«, sagte ich.

»Gut, ich dir nämlich auch.« Sie atmete tief durch und machte einen Schritt zurück.

»Okay, fang du an«, bat ich.

»Ich habe das Mandat abgegeben«, erklärte sie, ohne weiter zu zögern. »An eine Kollegin in der Abteilung.«

Mein Herz wurde schwer. »Weil man uns gesehen hat?«

Ich wollte nicht daran schuld sein, dass ihre Karriere nun einen Knick bekam.

Sie nickte. »Das auch. Aber … es gab noch einen anderen Grund.« Gill verschränkte die Arme vor der Brust, als wollte sie sich schützen, und wich meinem Blick aus.

Ich verstand, warum sie das tat, warum sie zögerte. Denn genauso, wie ich sie gebeten hatte, sich zu überlegen, was sie wirklich wollte, hatte ich ebenso darüber nachdenken müssen. Und das hatte ich getan.

»Bevor du etwas sagst, lass mich etwas erklären.« Ich deutete auf die Steinbänke, die im Kreis um den Mittelpunkt des Labyrinths aufgestellt worden waren. »Wollen wir uns nicht setzen?«

Sie nickte, wich aber noch immer meinem Blick aus.

Beinahe war ich wütend. Nicht auf sie. Nicht auf die Situation, in die wir durch die Londoner Anwaltswelt gesteckt worden waren. Sondern auf ihre Eltern. Sie hatte nie erleben dürfen, wie es sich anfühlte, eine glückliche Beziehung zu führen. Wie es war, jeden Tag dafür zu sorgen, dass es funktionierte. Denn keine Beziehung war perfekt. Man entschied sich dazu, Fehler zu akzeptieren und gemeinsam die Hürden des Lebens zu meistern.

Ich schüttelte den Gedanken ab und konzentrierte mich ganz auf das Hier und Jetzt. In meinem Rucksack befand sich eine Decke, die ich auf einer der Bänke ausbreitete. Ich wartete, bis sich Gill neben mich gesetzt hatte, dann begann ich erneut zu sprechen.

»Du hattest recht, dass es nicht fair von mir war, von dir zu erwarten, dass du das Mandat abgibst. Keiner von uns sollte auf das verzichten, wofür wir so hart gearbeitet haben. Wir haben beide die gleichen Rechte.«

Sie neigte den Kopf und blinzelte. »Du gibst mir recht?«

»Uns beiden«, erwiderte ich grinsend.

»Hmm, sehr diplomatisch.« Sie seufzte und legte den Kopf in den Nacken.

Ich spürte, dass sie sich allmählich entspannte. »Aber eigentlich ist es jetzt ohnehin egal. Ich habe das Mandat abgegeben und werde wohl eine Weile auf meine Ernennung zur Senior Associate warten müssen.«

»Mir ist sie nicht egal. Deine Karriere, meine ich. Du kämpfst mit allem, was du hast, für deine Mandanten. Auch wenn diese noch so abstruse Forderungen in den Raum werfen.«

Sie presste die Lippen aufeinander, als müsste sie ein Lachen unterdrücken.

»Du hast jede Anerkennung verdient«, erklärte ich. »Holden und die übrigen Bosse sind dumm, sollten sie das nicht erkennen.«

»Ich bin dort nur eine von vielen. Da ist es schwer, herauszustechen. Mir fehlt einfach der Glow.«

»Glow?« Das verstand ich nicht so recht.

»Sarah und ich nennen das so. Es bedeutet, die anderen zu überstrahlen und die Vorgesetzten durch Leistung so zu überzeugen, dass man hervorsticht.«

»Dann trägt dein Boss eine Sonnenbrille.«

Sie sah mich zweifelnd an.

»Ich muss dir ein Geständnis machen: Ich habe das Mandat auch abgegeben.«

»Was?« Sie öffnete den Mund und starrte mich fassungslos an.

Am liebsten hätte ich sie in die Arme gezogen und geküsst.

»Ja, ich konnte schlecht etwas von dir erwarten, wozu ich selbst nicht bereit war.« Ich hob die Schultern. »Außerdem gehe ich davon aus, dass der Fall ohnehin vor Gericht endet. Also hat Helena Collins den Fall selbst übernommen.«

»Collins? Eine der Namenspartnerinnen?«

Ich nickte. »Sie ist mit Mrs Charleston befreundet und zudem eine unnachgiebige Prozessanwältin.«

»Das heißt … wir bearbeiten den Fall beide nicht mehr?«

»Mit der Scheidung ist unser beider Part getan. Jetzt dürfen sich andere um die Charlestons kümmern.«

»Warum hast du das getan? Waren deine Vorgesetzten nicht enttäuscht?«

Ich räusperte mich und setzte mich so, dass ich sie besser ansehen konnte. »Doch. Waren sie. Aber ich konnte es nicht ertragen, weiter gegen dich zu kämpfen. Oder dass überhaupt irgendetwas zwischen uns steht. Das, was wir hatten … diesen Anfang … Unsere Jobs haben es zerstört. Ich habe es vermisst, dich jeden Freitag im Pub zu treffen, mit dir zu lachen, dich anzusehen … dich zu umarmen.«

»Wirklich?«

»Was glaubst du, warum ich seit unserem ersten Treffen jeden Freitag in den Pub gekommen bin? Nur weil ich wusste, dass du dort sein würdest und weil ich dich kennenlernen wollte.«

»Ich habe dich auch vermisst«, flüsterte sie. »Aber … aber wie soll das funktionieren? Es wird immer wieder die Gefahr bestehen, dass wir auf der Gegenseite stehen. Es sei denn, jemand von uns wechselt das Fachgebiet.«

Es gab eine Möglichkeit. Eine, mit der wir beides haben konnten: Beruf und Beziehung. Aber ich war noch nicht so weit. Sie war noch nicht so weit.

»Was hältst du von einem Wochenende in Cornwall?«, fragte ich und lächelte sie mit all der Wärme an, die mein Herz zu bieten hatte.

»Cornwall?« Ihre Augen weiteten sich.

Ich nickte. »Meine Eltern leben dort. Sie haben ein hübsches Gäste-Cottage. Wir könnten London einfach hinter uns lassen und für ein paar Tage über uns nachdenken.«

»Über uns beide?«

»Ja. Oder jeder für sich. Das geht auch. Ich wäre nur zufällig in der Nähe. Du erlaubst doch, dass ich dich grüße, falls wir uns zufällig begegnen?«

Sie lachte und stieß mich in die Seite. »Sehr witzig.« Dann legte sie den Kopf schief. Ein sanftes Glänzen trat in ihre Augen. »Ich war noch nie in Cornwall.«

»In dem Fall wird es wohl höchste Zeit.«

»Würdest du mir denn zeigen, wo man am besten essen gehen kann? Und an welchem Strand es am schönsten ist?«

»Am besten kochen natürlich meine Eltern. Ich kenne jedoch den ein oder anderen Pub, der dir gefallen könnte.«

»Hmm, das klingt sehr verlockend.« Sie strahlte mich mit diesen zauberhaft blauen Augen an, und ich konnte nicht anders, als ihr Gesicht in meine Hände zu nehmen und ihren Blick zu erwidern.

»Sag, dass du mitkommst.«

Sie nickte. »Es ist eine verrückte Idee, aber ja, ich komme mit dir nach Cornwall. Wann geht es los?«

»Wenn du magst, dann am Freitag. Ich habe Zeit.«

»Ich auch. Habe sowieso genug Überstunden. Wird wohl Zeit, die abzubauen.«

»Das ist eine hervorragende Idee.« Ich hielt noch immer ihr Gesicht umfangen und schaute auf ihren Mund.

Sie bemerkte es und leckte sich über die Oberlippe.

Langsam näherte ich mich ihr. Sie wich nicht zurück. Meine Lippen berührten ihre, und ich genoss, wie weich und zart sie sich anfühlte. Ihr Mund öffnete sich leicht. Meine Zunge fuhr zwischen ihre Lippen, und ich küsste Gill fordernder. Sie legte ihre Hände in meinen Nacken und schmiegte sich an meinen Oberkörper.

Ich hatte es vermisst, sie so zu halten, ihr so nah zu sein. Alles in mir, jede Faser meines Körpers, fühlte sich zu ihr hingezogen. Alles um uns wurde unwichtig. Es gab nur noch uns beide und diesen Moment.

Ein lautes Räuspern holte uns in die Gegenwart zurück.

»Verzeihen Sie, aber das ist ein öffentlicher Platz.« Der Parkwächter stand mit nicht amüsierter Miene am Rand und hatte die Arme vor der Brust verschränkt. »Außerdem schließt der Park in einer halben Stunde. Wenn Sie also bitte Ihre … ähm … Tätigkeit unterbrechen würden, wäre ich Ihnen sehr verbunden.«

Gill kicherte an meinen Lippen, und ich löste mich mit Bedauern von ihr.

»Natürlich, Sir. Wir brechen sofort auf.«

»Vielen Dank. Dort drüben ist ein Notausgang. Dann brauchen sie nicht durch das Labyrinth zurückzuirren.«

»Ich glaube, er meint, wir sollen ohne Umweg sofort gehen«, sagte Gill.

»Ja, ich glaube auch, dass er das meint.« Ich räumte meine Sachen zusammen und nahm Gill an die Hand. »Wollen wir woanders weiterreden?«

»Ich glaube, du schuldest mir noch einen Burger.«

Vergnügt lachte ich auf. »Stimmt.«

Ich brachte sie zu einem kleinen Burgerladen, der um die Ecke von meinem Apartment lag.

»Das sind die besten Burger von ganz London«, erklärte ich. »Der Inhaber stammt aus Texas. Ich sage dir, so gute Burger bekommst du sonst diesseits des Ozeans nicht.«

»Gibt es auch vegetarische Burger?«

Wir nahmen an einem kleinen Tisch am Fenster Platz, und ich schob ihr die kleine, aber feine Menükarte zu. »Japp, ebenfalls sehr gut.«

»Sag nicht, du hast schon sämtliche Burger auf der Karte ausgetestet.«

»Doch, habe ich.«

Sie ließ ihren Blick über meinen Oberkörper wandern. »Sieht man dir gar nicht an«, neckte sie mich.

Ich zwinkerte ihr zu. »Hat sich in den letzten Wochen nichts verändert. Alles genau so, wie es sein soll.«

Ihre Wangen färbten sich rosa, was sie noch schöner machte. Dann verbarg sie ihr Grinsen hinter der Karte und studierte das Angebot. Schließlich entschied sie sich für einen Veggie-Burger, der mit einem vegetarischen Patty, gegrillter Aubergine und Rucola belegt war.

»Verdammt, ist der gut!«, nuschelte sie mit halb vollem Mund.

»Sag ich doch.« Ich nickte dem Besitzer des Ladens triumphierend zu. Irgendwann schuldete er mir eine Provision, wenn ich ihm weitere Kundschaft besorgte.

Jetzt aber zählte nur, dass wir zusammen hier waren. Mein Blick blieb an Gills Lippen haften. »Hey, möchtest du noch mit zu mir kommen?«, fragte ich.

Sie verharrte kurz, lächelte schließlich jedoch entschuldigend. »Ich muss morgen früh ins Büro. Aber hey, lass uns zu meinem Haus laufen. Dann hast du einen Verdauungsspaziergang und weißt, wo du mich am Freitag abholen kannst. Ich werde versuchen, ein paar Überstunden einzulösen. So könnten wir schon recht früh aufbrechen.«

Mein Herz schnappte fast über. Sie hatte mein verrücktes Angebot, mit nach Cornwall zu kommen, tatsächlich angenommen. Der Ausflug würde uns beiden guttun. Fern von London, fern von unseren Jobs …

Gill wohnte in einem dieser restaurierten viktorianischen Häuschen aus beigem Sandstein mit weißen Fensterrahmen und weißer Tür. In der Auffahrt stand ihr kleiner Mini Cooper.

»Meine Schwester ist zu Hause«, merkte sie an.

Stimmt, sie hatte mir erzählt, dass sie mit Erica zusammen in einer WG lebte.

»Wohnt ihr hier zur Miete?« Die war sicher immens hoch.

Sie schüttelte den Kopf. »Nein, das Haus gehört uns beiden. Wir haben es gekauft, nachdem unsere Großmutter verstorben ist.« Ein leichter Schleier trat in ihren Blick.

Sie musste ihre Großmutter sehr geliebt haben.

»Wirklich schick«, sagte ich, und ihre Miene hellte sich wieder auf.

»Übrigens: Ich fahre.« Sie deutete mit einem Nicken auf den Mini. »Mit meinem Wagen.«

»Nach Cornwall? Hmm, wir könnten uns abwechseln.«

»Na, das werden wir noch aushandeln, Mr Parker.«

Ich grinste vergnügt. »Gerne, Ms Hobbs.«

Zum Abschied hätte ich sie gerne in die Arme gezogen, um sie leidenschaftlich zu küssen. Aber ich merkte, dass sie zögerte. Also gab ich ihr einen sanften Kuss auf die Wange.

»Bis Freitag, Gill.«

»Ja, bis Freitag.« Sie eilte bereits zum Eingang des Hauses, da wandte sie sich noch einmal um. »Und liebe Grüße an Flo, falls du sie in der Zwischenzeit siehst. Ich komme gerne mit zum Konzert.«

Ein Grinsen trat auf mein Gesicht. Ich stand bestimmt eine ganze Weile dort, bevor ich es schaffte, den Heimweg anzutreten.

23. Gillian

War ich bereit, Parkers Eltern kennenzulernen?

Absolut nicht.

War ich wahnsinnig genug, es trotzdem zu tun?

Ja!

Es war eine verrückte Idee. Aber die Entscheidung, das Mandat abzugeben, war wie ein Befreiungsschlag gewesen. Eigentlich stand nun nichts mehr zwischen Parker und mir. Allein diese verdammte Angst, dass alles nur ein schöner Traum war, aus dem ich eines Tages erwachen würde. Und um genau das herauszufinden, nämlich, ob ich träumte oder alles echt war, kam ich mit nach Cornwall.

Jetzt aber war mein Hintern wie auf dem Fahrersitz festgeklebt, während ich durch die Windschutzscheibe das kleine Anwesen seiner Eltern betrachtete.

Zwei liebevoll restaurierte Cottages und eine alte Scheune standen in U-Form auf dem Grundstück, das von blühenden Rosenbüschen umgeben war.

»Möchtest du nicht aussteigen?«, fragte Parker amüsiert, als er mir die Fahrertür aufhielt.

»Doch, natürlich.« Die lange Fahrt steckte mir in den Knochen, und ich streckte mich ausgiebig. Wir hatten ein wenig im Stau gestanden und Parker hatte öfter angeboten, dass er mich ablösen könnte, aber ich war nun einmal eigen, was das Auto betraf. Ansonsten war die Fahrt allerdings angenehm verlaufen.

Im nächsten Moment kam eine Dame aus dem mittleren der Gebäude. Ich wusste sofort, dass es Parkers Mum war. Das Lächeln und die Wärme in ihrem Blick waren unverwechselbar, allerdings hatte sie viel helleres Haar und Augen in der Farbe von Honig.

Ein Mann trat hinter ihr aus dem Cottage. Auch hier bestand kein Zweifel, dass es sich um Parkers Dad handelte. Von ihm also hatte er die dunklen Augen und das dunkle Haar geerbt. Von der Statur her war der Mann allerdings etwas kleiner als Parker.

»Oh, da seid ihr ja!«, rief Mrs Simon vergnügt. »Kommt schnell herein, es wird gleich regnen!«

Damit mochte sie recht haben, denn auf der Fahrt hatte ich bereits die dunklen Wolken bemerkt, die von Westen her auf uns zuzogen.

Mr und Mrs Simon gingen voran, und wir folgten ihnen ins Haus.

Parker nahm mir meine Reisetasche ab und stellte sie zusammen mit seiner eigenen auf der Treppe im Flur ab. Hier war es recht eng, aber seine Mum winkte mich in einen anderen Raum.

Sofort begrüßte mich der herrliche Duft eines Eintopfes, und ich blickte mich interessiert um. Die Küche war gemütlich eingerichtet mit weißen Holzmöbeln und allerlei gehäkelten Gegenständen wie den Gardinen, den Kissen auf der Küchenbank und den Topflappen.

»Mum, Dad, das ist Gillian Hobbs«, stellte Parker mich noch einmal förmlich vor, nachdem auch er und sein Vater in die Küche gekommen waren. »Gill, das sind meine Eltern: Susanne und Malone Simon.«

»Freut mich sehr, Sie kennenzulernen.«

Parkers Mutter schloss mich in eine feste Umarmung, was mich doch ein wenig überrumpelte. »Uns freut es ebenfalls. Parker hat ja schon ein bisschen von dir erzählt. Darf ich dich beim Vornamen nennen?«

»Ja, sehr gern.«

»Dann nenne mich bitte Su. Parker hat erzählt, dass du auch Anwältin bist und eine Schwester hast.«

»Ja, das stimmt.«

Sie deutete auf die Bank, auf der gerade genug Platz für Parker und mich war. Sie selbst nahm auf einem Schaukelstuhl Platz, auf dem bereits ihr aktuelles Häkelwerk lag.

Ihr Mann rührte eifrig in dem Kochtopf, dessen Duft die ganze Küche erfüllte. Er würzte und schmeckte ab. »Hmm, das wird gut, Kinder.«

»Das riecht köstlich«, sagte ich. »Was genau ist es?«

Er zwinkerte mir vergnügt zu. »Ein altes Rezept meiner Mutter aus Simbabwe. Ein Eintopf aus Grünkohl, Spinat und Erdnussbuttersoße. Dazu gibt es Reis. Du isst doch Reis, oder?«

Mein Magen knurrte in vorfreudiger Erwartung. »Ich liebe Reis.«

»Wunderbar!« Mr Simon rührte weiter in seinem Topf und holte im Anschluss bereits Suppenteller hervor.

»Warte, Dad, ich helfe dir.« Parker stand rasch auf und half seinem Vater beim Tischdecken.

Parkers Mutter indes beobachtete mich aufmerksam.

Beinahe war es mir unangenehm, aber sie lächelte dabei, und dieses Lächeln war so warmherzig, dass mir das Herz aufging.

»Das ist ein sehr gemütliches Zuhause«, sagte ich.

»Freut mich, dass es dir gefällt. Nach dem Essen zeigen wir dir den Rest des Hauses und das Gästehaus, wo du schlafen kannst.«

»Habt ihr euch schon gut eingelebt in Cornwall? Parker hat erzählt, dass ihr das Haus erst vor ein paar Monaten gekauft habt?«

Sie nickte. »Wir haben schon immer davon geträumt, unseren Ruhestand in Cornwall zu verbringen, und lange dafür gespart. Die Nachbarn sind sehr freundlich. Vor zwei Tagen erst waren wir zum Tee eingeladen, und sämtliche Nachbarn aus der Straße waren dort. Natürlich kommt man nicht unbedingt sofort mit allen Menschen klar, aber die meisten sind wirklich freundlich und hilfsbereit.«

Mein Blick fiel auf die Häkelei in ihren Händen. »Sind diese hübschen bunten Kissenbezüge von dir?«

»Ja, mit irgendetwas muss man sich ja im Alter beschäftigen.« Sie legte den Kopf schief. »Häkelst du auch?«

»Ich habe früher mit meiner Oma viel gehäkelt. Allerdings schon seit Ewigkeiten nicht mehr.«

»Wenn du magst, können wir morgen zusammen etwas anfertigen.«

Ich lächelte, unfähig etwas sagen zu können. Es war kaum begreiflich, mit welcher Wärme und Offenheit diese Menschen mich, eine fremde Person, aufnahmen.

Während des Essens erzählte Parkers Vater von seiner früheren Heimat. Er war als Teenager nach England gekommen und erinnerte sich noch an vieles aus seiner Jugend. Er war ein fantastischer Erzähler, und ich hätte ihm Ewigkeiten zuhören können.

Nach dem Essen führte mich Parker selbst in dem kleinen Haus herum und ebenso im Gästehaus. Die Zimmerdecke in dem restaurierten Cottage war niedriger als im Haupthaus. Parker konnte gerade so stehen. Auch hier zierten Häkelbezüge die Kissen, und eine Häkeldecke hing über dem Sofa. Die Herrin des Hauses hatte sich dabei auf helle Garnfarben beschränkt, was dennoch sehr heimelig und freundlich wirkte.

Das Bett im Schlafzimmer war bereits gemacht und das Schlafsofa im Wohnzimmer ebenso.

»Wir können uns also für eine beliebige Schlafsituation entscheiden.« Parker grinste jungenhaft, was ich noch nicht oft bei ihm gesehen hatte, ihm aber ebenfalls gut stand.

»Lassen wir die Spannung doch etwas bestehen«, neckte

ich ihn und schlenderte in die kleine Küche, die direkt an das Wohnzimmer angrenzte. Der Kühlschrank war gut gefüllt, als würden wir hier einen ganzen Monat verbringen wollen. Außerdem stand eine Flasche Limonade darin.

Ich holte sie heraus und schenkte uns beiden ein.

Parker versuchte sich gerade an dem Kamin, was nicht so recht klappen wollte.

»Hey, Großstadtjunge, lass mich das machen.«

»Du kannst so was?«, fragte er zweifelnd.

»Habe ich nicht von meiner Oma in Schottland erzählt? Da gab es keine Heizung, nur einen Ofen in der Küche und einen Kamin im Wohnzimmer.«

Es dauerte nicht lange, da prasselte ein angenehmes Feuer im Kamin. Genau rechtzeitig zum ersten Donnern des aufziehenden Gewitters.

»Sehr professionell«, stellte Parker bewundernd fest, bevor er aus der Schublade unter dem Sofatisch, der aus einfacher heller Birke bestand, mehrere Teelichter hervorholte. Er verteilte sie auf dem Tisch und brachte sie mit einem Feuerzeug zum Leuchten. Dann fiel sein Blick auf die Limo.

»Noch mehr Limo und mein Magen verwandelt sich in eine Zitrone.«

Wir hatten schon zum Abendessen die hausgemachte Limonade seiner Mutter kosten dürfen.

»Ich finde sie prima.«

Parker ging zu seiner Reisetasche und holte eine Flasche mit bernsteinfarbener Flüssigkeit hervor.

»Was ist das?«, fragte ich neugierig und ließ mich auf das gemachte Bettsofa sinken.

»Ein Scotch, Empfehlung von Stone. Ich dachte mir schon, dass meine Eltern keinen Alkohol im Haus haben. Nicht, dass wir den unbedingt bräuchten.« Er holte zwei frische Gläser und schenkte uns vorsichtig ein. »Aber zum prasselnden Kaminfeuer und dem Kerzenlicht passt das doch ganz gut.«

Ich schnupperte an dem Whisky. »Du willst mich wohl betrunken machen.«

»Nur ein bisschen vielleicht.«

Aber er hatte wirklich nicht viel eingeschenkt. Ich wartete, bis er sich neben mich gesetzt hatte.

Der Regen prasselte gegen die Fensterscheiben. Draußen herrschte Weltuntergangswetter. Umso schöner war es, hier im Trockenen Seite an Seite mit Parker Simon zu sitzen.

Er hob sein Glas. »Auf Kaminfeuer und Kerzenlicht.«

Ich lachte vergnügt. »Ein bisschen kitschig.«

»Hey, das hat das Schicksal so für uns ausgesucht. Ich habe dieses Gewitter garantiert nicht bestellt.«

Ich stieß mit ihm an. »Okay, also auf gemütliche Abende.«

»Ebenfalls gut.«

Wir nippten schweigend an unserem Whisky, und ich musste zugeben, dass der Tropfen angenehm war. Stone hatte eine hervorragende Empfehlung gegeben.

»Deine Eltern sind übrigens entzückend. Ich hätte deinem Vater noch stundenlang zuhören können.«

»Sag ihm das nicht. Sonst erzählt er dir morgen alles aus seiner Schulzeit. Oder viel schlimmer, aus meiner.«

»Nein, wirklich.« Ich richtete mich auf und musterte ihn ernst. »Ich glaube, ich weiß jetzt, warum du so bist.«

»Wie bin ich denn?«

»Verständnisvoll. Einfühlsam.«

Er legte einen Arm um meine Schultern. »Du kennst meine schlimmen Seiten noch nicht.«

»Doch, die kenne ich zu gut, Herr Anwalt. Ich muss zugeben, ich hätte gerne vor Gericht mit dir gestritten. Einfach nur um des Streitens willen.«

»Dir macht es also Spaß, dich mit mir zu streiten?«

»Irgendwie schon.«

Er lachte leise, und ich lehnte mich an ihn.

»Sind deine Schwestern eigentlich auch so?«

»Meine Schwestern sind laut, lebhaft und zickig. Aber im Grunde sind sie gutherzig und voller Liebe.«

Als kleiner Bruder hatte man da wohl keinen objektiven Blick.

»Darf ich dich noch etwas fragen, Parker?«

»Du darfst mich alles fragen.«

»Warum bist du Fachanwalt für Familienrecht geworden? Deine Familie ist so herzlich, so wunderbar … gehen dir diese ganzen familiären Streitigkeiten nicht auf den Keks?«

»Doch, tun sie. Während des Studiums dachte ich auch zuerst, ich gehe ins Insolvenzrecht.«

»Echt jetzt?« Ich konnte mir Parker gar nicht als Insolvenzverwalter vorstellen.

»Aber dann habe ich in einer ganz kleinen Kanzlei ein Praktikum absolviert. Es waren nur ein Anwalt, zwei Assistentinnen und ich. Der Mann hat mit so viel Leidenschaft für seine Mandanten gekämpft. Das hat mir wirklich imponiert. Und als ich ihn fragte, warum er sich für das Familienrecht entschieden habe, sagte er: ›Weil jeder das Recht auf einen sauberen Neuanfang hat.‹«

Ich ließ seine Worte sacken und starrte die kleinen flackernden Teelichter an.

»Das war der Auslöser«, erklärte Parker weiter. »Ich wollte den Familien helfen, einen sauberen Abschluss zu finden, damit sie in ein neues Leben starten können.«

»Das … das …« Ein Kloß saß in meinem Hals. Ich spülte ihn mit einem Schluck Whisky fort. »Das trifft genau das, was ich ebenfalls immer für meine Mandanten wollte.«

Wir schwiegen eine Weile. Dann sagte Parker: »Darf ich dich auch etwas fragen?«

»Ja, leg los.«

»Haben deine Eltern ihren Neuanfang geschafft?«

Ich hatte ihm nie viel von meiner Familie erzählt. Da ich

nun so viel von seiner wusste, war es an der Zeit, das nachzuholen.

»Das haben sie. Mein Vater lebt als Surflehrer in Portugal. Ihm fehlt es ständig an Geld, aber er scheint auf seine Weise glücklich zu sein. Meine Mutter hat auf der Arbeit einen Chirurgen kennen- und lieben gelernt. Sie hat noch einmal neu geheiratet und auch so ihr Glück gefunden.« Ich schluckte. Erneut schnürten mir meine Gefühle die Kehle zu.

»Doch es war ein langer Weg dorthin. Ein sehr langer … qualvoller. Wäre unsere Oma in Schottland nicht gewesen, wären Erica und ich wohl vollkommen daran zerbrochen.« Ich atmete tief durch, trank einen weiteren Schluck Whisky. »Sie hätten sich früher trennen sollen«, fuhr ich leise fort. »Dann hätte niemand so schrecklich leiden müssen. Das Schlimmste waren die ewigen Streitereien. Wie sie miteinander umgegangen sind. Und dass sie uns da mit hineingezogen haben. Meistens ging es ums Geld.«

Eine Erinnerung überkam mich, und ich schnaufte verächtlich. »Dad hatte nie genug Geld, weil er ständig wechselnde oder gar keine Jobs hatte. Und Mum hat deswegen Überstunden in der Klinik geschoben.« Ich schaute Parker an, er nickte verstehend. Also fuhr ich fort. »Ich erinnere mich daran … da war ich vielleicht acht … als ich für neue Rollschuhe sparte. Ich hatte sie bei einer Freundin in der Schule gesehen. Sie waren aus weißem Leder und die Rollen türkis. Natürlich waren die Dinger irre teuer. Aber ich sparte fleißig das bisschen Taschengeld, das ich bekam, dann das Geld, was Oma mir zum Geburtstag und Weihnachten schickte. Ich hatte das Geld beinahe zusammen. Doch eines Tages, ich freute mich schon darauf, endlich mit Mum in die Stadt gehen und die Rollschuhe kaufen zu können, war meine Spardose leer.« Ich schluckte und brauchte einen weiteren Schluck Whisky. »Dad hatte es genommen. Für irgendeine seiner blöden Ideen, aus der eh nichts wurde.«

Parker legte einen Arm um mich, und seine Nähe spendete mir tatsächlich Trost.

»Noch schlimmer als die Enttäuschung war der Streit, der danach folgte. Mum hat geschrien, getobt vor Wut. Dad hat alles heruntergespielt, sie als hysterisch betitelt.« Tränen traten in meine Augen, die ich nicht mehr zurückhalten konnte. »Aber weißt du, was das Schlimmste daran war? Dass ich mir selbst die Schuld an dem Streit gab. Sie stritten ja wegen mir. Die Rollschuhe waren mir auf einmal egal. Ich hätte mir einfach gewünscht, die beiden würden sich wieder vertragen.« Ich schüttelte den Kopf, weil ich wusste, dass diese nur eine von vielen Wunden war, die nie vollständig geheilt waren.

»Ein anderes Mal … es war bereits Nacht … musste Mum mal wieder Überstunden machen. Erica und ich saßen noch an den Hausaufgaben. Wir hörten, wie Dad mit Mum telefonierte und ihr Vorwürfe machte, weil er eigentlich eine Verabredung hätte. Er warf ihr auch vor, Affären zu haben und dass sie sich nie um ihre Kinder kümmern würde. Er war so wütend, dass er schließlich aus der Wohnung gestürmt ist und Erica und mich allein zurückgelassen hat. Wir wussten nicht, was wir tun sollten. Als wir versuchten, Mum anzurufen, ging sie nicht ans Telefon. Keine Ahnung, wie viele Stunden vergingen. Dad hatte vergessen, uns Abendessen vorzubereiten und wir hatten schrecklichen Hunger. Also haben wir versucht, eine Dose Ravioli aufzumachen. Erica hat sich dabei an der scharfen Kante der Dose verletzt und schrecklich geblutet. Ich bin dann zu einer Nachbarin gelaufen, die sich um uns gekümmert und Erica und mich zu Mum ins Krankenhaus gebracht hat …«

Die Erinnerungen, die schrecklichen Bilder flossen nur so aus mir heraus. Und es gab mehr davon. Viel mehr, als ein Kind ertragen sollte.

Ich konnte nicht verhindern, dass mir die Tränen über die Wangen liefen. Es war, als fiele alles von mir ab. All der Kummer, den ich nie jemandem außer meiner Schwester offenbart hatte. All die Sorgen und Ängste, die ich als Kind hatte durchstehen müssen.

Parker hörte einfach nur zu, war da und hielt mich fest. Er war der Fels in der stürmischen See, den ich nie zu finden geglaubt hatte. Ich hatte ihn nicht einmal gesucht. Er war eines Tages einfach da gewesen, der Mensch, der mich festhielt und mir zuhörte und mich so nahm, wie ich war.

Als ich endlich fertig war mit Weinen und Erzählen, reichte mir Parker eine Taschentuchpackung.

»Danke, dass du dich mir geöffnet hast«, flüsterte er und schmiegte seine Wange an meine Stirn. »Du bist ein wundervoller Mensch, Gill. Du bist stark und liebevoll. Der ganze schreckliche Mist, den du durchleben musstest … er hat dich nicht gebrochen. Ich glaube, diese Stärke war einfach immer in dir.«

Schon allein diese Worte reichten, dass ich erneut in Tränen ausbrach. Aber es machte nichts. Nicht bei Parker. Und so verbrachten wir eng aneinandergeschmiegt den restlichen Abend, bis ich, erschöpft von der Autofahrt, dem Erlebten und Erzählten und beseelt vom Whisky, einschlummerte.

Mitten in der Nacht wachte ich allerdings auf. Der Regen hatte nachgelassen. Parker lag in Boxershorts und T-Shirt neben mir und schlief tief und fest. Ich schälte mich vorsichtig aus seiner Umarmung, schlich zur Toilette und putzte bei der Gelegenheit noch schnell meine Zähne. Dann stieg ich aus meinen Klamotten und kuschelte mich in Unterwäsche zurück zu Parker auf das Schlafsofa.

Bei ihm fühlte ich mich geborgen. Das wollte ich nie wieder missen. Endlich war ich bereit, mir das einzugestehen. Was auch immer es benötigte, damit Parker und ich weiter zusammenwachsen konnten, ich würde alles dafür tun.

24. Parker

Für einen Moment hatte ich ein Déjà-vu. Denn als ich erwachte, war Gill nicht an meiner Seite.

Aber es brauchte nicht lange, um zu begreifen, dass sie einfach nur in der Küche war. Sie summte ein Lied vor sich hin, und ich vernahm den betörenden Duft von gebratenen Eiern.

Ich verließ die gemütliche Schlafcouch und warf einen Blick in die angrenzende Küche.

»Guten Morgen, Schlafmütze«, begrüßte sie mich gut gelaunt.

Ich ging zu ihr und umarmte sie von hinten. Ihr fester Po schmiegte sich an meine Oberschenkel. Hinzu kam, dass sie lediglich ein Shirt über ihrem Slip trug.

Schnell konzentrierte ich mich auf das Frühstück. Zu den Eiern hatte sie außerdem einen Obstsalat zubereitet. Nur von Kaffee fehlte jede Spur.

Sie bemerkte meinen suchenden Blick. »Irgendwer hat behauptet, er koche den besten Kaffee der Welt.«

»Ach ja? Wer war der Idiot?«

Sie fuchtelte mit dem Pfannenwender in der Luft herum. »Ein geheimnisvoller Fremder mit wundervollen braunen Augen und recht ansehnlichen Bauchmuskeln.«

»Oh, ich erinnere mich.« Lachend öffnete ich den Küchenschrank, in dem der Kaffee verstaut war. Leider musste ich hierzu Gills Nähe verlassen.

Immer wieder richtete sich meine Aufmerksamkeit auf ihren Po und ihre Brüste, die sich verführerisch unter dem dünnen Shirt abzeichneten. Aber ich würde mich gedulden. Denn heute hatte ich etwas Besonderes mit Gill vor. Zum Glück hatte sich das Gewitter verzogen, und Cornwalls Sonne strahlte.

»Bist du bereit für einen Ausflug?«, fragte ich, während wir das Frühstück am Couchtisch einnahmen, weil die Küche zu eng war für einen Esstisch.

Gill nippte an ihrem Kaffee und schloss genießerisch die Augen. »Darf ich vorher noch diesen köstlichen Tropfen zu mir nehmen?«

»Ah, der Kaffee schmeckt also? Hab ich doch gesagt.«

Sie zwinkerte mir vergnügt zu. »Tut er. Wohin entführst du mich?«

»An einen kleinen Strand, den kaum jemand kennt.«

Sie stopfte sich eine große Portion Rührei in den Mund, runzelte die Stirn und verkündete, nachdem sie runtergeschluckt hatte: »Ich hab gar keine Badesachen dabei. Na ja, dann muss ich halt nackt baden.«

In meinen Lenden zuckte es verräterisch. Ich räusperte mich und trank ebenfalls einen Schluck Kaffee. Besser, ich sagte nichts mehr. Es wäre nichts Vernünftiges dabei herausgekommen, weil ich noch immer eine nackte Gill in den Wogen des Meeres vor mir sah.

Nach dem Frühstück schaute ich bei meinen Eltern nach dem Rechten und packte ein paar Sachen in meinen Rucksack.

Im Cooper gab ich die Koordinaten in das Navi ein. Die Fahrt würde etwa fünfzehn Minuten dauern. Aber der Strand war so versteckt, dass ich ihn ohne Navi wohl kaum wiedergefunden hätte. Beim ersten Mal hatte ich ihn während eines Spaziergangs zufällig entdeckt. Danach hatte ich mir die Koordinaten dank meines Smartphones notiert.

Ausnahmsweise ließ Gill mich fahren. Ihrer Behauptung nach allein deswegen, weil sie die Gegend auf dem Beifahrersitz besser bewundern konnte.

Ich parkte den Wagen auf einem öffentlichen Parkplatz. Den Rest mussten wir zu Fuß laufen. Bereits jetzt hatten wir einen fantastischen Blick auf das Meer.

»Unglaublich, dass es gestern noch gestürmt hat«, wunderte sich Gill. »Das Meer sieht ganz ruhig aus.«

»Man darf den Sog aber nicht unterschätzen. An manchen Stellen ist es gefährlich, ins Wasser zu gehen, selbst bei solch ruhigen Wellen.« Ich nahm sie bei der Hand, um sie zu einem Weg zu lotsen, der einen Hang hinunterführte. Der Pfad lag versteckt unter Ginsterbüschen, weshalb er schwer zu finden war. Außerdem war er recht steil.

Vorsichtig tasteten wir uns voran und kamen schließlich in einer kleinen Bucht an. Niemand war hier. Nur Gill und ich, genau wie ich es mir erhofft hatte.

»Das ist ja traumhaft!« Gill zog ihre Sneaker aus und wackelte mit den nackten Zehen im Sand. Ihr sehnsüchtiger Blick huschte zum Meer. »Wirklich schade, dass ich nicht daran gedacht habe, einen Badeanzug einzupacken.«

Ich nahm sie erneut bei der Hand und zog sie weiter ans Meer heran. An einer mir passend erscheinenden Stelle setzte ich den Rucksack ab und holte eine Decke hervor.

»Picknicken wir?« Ihre Augen leuchteten mit dem Meer um die Wette, während ihr volles Haar leicht im Wind wehte. Sie trug ein leichtes Sommerkleid mit roten Punkten, dessen Saum ihre Oberschenkel umspielte.

Ich schluckte. Für das, was ich vorhatte, benötigte ich einen klaren Kopf. Daran mangelte es mir jedoch, wenn ich sie so strahlend vor mir sah.

»Richtig erfasst.« Ich holte eine Dose mit Sandwiches und Trauben aus dem Rucksack. Dann noch zwei Gläser und eine Flasche Sekt.

Seite an Seite ließen wir uns auf der Decke nieder.

»Gibt es denn etwas zu feiern?«, fragte sie verwundert.

»Nur uns und dass wir endlich mehr Zeit miteinander verbringen.«

Sie sah mich mit großen blauen Augen an. »Es bedeutet mir auch viel, dass wir mehr Zeit miteinander verbringen.«

Mein Herz pochte wie wild. Sie hatte sich mir am vorigen Abend endlich geöffnet und mir das erzählt, was ihr ganzes Leben geprägt hatte. Das war ein kostbares Geschenk, und ich wusste, dass wir auf dem richtigen Weg waren.

»Danke, dass du mir vertraust«, flüsterte ich und rückte etwas näher an sie heran.

»Dafür musst du dich doch nicht bedanken«, hauchte sie. Ihr Blick wanderte zu meinen Lippen. »Danke, dass du mir zuhörst.«

»Ich werde dir immer zuhören, Gill. Und für dich da sein.«

»Das klingt sehr gut.« Ihr Gesicht näherte sich dem meinen, und ich spürte ihren Atem auf meinen Lippen. »Und wir sind hier wirklich ganz allein und keiner verirrt sich zufällig hierher?«

»Im Moment sind wir allein, und ich will verdammt noch mal hoffen, dass das auch so bleibt.« Ich legte eine Hand an ihren Rücken und drückte sie an mich. Fragend suchte ich ihren Blick.

Sie nickte lächelnd, und ich senkte meine Lippen auf ihre. Liebkoste sie zärtlich, obwohl ich sehr viel mehr wollte als das.

»Hmm«, murmelte sie unter meinen Küssen. »Wo bleibt der Sekt?«

»Der Sekt kann warten. Etwas anderes nicht mehr.«

Gill zog mir das Shirt über den Kopf und machte sich an meinem Jeansbund zu schaffen. Sie öffnete nur den obersten Knopf und schob dann ihre Hände hinein, um meinen Hintern zu packen. Fest presste sie sich an mich.

»Sag ich doch«, knurrte ich heiser und drängte sie sanft nach hinten auf die Decke. Meine Hände wanderten unter ihr Kleid, streichelten die zarte Haut ihrer Oberschenkel.

Sie seufzte auf und strahlte mich mit ihren blauen Augen an. Ich hielt ihren Blick gefangen, während meine Hände unter ihren Slip glitten.

Sie empfing mich warm, weich und feucht. Stöhnend schloss sie die Lider und gab sich mir ganz hin, als ich Zeige- und Mittelfinger in sie hineinschob.

Scharf sog sie die Luft ein.

»Soll ich aufhören?«, fragte ich heiser.

»Auf gar keinen Fall.« Sie hob ihr Becken, und ich ließ meine Finger hinaus- und hineingleiten. Sanft massierend brachte ich Gill dazu, dass ihre Schenkel zuckten und ihre Augenlider flatterten.

Mein Ständer war kaum noch auszuhalten, er presste sich schmerzhaft gegen den Stoff meiner Jeans. Aber ich wollte zuerst sehen, wie Gill kam. Wollte es mit allen Sinnen genießen. Ich schob den Saum ihres Kleides hoch und ihren Slip nach unten. Dann machte ich es mir zwischen ihren Beinen gemütlich.

»Was wird das?«, keuchte sie.

»Genau das, wonach es aussieht.«

Sie umfasste meinen Kopf, und ich ließ meine Zunge den Weg gehen, den zuvor meine Finger gegangen waren. Gill wand sich unter mir vor Lust. Ich schmeckte sie, kostete sie, nahm sie ganz in mir auf. Während ich sie leckte, schob ich ein weiteres Mal meine Finger in sie hinein, ließ sie nun schneller hinein- und wieder herausgleiten.

Gill kam mit einem leisen Schrei auf den Lippen. Ich küsste ihre Scham, sodass sie merklich zusammenzuckte, und rutschte an ihrer Seite nach oben.

»Gott, war das gut«, keuchte sie. Ihr Blick war verschleiert von dem Orgasmus, und ihre Wangen glühten.

Ich holte ein Kondom aus meinem Rucksack. Schnell hatte ich Jeans uns Shorts ausgezogen und streifte mir das Gummi über.

Ich wollte Gill fragen, ob sie bereit war, aber das brauchte ich nicht, denn schon hatte sie meinen Nacken mit ihren Armen umklammert und zog mich auf sich. Ich drang tief in sie ein, so, wie sie es mochte, und hielt mich zurück, solange es ging. Sie wand sich unter mir, hob das Becken und keuchte im Rhythmus unserer Bewegungen.

Ihr zweiter Orgasmus kam noch heftiger als der erste. Ich spürte trotz des Gummis die Kontraktionen um meinen Schaft.

Und dann explodierte ich förmlich in ihr und stöhnte laut auf. Erst als die Wellen ihres Orgasmus abebbten, löste ich mich vorsichtig von ihr, entsorgte das Kondom und ließ mich an ihre Seite sinken.

Als sie wieder zu Atem gekommen war, lächelte sie mich schlaftrunken an. »Man soll nicht sagen, dass Sex das Wichtigste in einer Beziehung ist. Aber unserer ist einfach der Wahnsinn.«

Ich küsste sie und streichelte über ihre Wange. »Genau das denke ich auch.«

Um nicht doch Touristen einen Blick auf meinen nackten Hintern zu bieten, streifte ich die Jeans über. Mein Oberkörper blieb frei. Gill schmiegte sich an mich und legte eine Hand auf meinen Bauch.

»Hat das Gästehaus eigentlich auch ein Schlafzimmer?«

»Ja«, sagte ich amüsiert. »Ein Schlafzimmer mit einem echten Bett.«

»Gut, das Schlafsofa ist zwar bequem, aber ich denke … im Bett haben wir mehr Möglichkeiten.«

»Welche Möglichkeiten?«

Sie drückte einen Kuss auf meine Wange und flüsterte: »Das zeige ich dir heute Nacht.«

25. Gill

Wir verbrachten den ganzen Vormittag am Strand, unterhielten uns und bewunderten das blaue Meer, bevor wir zu einem kleinen Dorf in der Nähe fuhren und einen einfachen Lunch mit Sandwiches zu uns nahmen. Ich genoss die Zeit mit Parker in vollen Zügen und bereute in keiner Sekunde, mit ihm nach Cornwall gefahren zu sein. Was zum Teil natürlich auch dem herzlichen Empfang durch seine Eltern geschuldet war.

Entsprechend freute ich mich riesig, als ich mich am Nachmittag mit Parkers Mum in die gemütliche Küche im Haupthaus mit Tee und Keksen zurückzog, damit sie mir ihre Häkeleien zeigen konnte.

»Worauf hast du Lust?«, fragte Su und zeigte mir die Auswahl ihrer Garne.

»Vielleicht nichts Großes für den Anfang? Ein Topflappen?«

Sie lachte vergnügt. »Topflappen? Kochst du denn gerne?«

Ich verzog das Gesicht. »Geht so. Ich backe lieber.«

»Oh, ich habe eine wundervolle Idee. Hast du schon einmal von Amigurumi gehört?«

Ich schüttelte den Kopf, und ihre Augen leuchteten vergnügt. »Lass es mich dir zeigen.«

Unter dem Namen verbarg sich eine besondere Häkelart. Su zeigte mir, wie man eine kleine Figur häkelte. Nicht irgendeine Figur, sondern einen kleinen Muffin. Sie häkelte ebenfalls einen in Dunkelbraun und Cremefarben, während meiner in schrägem Pink und Weiß gehalten war. Su war eine sehr geduldige Frau, sie führte mich durch jeden Schritt, auch wenn ich mich an mancher Stelle etwas tollpatschig anstellte.

»Jetzt weiß ich, wieso Parker so ist, wie er ist«, brachte ich hervor, als wir am Abend unser Häkelprojekt beendet hatten.

Sie legte den Kopf schief, steckte eine grau melierte Locke hinter ihr Ohr und betrachtete mich genau. »Was meinst du?«

Mit einer Handbewegung umfasste ich die Küche und Su. »All das hier. Ein gemütliches Zuhause. Eine liebende Familie. Das hat ihn sehr geprägt.«

Sie lächelte herzlich. »Parker ist ein wundervoller Mann, das stimmt. Aber du hättest ihn mal in seiner Jugend erleben sollen.« Sie zwinkerte mir vergnügt zu.

»Gibt es da etwa Jugendsünden?« Ich war begierig darauf, mehr zu erfahren.

»Einige. Er hat es zum Beispiel gehasst, dass seine Schwestern ihn ständig bevormunden wollten. Eines Abends, da war er vielleicht dreizehn, hat er sich mit einer Schere an den Kleiderschränken seiner Schwestern zu schaffen gemacht. Er hat ein Kleidungsstück von jeder ausgewählt – genau das liebste. Und dann hat er Löcher hineingeschnitten.«

Ich japste nach Luft. »Das ist wirklich gemein.«

»Das stimmt. Deswegen musste er in den folgenden Monaten kleinere oder größere Aufgaben im Haushalt übernehmen, bis er sich genügend Kleingeld zusammengespart hatte, um seinen Schwestern die Kleidungsstücke zu ersetzen.«

Eine gerechte Strafe, wie mir schien. »Haben ihn denn seine Schwestern danach in Ruhe gelassen?«

»Ein wenig. Aber sie werden ihn wohl immer wie ihren Kleinsten behandeln. Das kennst du sicher. Stehst du deiner Schwester nah?«

»Ja, sehr.«

Su tätschelte meine Hand. »Ich bin sehr froh, dass Parker dich mit hierhergebracht hat, meine Liebe. Ich hoffe, du fühlst dich wohl bei uns.«

Ich nickte und kämpfte mit den Tränen. Irgendwas befand

sich in Cornwalls Luft, dass ich hier ständig den Tränen nah war.

Es wurde allmählich dunkel, und Su schaltete das Licht in der Küche ein. Zeitgleich kehrte ihr Ehemann zurück. Soweit ich wusste, hatten die beiden Männer den Garten auf Vordermann gebracht.

»Wo steckt denn unser Sohn?«, erkundigte sich Su.

Parkers Dad drückte seiner Frau einen Kuss auf das Haar. »Parker musste dringend telefonieren. Er wollte gleich nachkommen.«

»Oh, gut. Dann lass uns ein paar Sandwiches zum Abendessen machen.«

»Darf ich helfen?«, fragte ich sofort.

Parkers Mum winkte ab. »Lass nur. Wir bekommen das schon hin. Aber du könntest Parker Bescheid sagen, dass es gleich Abendbrot gibt.«

Ich nickte und ging hinüber zum Gästehaus, in dem ebenfalls Licht brannte. Kaum hatte ich das Innere des Hauses betreten, vernahm ich Parkers Stimme. Er wirkte irgendwie aufgebracht, ganz untypisch für ihn.

»Nein, Mrs Charleston. Sie müssen sich wirklich keine Sorgen machen.«

Erstarrt blieb ich an Ort und Stelle stehen. Warum telefonierte er mit seiner ehemaligen Mandantin? Auch noch an einem Samstagabend.

»Ich habe Ihnen doch versprochen, dass alles seinen Weg finden wird. Ihr Ex-Mann wird so nicht davonkommen.«

Seine Worte lösten eine körperliche Reaktion in mir aus. Es war mehr als Verwirrung. Schwindel … Übelkeit. Ich sollte mich bemerkbar machen. Es war unhöflich, einem Gespräch zu lauschen. Aber ich konnte mich nicht bewegen. Ich war wie paralysiert.

»Ja, wir haben einen Plan. Genau genommen verläuft das sogar gerade alles viel besser als erwartet.«

Galle stieg in mir auf. Was zum Teufel sagte er da? Er hatte mir doch versichert, dass er das Mandat niedergelegt hatte. Es gab also keinen Grund, mit Mrs Charleston zu telefonieren. Schon gar nicht hier und jetzt.

Es sei denn, es war von Anfang an sein Plan gewesen. Alles um mich herum drehte sich. Unmöglich. Wer würde so einen Aufwand betreiben? Mich seinen Eltern vorstellen?

O Gott. Wenn ich nicht gleich etwas unternahm, würde ich mich an Ort und Stelle übergeben.

Benommen schlich ich mich ins Schlafzimmer und raffte meine Sachen zusammen. Parker war so sehr mit seinem Telefonat im Nebenraum beschäftigt, dass er mich gar nicht bemerkte.

Ich ging zurück ins Haupthaus.

»O Gott, Kind, was ist passiert?«, rief Su aus, als sie mich sah.

»Ähm, ich weiß nicht. Ich … ich muss zurück nach London«, stammelte ich.

»Ist etwas mit deiner Schwester?«, erkundigte sich Parkers Dad besorgt.

Ich nickte benommen, obwohl es gar nicht stimmte.

»Wird Parker dich nach London fahren?« Su trat auf mich zu und wollte meine Hand nehmen, doch ich wich zurück.

»Nein«, krächzte ich. »Er … er hat zu tun.« Ich atmete tief durch in der Hoffnung, dann klarer denken zu können. »Vielen Dank für alles. Ich habe mich hier wirklich wohlgefühlt. Lebt wohl.«

Ich eilte nach draußen, bevor mich irgendwer zurückhalten konnte, und stieg in mein Auto. Tränen liefen mir die Wangen hinunter, und ich wischte sie zornig fort.

Ich wollte nicht heulen. Nicht wegen eines Mannes. Nicht wegen Parker Simon. Ich startete den Wagen und raste los. Dabei war mein Geist immer noch nicht klar. Ich musste zweimal Pause machen. Einmal, um mir ein eiskaltes Energy-

Getränk an einer Tankstelle zu kaufen und ein zweites Mal, um mich am Straßenrand zu übergeben.

So eine heftige körperliche Reaktion auf eine emotionale Belastung hatte ich zuletzt als Jugendliche erlebt, während der Scheidung meiner Eltern.

Irgendwann hatte sich der Akku meines Handys verabschiedet, weil ich dumme Kuh das Handy tagsüber nicht aufgeladen hatte.

Aber auf wundersame Weise schaffte ich es zurück nach Crystal Palace. Leise schlich ich in mein Zimmer und fiel mitsamt meiner Kleidung erschöpft ins Bett.

»Sie wird langsam wach.«

»Gut, dann lebt sie also doch noch.«

Verwirrt blinzelte ich gegen die Helligkeit in meinem Zimmer an. Zwei Gestalten befanden sich im Raum.

Eine davon war meine Schwester, die mit verschränkten Armen über mir stand und mir direkt ins Gesicht starrte. Die andere war Sarah, die sich nun aufs Bett fallen ließ.

»So, Süße, da du offensichtlich nicht tot, nicht von Werwölfen entführt wurdest und auch nicht im Feenreich gelandet bist, erkläre uns doch mal bitte, warum du nicht bei Parker in Cornwall bist?«

»Was?«, krächzte ich und richtete mich mühselig auf. Mein Kopf pochte, als hätte ich eine ganze Flasche Whisky getrunken, und mein Mund fühlte sich so trocken an, als hätte ich die Sahara verschluckt.

Erica richtete sich auf. »Ich koch dann mal Kaffee. Warte bitte mit dem Verhör, bis ich wieder dabei bin.« Sie verschwand aus meinem Zimmer, was Sarah aber nicht davon abhielt, mich dennoch weiter zu befragen.

»Weißt du eigentlich, was für Sorgen du uns gemacht hast? Du bist einfach so aus Cornwall verschwunden. Parkers Eltern haben sich große Sorgen gemacht, weil sie glaubten, es wäre etwas Schreckliches passiert, nicht zu vergessen Parker selbst, der keinen Plan hat, warum du einfach weggelaufen bist. Du warst nicht erreichbar. Mehrere Stunden nicht. Als Parker mich angerufen hat, hätte ich am liebsten sofort die Polizei informiert.«

Ich ließ mich zurück in die Kissen sinken. »Bitte rede langsamer.«

Sie tat mir den Gefallen natürlich nicht. »Ich habe die Telefonnummer deiner Schwester nicht. Ich bin also sonntagmorgens in aller Frühe hierhergefahren, nur um dann zu erfahren, dass du friedlich in deinem Bett schlummerst. Warum zum Teufel hast du dein Handy ausgeschaltet?«

»Hab ich nicht. Der Akku war leer.« Warum musste ich mich hier überhaupt rechtfertigen? Ich schloss die Augen und fasste mir an die Kehle.

»Hey, Gill, was ist passiert?« Sarahs Stimme klang nun etwas nachsichtiger. Aber sie würde nicht nachgeben, bis ich alles erzählt hatte. Und wahrscheinlich war es auch das Beste, sich meiner besten Freundin und meiner Schwester anzuvertrauen, bevor ich vor Kummer an meinen eigenen Tränen erstickte.

Erica kam mit einem Tablett zurück in mein Zimmer. Sie hatte nicht nur Kaffee, sondern auch Wasser und Käsecracker dabei.

Das Essen war mir egal, aber vom Wasser trank ich in großen Schlucken, bis sich mein Hals endlich wieder halbwegs normal anfühlte.

»Hab ich etwas verpasst?«

Sarah schüttelte den Kopf. »Nein, sie ist uns noch eine Erklärung schuldig.«

Allmählich reichte mir das Theater. »Ich bin euch gar nichts schuldig. Okay?! Fragt lieber mal, was Parker angestellt hat.«

»Parker?« Meine Schwester schnappte nach Luft. In Ermangelung einer weiteren Sitzmöglichkeit setzte sie sich im Schneidersitz neben das Bett. »Was hat der Kerl angestellt?«

Sarah klang skeptisch. »Das möchte ich auch wissen.«

»Er hat mich belogen. Das hat er getan. Und zwar voll auf die Zwölf. Von wegen, er hat das Mandat abgegeben. Er ist weiterhin der rechtliche Vertreter von Mrs Charleston. Er bearbeitet nach wie vor den Fall, den ich abgegeben habe.«

»Wieso glaubst du das?«, hakte Sarah nach. »Wieso sollte er das tun?«

»Ich habe verflucht noch mal keine Ahnung!« Tränen drohten meine Stimme zu ersticken. Ich nahm einen weiteren Schluck Wasser. »Aber ich habe ihn telefonieren hören. Unbeabsichtigt. Er hat mit Mrs Charleston telefoniert und ihr eindringlich versichert, dass alles nach Plan läuft.«

Meiner Schwester klappte die Kinnlade runter. »Was für ein Arsch!«

Sarah zögerte. »Bist du dir ganz sicher?«

Ruckartig richtete ich mich auf und funkelte meine Freundin an. »Mir ist bewusst, dass du ihn magst. Aber glaubst du mir nicht? Ich weiß, was ich gehört habe. Auf welcher Seite willst du stehen? Auf der des Lügners oder auf meiner?«

Ihre Miene wurde sanfter, als sie mir in die Augen sah. »Doch, ich glaube dir, Gill. Du bist meine Freundin. Ich werde immer auf deiner Seite stehen.«

»Gut.« Ich schob die Bettdecke zur Seite und stellte das Wasserglas auf dem Nachttisch ab. »Ich gehe jetzt duschen. Danach können wir weiterreden.«

Aus dem Badezimmerschränkchen nahm ich mir erst einmal eine Kopfschmerztablette und spülte sie auf nüchternen Magen mit etwas Wasser aus dem Hahn herunter. Mir war in dem Moment auch egal, dass ich meinem Magen damit keinen Gefallen tat. Ich warf meine Klamotten in den Wäschekorb und stieg in die Dusche. Zunächst versuchte ich es mit kaltem Wasser. Aber als ich zitterte, stellte ich die Temperatur wärmer ein und ließ mir den kräftigen Wasserstrahl über den Kopf laufen.

Ich war noch immer wütend. Mehr als das. Parker hatte mich belogen. Nachdem ich mich für ihn so geöffnet hatte wie für keinen Menschen sonst, erst recht keinem Mann.

Das Leben wollte mir offensichtlich eine Lehre erteilen. Verlieb dich nicht, sonst wirst du es bereuen.

Ich schaltete das Wasser ab und starrte ins Leere.

So ein verdammter Mist.

Ich wickelte mich in ein Handtuch und drückte mein nasses Haar nur notdürftig aus. Erica und Sarah hatten sich glücklicherweise aus meinem Zimmer verzogen. Ich hörte ihre Stimmen aus dem Erdgeschoss. Also konnte ich mich in Ruhe anziehen. Ich stieg einfach in Leggins und einen weiten Pulli.

Dann ging ich nach unten und stellte fest, dass in der Zwischenzeit Becks und Kate eingetroffen waren.

»Was macht ihr denn hier?«, fragte ich verwundert.

Sie hatten es sich alle in unserem Wohnzimmer gemütlich gemacht. Becks, Kate und Sarah saßen nebeneinander auf der Couch, während Erica einen Stuhl vom Esstisch herbeigezogen hatte.

»Sarah hat uns informiert, dass es einen Notfall gab«, erklärte Becks. »Einen, bei dem man seine Freundinnen braucht.«

»Weil ein Volltrottel von Mann es gewagt hat, eine von uns zu hintergehen«, fügte Kate hinzu.

Ungläubig starrte ich in die Runde. Sie standen wirklich alle an meiner Seite und nicht an Parkers. Meine Augen füllten sich mit Tränen, sodass ich kaum noch klar sehen konnte.

»O nein, was ist los?« Becks war sofort bei mir und umarmte mich fest.

»Ich … ich weiß nicht. Es ist einfach … schön, dass ihr hier seid.«

Erica reichte Kaffee und Cracker in die Runde. Ich hatte

mittlerweile etwas Appetit und nahm mir eine Handvoll, bevor ich mich auf den zweiten Stuhl hockte, den mir Erica vor den Couchtisch gestellt hatte. Ich kam mir vor wie bei einem gerichtlichen Anhörungstermin.

Ich erzählte noch einmal, was passiert war. Nämlich, dass ich Parkers Telefonat aus Versehen mit angehört hatte und dass er mich demnach nach Strich und Faden belogen hatte.

Sie hörten mir aufmerksam zu. Eine Frage blieb jedoch im Raum stehen.

»Wo ist das Motiv?«, kam es von Becks. »Gill hatte ihm bereits gesagt, dass sie das Mandat niedergelegt hat.«

Ich sah in fragende Gesichter. Nur Kate schürzte die Lippen und hob die Brauen. »Womöglich müssen wir uns eingestehen, dass Parker Simon doch nicht der nette Kerl ist, für den wir ihn alle gehalten haben. Er hatte einen Plan, um Gill rumzubekommen, weil er wusste, dass sie nicht einfach so noch einmal mit ihm ins Bett gehen würde.«

Erica verschluckte sich an einem Cracker. »Oh, verdammt«, keuchte sie. »Du hast mit ihm geschlafen?«

Diese Information hatte ich meiner Schwester wohl bisher vorenthalten. Meine Wangen glühten, und ich nickte.

»Vor Cornwall oder danach?«, hakte sie nach.

Mein Kopf fühlte sich immer heißer an. »Beides«, nuschelte ich und verbarg mein Gesicht hinter meiner Kaffeetasse.

»Ich mach den Typen fertig«, grummelte meine Schwester. »So richtig, dass er nicht mehr weiß, wo oben und unten ist.«

»Ich übernehme deine Assistenz«, rief Becks. »Da möchte ich gerne dabei sein.«

»Zumindest sollte er uns Rede und Antwort stehen«, warf Kate ein. Elegant wie immer nippte sie an ihrer Kaffeetasse.

Für einen Moment herrschte Stille. Dann wandte sich Becks an Sarah. »Willst du nicht mitmachen beim Fertigmachen?«

»Ähm, doch, sicher.« Sie lächelte verlegen. »Falls wir dafür einen Plan brauchen, sollten wir uns möglicherweise etwas beeilen.«

Stirnrunzelnd musterte ich sie. Sie hielt meinem Blick nicht stand, was ungewöhnlich für Sarah war. »Was hast du getan?«

Sie atmete tief durch. »Ich habe Parker gesagt, dass du hier bist, und er ist auf dem Weg hierher.«

»Was?«, keuchte ich.

Becks klang enttäuscht. »Echt jetzt, Sarah?«

»Zu meiner Verteidigung: Das war, bevor ich wusste, dass er Gill angelogen hat.«

»Wir haben noch ein paar Stunden Zeit, bevor er ankommt«, beruhigte uns Kate.

Sarah verzog entschuldigend das Gesicht. »Er wollte den nächsten Flieger von Newquay nach London nehmen.«

»Shit, verdammt«, entfuhr es mir. Der Flug von Cornwall nach London dauerte gerade mal eine Stunde. Das bedeutete, dass Parker jeden Moment vor der Tür stehen konnte.

Verzweifelt fuhr ich durch mein feuchtes Haar. Ich war verloren. Einfach verloren.

Becks kam wieder an meine Seite und drückte mich fest. Sie war so eine herzensgute Freundin. »Keine Sorge, wir bekommen das schon hin. Wir lassen dich nicht allein, und er bekommt von uns die Standpauke seines Lebens.«

Obwohl ich nickte, brach ich erneut in Tränen aus.

Ich wollte ja gar nicht, dass die Mädels Parker fertigmachten.

Er sollte mir einfach nur sagen, dass alles ein Versehen war und ich mich verhört hatte.

Ich war so dermaßen verloren.

Weil ich mich längst in ihn verliebt hatte.

26. Parker

Ich hatte den Taxifahrer angewiesen, mich zwei Kreuzungen vor Gills Adresse aussteigen zu lassen. Noch immer hatte ich keine Ahnung, was genau Gill veranlasst hatte, so überstürzt abzuhauen. Von Sarah wusste ich, dass die Story, die Gill meinen Eltern erzählt hatte, nicht stimmte. Erica ging es gut. Es gab also keinen Notfall, der Gill dazu gebracht hätte, umgehend nach London zurückzureisen, ohne sich von mir zu verabschieden.

Es hatte eine halbe Ewigkeit gedauert, bis meine Eltern mir geglaubt hatten, dass ich Gill nichts getan hatte. In der kurzen Zeit, die sie sie kannten, hatten sie sie bereits in ihr Herz geschlossen. Und wer konnte es ihnen verdenken? Gill lebte ja auch schon seit langer Zeit in meinem Herzen.

Es gab nur eine Sache, von der ich mir vorstellen konnte, dass sie Gill so aus der Fassung gebracht haben könnte. Mein Telefonat mit Mrs Charleston.

Langsam näherte ich mich dem Haus, in dem Gill mit ihrer Schwester lebte. Wenn ich Glück hatte, war Erica nicht da und Gill und ich konnten uns in Ruhe aussprechen.

Als mir die Tür geöffnet wurde und eine erzürnte Rothaarige mit überschäumendem Temperament vor mir stand, wusste ich, dass ich mehr als Pech hatte.

»Guten Tag, Becks«, sagte ich so ruhig wie möglich. »Darf ich reinkommen?«

»Deinen guten Tag kannst du dir sonst wohin stecken. Und nein, du darfst nicht reinkommen. Nicht, bevor Gill nicht das Okay gegeben hat.« Sie verschränkte die Arme vor der Brust und sah mich fest entschlossen an.

Erica tauchte hinter ihr auf. »Du Mistkerl! Wie kannst du es wagen?!«

Sie wurde von Kate zurückgehalten. »Jetzt lass ihn doch erst mal reinkommen. Gill hat gesagt, dass es in Ordnung ist. Wir wollen ja keine Szene für die Nachbarn veranstalten.«

Wow, wenigstens Kate stand auf meiner Seite. Als ich aber an den drei Damen vorbei in den schmalen Flur trat, traf mich ihr warnender Blick. Nein, hier stand gar niemand auf meiner Seite.

Im Wohnzimmer fand ich schließlich Gill, die auf dem Sofa neben Sarah saß. Diese hatte die Arme um Gill gelegt und schaute mich kopfschüttelnd an.

»Parker Simon, wenn du jetzt nicht mit der größten Entschuldigung ankommst, die die Menschheit je gesehen hat, werfe ich dich höchstpersönlich aus diesem Haus.«

Becks, Kate und Erica standen direkt hinter mir. Der Fluchtweg war also abgeschnitten, sofern ich diese Möglichkeit in Betracht gezogen hätte.

Gill wagte es kaum, in meine Richtung zu schauen. Ihre Augen wirkten verquollen.

Sie hatte geweint.

Verdammt. Ich hasste mich so sehr dafür. Warum hatte ich das Telefonat überhaupt angenommen?

»Bist du wegen des Telefonats mit Mrs Charleston weggelaufen?«, versicherte ich mich.

»Das fragst du auch noch?!«, vernahm ich Becks' Stimme hinter mir. »Was hast du denn sonst so angestellt, wofür es sich lohnen würde, wegzulaufen?«

Das hier war kein Spaß. Becks, die sonst so fröhliche Rebecca, meinte es todernst.

»Du wirst uns jetzt ganz genau erklären, was passiert ist«, sprach Kate kühl. »Setz dich auf den Stuhl da drüben.«

Sie wollten mich verhören? Die ganze Bande, davon vier Anwältinnen?

Ich schluckte. Sollte ich lachen oder lieber die Flucht ergreifen? Ach halt, der Fluchtweg war ja versperrt.

Nickend nahm ich auf dem Stuhl Platz.

Die anderen Damen setzten sich zu Gill und Sarah auf das Sofa. Nur Kate blieb stehen und fixierte mich. Bisher hatte ich sie immer für die Besonnenste gehalten. Sie war wohl aber auch die Tödlichste. Zumindest sagte mir das ihr eiskalter Blick.

»Also, warum hast du Gill angelogen?«

Stirnrunzelnd schaute ich in die Runde. »Ich habe sie nicht angelogen. Das würde ich nie.«

Kate verschränkte die Arme vor der Brust. »Du hast heimlich mit Mrs Charleston telefoniert. Gill gegenüber hast du behauptet, dass du das Mandat niedergelegt hast.«

»Das habe ich. Also, das Mandat niedergelegt. Und mit ihr telefoniert. Jedoch nicht freiwillig.« Ich fuhr mir durchs Haar. Wieso ließ ich mich so rasch in die Enge treiben? Ich war Anwalt, verdammt. Konnte ich mich denn nicht mal selbst verteidigen?

»Mrs Charleston hat erst gestern davon erfahren, dass ich ihren Fall nicht weiter bearbeite. Sie war aufgebracht und wollte wissen, warum. Deswegen hat sie mich angerufen. Ich fand, dass ich ihr eine persönliche Erklärung schuldig war, und habe mir die Zeit genommen, es ihr am Telefon zu erklären.«

Jetzt war es Sarah, die das Verhör übernahm, und sie schien genauso kampfeslustig wie ihre Freundinnen. »Gill hat erzählt, du hättest einen Plan erwähnt und dass dieser viel besser als erwartet laufe.«

Kein Wunder, dass Gill die falschen Schlüsse gezogen hatte. Ich selbst hätte mir in der Situation genauso wenig vertraut.

»Es handelt sich um einen Plan, den ich erstellt habe, bevor ich das Mandat abgegeben habe. Es geht um die Aufrechnung der Forderungen des Ehemannes und möglicherweise entgangenem Arbeitslohn. Ich möchte nichts weiter dazu sagen, da ich das Anwaltsgeheimnis zu wahren habe. Meine Chefin wird den Plan jedenfalls ausarbeiten und mit der Mandantin besprechen.«

»Das klingt nicht sehr glaubwürdig«, warf Becks ein. »Du hättest ihr auch einfach eine Mail schreiben können. Oder am Montag telefonieren können. Von deinem Büro aus.«

»Stimmt, hätte ich tun können. Wenn ich denn noch ein Büro hätte. Aber ich arbeite nicht mehr für *Padget, Knight, Woods, Collins und Carter.*«

Stille. Die Ladys im Raum starrten mich ungläubig an. Und auch Gill schaute mich jetzt direkt an.

Sie so blass und verweint zu sehen, brach mir das Herz.

»Bitte, lass mich allein mit dir reden«, flüsterte ich. »Damit ich in Ruhe erklären kann, wozu ich in Cornwall nicht die Gelegenheit hatte.«

»Wir lassen dich bestimmt nicht mit ihr allein«, rief Erica empört.

Ich hob die Schultern. »Okay, dann sag ich es vor euch allen: Ich liebe Gill. Ich möchte mit ihr zusammen sein. Deswegen habe ich nicht nur das Mandat aufgegeben, sondern auch meinen Job. Ich wollte es in Cornwall langsam angehen lassen, Gill Zeit lassen, mich besser kennenzulernen, bis der richtige Zeitpunkt gekommen wäre.«

»Nicht dein Ernst«, keuchte Sarah.

»Doch, es ist mein voller Ernst.« Ich zog mein Handy aus der Jeanstasche und warf es Sarah zu. »Ruf David Padget an. Er wird dir bestätigen, dass ich nicht mehr für ihn arbeite.«

Erica wollte noch etwas sagen, aber Gill kam ihr zuvor. Sie stand auf und trat auf mich zu.

Ich sah zu ihr auf und fragte mich für einen Moment, ob sie mir nun eine verpassen würde.

»Kommst du bitte mit mir?« Sie reichte mir ihre Hand.

Ich ergriff sie und stand auf.

»Ihr anderen bleibt, wo ihr seid«, forderte Gill, bevor sie mich zur schmalen Treppe lotste, die in das obere Stockwerk führte. Gleich zur rechten Seite am oberen Absatz zog sie mich in ein Zimmer, dessen Wände pastellgrün gestrichen waren. Das Bett, das den größten Teil des Raumes einnahm, war durcheinander, und auf dem Boden lag ein nasses Handtuch.

Gill schloss die Tür hinter uns und deutete auf das Bett. »Möchtest du dich setzen?«

Ich wollte Gill umarmen und nie wieder loslassen. Stattdessen setzte ich mich.

Sie ließ sich neben mir nieder und hob den Blick. »Sag mir, dass es kein Traum ist.«

Ich blinzelte verwirrt. »Was genau?«

»Dass du mich liebst. Und dass du deinen Job für mich aufgegeben hast.«

»Es gab weitere Gründe, weshalb ich mein Vertragsverhältnis aufgelöst habe. Aber ja, der Hauptgrund bist du, Gillian Hobbs. Und ich liebe dich. Aus ganzem Herzen.«

Sie nickte, und Tränen glänzten in ihren Augen.

Ich umfasste ihr Gesicht mit beiden Händen. »Es ist kein Traum, Gill. Es ist echt.«

Sie nickte erneut, doch ihr Blick war verschleiert, als könnte sie es noch gar nicht richtig begreifen.

Ich senkte mein Gesicht und küsste sie sanft auf den Mund. Meine Lippen berührten kaum die ihren.

»Ich würde dich niemals belügen, Gill. Niemals. Ich hoffe, du kannst mir eines Tages vertrauen. Ich verstehe, dass es dir nicht leichtfällt, dich anderen Menschen anzuvertrauen und schon gar nicht Männern. Aber ich glaube ganz fest daran, dass wir zusammengehören.«

»Es tut mir leid, dass ich einfach weggelaufen bin.« Sie schluckte. »Ich war … ich war panisch. Irgendwie hat mich eine schreckliche Angst gepackt. Es war wieder so wie damals, als ich ein Kind war.«

Ich nahm ihre Hand und legte sie auf meine Brust, auf die Höhe meines Herzens. »Bei mir brauchst du keine Angst zu haben. Aber bitte versprich mir eines: Wenn du das nächste Mal diese Angst verspürst, dann lauf nicht weg. Bleib bei mir. Schrei mich an, falls es sein muss. Lass uns unsere Probleme klären. Doch bitte, lauf nicht mehr weg.«

Sie entzog mir ihre Hand. »Ich weiß nicht, ob ich das schaffe.«

»Denk an die Stärke in dir. Du hast deine Kindheit hinter dir gelassen. Du hast sie überstanden. Weil du ein starker Mensch bist, Gill. Stark zu sein bedeutet nicht, niemals Angst zu haben. Stark sein bedeutet ...« Ich suchte nach den richtigen Worten. »Stark sein bedeutet, sich seinen Ängsten zu stellen.«

Sie wirkte so blass. Ich hätte sie gerne in die Arme genommen, aber ich wusste nicht, ob das im Moment zu viel für sie war. Verdammt, sie war die ganze Nacht allein von Cornwall nach London gefahren und ich Idiot saß hier vor ihr und erzählte irgendwas von Stärke. Sie musste unglaublich erschöpft sein.

»Möchtest du dich ausruhen?«

Sie nickte und lächelte mich zaghaft an. »Das möchte ich wirklich. Können wir uns zu einem anderen Zeitpunkt weiter unterhalten?«

»Möchtest du das denn?«

»Sonst hätte ich nicht gefragt.«

»Dann melde dich bei mir, sobald du bereit dazu bist.«

Sie küsste meine Wange. »Ich habe nicht gesagt, dass du gehen sollst.«

Stirnrunzelnd versuchte ich zu begreifen, was sie mir mitteilen wollte.

»Kannst du einfach bei mir bleiben und mich festhalten?«, sprach sie schließlich ihren Wunsch aus.

Erleichtert nickte ich. »Nichts lieber als das.«

Ich zog meine Schuhe aus, und als Gill es sich im Bett gemütlich gemacht hatte, legte ich mich neben sie und hielt sie in meinen Armen.

»Hast du dir das so vorgestellt?«, flüsterte ich an ihrem Ohr.

»Ja, so ist es gut.«

Es dauerte nicht lange, da ging ihr Atem gleichmäßig und ihre Augen waren fest verschlossen. Sie war in meinen Armen eingeschlafen. Ich schloss die Lider und genoss den Moment.

Ich musste ebenfalls eingeschlafen sein. Denn als ich die Augen wieder öffnete, war es dunkel im Zimmer.

Stimmen drangen von außen durch die Tür.

»Wir sollten mal nachsehen.«

»Und wenn sie nackt sind?«

»Quatsch, die werden ja wohl nicht gleich Versöhnungssex gehabt haben.«

Gill bewegte sich in meinen Armen, und ich bemerkte, dass sie kicherte.

»Bist du wach?«, raunte ich ihr überflüssigerweise zu.

»Japp, sonst würde ich wohl nicht lachen.« Sie richtete sich auf und rief zur Tür: »Wir sind nicht nackt!«

»Und Parker lebt noch?« Das war Becks' Stimme.

»Sie hat mich nicht umgebracht«, versicherte ich.

»Ähm, okay. Wir warten unten auf euch!«

Gill seufzte tief. »Das heißt dann wohl, dass wir aufstehen sollten.«

Mein Magen knurrte und erinnerte mich daran, dass ich seit gestern Mittag nichts gegessen hatte. »Das sollten wir wohl.« Ich richtete mich auf und betrachtete die Frau, die mein Herz gestohlen und damit nach London abgehauen war.

»Und wie wäre es mit Pizza?«, schlug sie vor.

Ich wollte schon Ja sagen, da kam mir eine bessere Idee. »Lass uns essen gehen. In ein Restaurant.«

»Jetzt sofort?«

Ich nickte. »In der Nähe meiner Wohnung befindet sich nicht nur der beste Burgerladen, sondern auch das beste italienische Restaurant.«

Sie grinste interessiert. »Du sprichst gerne in Superlativen.«

»Bloß, wenn es zutreffend ist.«

»Okay, ich mache mich schnell frisch und ziehe mir etwas anderes an.«

Eine halbe Stunde später saßen wir bei meinem Lieblingsitaliener, der glücklicherweise noch einen kleinen Tisch für uns frei gehabt hatte. Hilfreich war sicher, dass ich zu seinen Stammkunden gehörte.

Gill hatte sich für Tortellini mit Scampi und Zitronensahnesoße entschieden. Ich selbst hatte die Lasagne gewählt.

Gill saß mir gegenüber und sah einfach bezaubernd aus. Sie hatte ihr volles Haar glänzend gebürstet, sodass es offen über ihre Schultern fiel. Außerdem trug sie ein enges schwarzes Kleid mit einem Rundhalsausschnitt, was ihr hervorragend stand. Ihre Wangen wirkten rosig, und ihre Lippen leuchteten rot. Der Schlaf und das Essen hatten ihr wirklich gutgetan.

Sie nippte an ihrem Wein und strahlte mich über das Glas hinweg an. »Was ist los? Warum schaust du mich so an? Findest du es komisch, dass ich ausnahmsweise Wein statt Bier trinke?«

Lachend schüttelte ich den Kopf. »Nein, ich habe nur gerade überlegt, ob jetzt der richtige Zeitpunkt gekommen ist.«

Sie stellte das Glas ab und betrachtete mich fragend. »Der richtige Zeitpunkt für was?«

Ich schaute mich um. Das Restaurant war gut besucht. Die meisten anderen Gäste waren jedoch in ihre eigenen Gespräche vertieft und wir saßen etwas abseits, sodass uns nicht jeder sehen konnte. Andererseits hätten wir auch inmitten des Piccadilly Circus stehen können. Niemand würde mich von dem abhalten, was ich mir vorgenommen hatte.

Ich sortierte einen Moment meine Gedanken, dann erklärte ich: »Okay, also, hatte ich erwähnt, dass mir David Padget schon öfter einen Job in leitender Position im Büro in Melbourne angeboten hat?«

»Nein, hast du nicht.« Ihre Augen weiteten sich noch mehr. »Du gehst doch nicht etwa nach Australien? Du hast gesagt, dass du nicht mehr für Padget arbeitest.«

»Nein, ich werde nicht nach Melbourne gehen. Ich bleibe in London.«

Sie atmete erleichtert aus, und schon allein dafür hätte ich sie küssen können.

»Aber Dave und die anderen Namenspartner sehen für Familienrecht keine Zukunft in ihrer Kanzlei. Sie müssen wirtschaftlich denken, und Familienrecht wirft für die Kanzlei derzeit nicht genug ab. Das war der zweite Grund, weshalb ich meinen Vertrag aufgelöst habe. Es geschah quasi einvernehmlich.«

»Oh, das ist … bedauerlich.« Sie strich sich eine Haarsträhne hinters Ohr. »Oder auch nicht. Du könntest bei *Black and Chase* anfangen. Bei uns gibt es zwei neue Stellen. Der Boss sucht gerade fähige Anwälte.«

»Ich glaube nicht, dass ich in eine Großkanzlei passen würde. Mir sind familiäre Strukturen und der direkte Kontakt zu den Mandanten wichtiger.« Ich atmete tief durch. Der Moment war gekommen. Ich holte die Papiere aus meinem Rucksack, den ich neben meinem Stuhl abgestellt hatte, und ging vor Gill in die Knie.

»Was wird das?« Sie schnappte nach Luft und sah sich verwirrt im Restaurant um. »Oh, bitte. Steh wieder auf!«

Ich lachte in mich hinein. Mir war es egal, ob irgendwer mitbekam, was ich hier tat. »Auf gar keinen Fall werde ich jetzt aufstehen, bevor ich nicht eine Antwort von dir bekomme.«

»Du hast noch nicht einmal eine Frage gestellt, auf die ich antworten könnte.«

Ich hielt ihr den Papierstapel entgegen. »Gillian Hobbs, würdest du mir die Ehre erweisen, meine Geschäftspartnerin zu werden?«

»Wie bitte?« Ihre Hände zitterten, als sie die Unterlagen entgegennahm.

»Dave hat mir geholfen, einen Partnervertrag aufzusetzen. Nur für uns beide und die künftige Familienrechtskanzlei *Simon and Hobbs.*«

»Das kann doch nicht wirklich dein Ernst sein? Das ist die verrückteste Idee, die mir je untergekommen ist.«

»Nein, es ist mein purer Ernst. Ich möchte nie wieder gegen dich antreten müssen. Und ich weiß, was für eine talentierte Anwältin du bist. Ich hätte dich gern an meiner Seite. Als meine Geschäftspartnerin … und noch mehr, wenn du bereit dazu bist.« Ich atmete tief durch. »Eigentlich wollte ich dich bereits in Cornwall fragen. Aber der richtige Zeitpunkt war noch nicht da …«

»Wie … wie soll das funktionieren? Ich bin erst dreißig. Mir fehlt einiges an Erfahrung, um eine eigene Kanzlei zu gründen.«

»Dave und seine Kumpels waren im selben Alter, als sie ihre Kanzlei in Melbourne gegründet haben.« Ich kniete weiterhin vor ihr und würde den ganzen Abend hier knien, bis ich eine Antwort von ihr bekam. Ich vernahm das Tuscheln von einem Tisch in der Nähe. Sollten die Leute doch denken, was sie wollten.

»Wie kann das funktionieren: Arbeit und Privates?«

»Das funktioniert wunderbar.« Ich lachte. »Wir wären nicht das erste Paar, das zusammenarbeitet. Natürlich wäre es nicht ganz einfach. Aber wenn wir es wollen, schaffen wir das.«

Sie nickte und schlug die Hände vors Gesicht.

»Ist das ein Ja?«, fragte ich heiser.

Sie nahm die Finger vom Gesicht. Tränen glitzerten in ihren Augen. »Das ist ein Ja, Mr Simon. Zur Kanzlei und … zu dir. Lass es uns wagen.«

Ich sprang auf und zog Gill in meine Arme, hielt sie einfach nur fest und verbarg mein Gesicht in ihrem Haar. »Siehst du, du bist mutiger, als du dachtest.«

»Das bist du. Du machst mich mutig.« Sie umschloss mein Gesicht mit beiden Händen und sah mir tief in die Augen. Alles um uns herum wurde unbedeutend, wenn sie mich so anschaute.

»Küsst du mich jetzt endlich?«, hauchte sie.

»Und ob ich das tue.«

Epilog

»Ich wäre so gern dabei gewesen, als du deine Kündigung bei Holden eingereicht hast.« Becks grinste verschmitzt. »Er war ganz sicher außer sich.«

Ich hatte direkt am Montag gekündigt, denn an meiner Entscheidung war nichts zur rütteln. Heute war Freitag und an diesem Abend spielte eine Cover-Band in unserem Pub, die gerade einen Song von Bon Jovi zum Besten gab. Grinsend musste ich daran denken, wie Parker und ich im strömenden Regen im Auto festgesessen hatten.

»Stimmt, Mr Holden war ziemlich wütend.« Ich prostete Becks mit meinem Bierglas zu. »Aber ich fühle mich unglaublich erleichtert, dass ich es getan habe. Ich denke, innerlich habe ich schon länger gefühlt, dass der Betrieb einer Großkanzlei nichts für mich ist.«

Sarah nickte verständnisvoll. »Trotzdem traurig. Wir haben uns gemeinsam durchgeboxt, und jetzt lässt du mich allein.«

»Hey, wir sind ja auch noch da«, widersprach Kate. Sie nippte elegant wie immer an ihrem Rotwein und zeigte ein damenhaftes Lächeln. »Rebecca und ich werden gut auf dich aufpassen.«

»Danke, das weiß ich zu schätzen.« Sarah hob ihren Whiskylikör und prostete ihr damit zu.

»Jedenfalls ist das mega aufregend«, rief Becks. Sie strich sich eine rote Haarsträhne aus dem Gesicht. »Die Erste von uns, die ihre eigene Kanzlei gründet!«

»Ein bisschen Respekt habe ich schon davor«, gestand ich. »Aber ich bin zum Glück nicht allein.«

»Da wir gerade von deinem Herzallerliebsten reden.« Kate deutete in die Menge. »Parker kommt zusammen mit Stone. Haben die irgendwas miteinander zu tun, von dem wir nichts wissen?«

»Die Jungs werden es uns hoffentlich gleich beichten«, sagte Sarah und rutschte auf der Bank zur Seite.

»Guten Abend, Ladys.« Stone setzte sich neben sie, begrüßte jede von uns mit einem Nicken, bevor er sich seiner Freundin zuwandte und sie auf die Wange küsste.

Parker ließ sich neben mir nieder. Es war ziemlich eng, und ich saß fast auf seinem Schoß. »Hallo, meine liebste Anwaltsgirlgroup.« Er küsste mich auf den Mund, und ich nahm den unverkennbaren Geschmack von Whisky wahr.

»Ich weiß, was ihr getrieben habt«, meinte ich amüsiert, als er sich von mir löste.

»Stone hat mir seine Whisky-Sammlung gezeigt.«

Becks brach in haltloses Kichern aus, und auch Kate musste schmunzeln.

»Ach, hat er das?« Sarah legte einen Arm um ihren Freund. »Das bedeutet, ihr habt uns einige Drinks voraus.«

»Parker war sehr interessiert an den guten Tropfen, die ich mittlerweile gesammelt habe.«

»Das glaube ich gern«, prustete ich.

Parker küsste mich nochmals, diesmal etwas länger.

»Oh, bitte hört auf damit. Ist ja nicht zum Aushalten.« Kate wandte den Blick ab, jedoch nur, um die Kellnerin, die gerade in der Nähe war, herbeizuwinken. »Eine Runde Tequila, bitte.«

»Kate, das ist ja gar nicht deine Art«, merkte Becks an.

»Außergewöhnliche Situationen schreien nach außergewöhnlichen Maßnahmen.«

Stirnrunzelnd überlegte ich, ob das nicht ein Filmzitat war, aber da nahm Parker meine Hand und umschloss sie fest mit seinen.

»Übrigens soll ich dir liebe Grüße von Flo ausrichten. Sie freut sich schon sehr auf das Konzert.«

»Wir haben also Karten bekommen?«

Parker nickte, und ich freute mich aus tiefstem Herzen.

»Welches Konzert?«, wollte Becks wissen.

»Danny Morton.« Parker verzog das Gesicht. »Bin immer noch nicht so sicher, ob ich mir das tatsächlich antun soll.«

»Danny Morton kommt nach London?!«, rief Becks aus. »Wie ärgerlich. Ich wäre so gerne auch hingegangen.«

»Wer ist Danny Morton?« Stone sah ahnungslos in die Runde.

»Frag besser nicht«, raunte Parker so laut, dass wir ihn doch alle hören konnten.

»Der heißeste Sänger seit Menschengedenken«, erläuterte Becks. »Verdammt. Das Konzert war bestimmt direkt ausverkauft.«

Parker nickte. »War es. Meine Nichte hat eine halbe Stunde Blut und Wasser geschwitzt, bis sie in der Online-Warteschlange durchgekommen ist.«

»Muss ja ein toller Hengst sein.« Stone schien nicht wirklich angetan.

Sarah stieß ihn in die Seite. »Seine Musik ist echt gut.«

»Und hatte ich schon erwähnt, dass er heiß ist?« Becks stützte verträumt die Ellbogen auf den Tisch und ihr Kinn in die Hände. »Dieses wuschelige Haar … am tollsten sind seine Augen.«

»Schlammfarben«, gab Parker von sich, was Stone zum Lachen brachte.

Glücklicherweise kam in diesem Moment die Bedienung mit unserem Tequila.

»Kate, sag bitte, dass du Danny Morton kennst.«

Unsere Freundin hatte sich bisher nicht dazu geäußert. Sie kippte den Tequila runter, als wäre es Wasser. »Ich glaube, wir brauchen noch eine Runde.« Dann schaute sie in Becks' erwartungsvolles Gesicht. »Ja, ich kenne Danny. Er war mal mit meiner Schwester zusammen.«

Becks gab ein begeistertes Kreischen von sich, und ich konnte ein Lachen nicht unterdrücken.

»Kate, Kate, Kate, du musst uns alles erzählen.«

Sie lächelte in sich hinein. »So viel Tequila kann ich gar nicht trinken, dass ich das alles erzählen würde.«

Nach weiteren zwei Runden gähnte Sarah herzhaft.

»Hey, wir brechen wohl demnächst auf«, sagte Stone in die Runde. »Sollen wir jemanden mitnehmen?«

»Wartet deine Chauffeurin in der Nähe?«, fragte Becks.

»Ja, sie macht heute Überstunden. Dafür hat sie Montag und Dienstag frei.«

»Okay, Kate und ich kommen mit, oder? Sie muss mir auf der Heimfahrt unbedingt die kleinen Geheimnisse unseres Lieblingssängers offenbaren.«

Kate lachte. »Ich habe schon viel zu viel erzählt.«

Stone sah fragend in Parkers und meine Richtung.

»Wollen wir noch bleiben?« Parker legte seine Stirn an meine.

»Ja, wollen wir.«

Die anderen verabschiedeten sich, und so blieben Parker und ich wie in alten Tagen allein zurück.

Ich schmiegte mich in seinen Arm, und er stützte sein Kinn auf meinem Scheitel ab, während wir dem Gesang der Band lauschten.

»Danke, dass du dieses Abenteuer mit mir wagst«, sagte er sanft.

Ich richtete mich auf, damit ich ihm in die Augen sehen konnte. Sie strahlten eine Wärme aus, die tief in mein Innerstes reichte. »Ich glaube, ich würde mit niemandem sonst dieses Abenteuer wagen«, gestand ich.

Er beugte sich hinunter und küsste mich zärtlich.

Mein Herz war erfüllt von allem, was ich mir nie zu träumen erhofft hatte. »Parker«, flüsterte ich.

»Hmm?«

»Ich liebe dich.«

Lächelnd nahm er mein Gesicht in beide Hände, küsste meine Wange, meine Stirn und schließlich meinen Mund. »Mein Herz gehört längst dir, Gill. Ich hätte alles für dich aufgegeben. Und ja, ich liebe dich auch.«

„Eine Minute und zwölf Sekunden. Ich bin eine Minute und zwölf Sekunden lang tot gewesen.“

Anne Goldberg
REMEMBER WHEN
DREAMS WERE BORN

384 Seiten
ISBN 978-3-404-18777-5

Vor acht Monaten riss ein schwerer Unfall Maggie aus ihrem Leben. Seitdem kämpft sie sich durch einen Alltag aus Frust und Schmerzen – bis sie Thomas begegnet. Er behandelt sie nicht wie etwas Zerbrechliches. Mit seiner Zuneigung gibt er ihr das Gefühl zurück, begehrenswert zu sein. Dabei trägt Thomas selbst schwere Schuldgefühle mit sich herum. Als er Maggie begegnet und sieht, wie stark die junge Frau ihr Schicksal meistert, wird er von seinen Gefühlen überwältigt. Aber wie nah darf er ihr sein, ohne alte Wunden wieder aufzureißen? Und wie viel Zeit bleibt ihm, ehe seine Geheimnisse ans Licht kommen?
Der erste Band der emotionalen neuen Reihe von Anne Goldberg.

Lübbe

Heiße Küsse und leidenschaftliche Dates

Helen Paris
CALL ON YOU –
KATIE & LEON
California Callboy
Romance

224 Seiten
ISBN 978-3-404-18897-0

Dauersingle Katie wird von ihren Freunden die Pistole auf die Brust gesetzt: Sie soll innerhalb der nächsten drei Monate ihre Enthaltsamkeit beenden. Doch eine kurze Affäre oder ein One-Night-Stand kommen für Katie nicht in Frage. Und für eine Beziehung fehlt der engagierten Ärztin einfach die Zeit. Als ihre Freundin Janet vorschlägt, es mit einem Callboy zu versuchen, ist Katie zuerst entsetzt – und dann neugierig. Schließlich überwindet Katie sich und vereinbart ein »Date«. Die Nacht mit Leon wird sinnlich und unvergesslich – und verlangt nach einer Wiederholung. Doch Leon scheint nicht der zu sein, für den er sich ausgibt …

Lübbe

Es wird heiß im Angelis Memorial Hospital

Cassia Bieber
FALLING FOR DR. HEARTLESS

344 Seiten
ISBN 978-3-7413-0335-7

Für die reiche New Yorker Angelis-Familie war Lexy Garcia immer nur die naive Tochter des Chauffeurs. Jahre später will Lexy sich und dem Familien-Clan beweisen, dass mehr in ihr steckt und nimmt die Stelle als Healthcare-Managerin im Angelis Memorial Hospital an. Mit ihrer scharfen Zunge weckt sie schnell die Aufmerksamkeit von Ares Angelis – dem arroganten, aber leider auch furchtbar gutaussehenden CEO des Krankenhauses. Womit Lexy nicht gerechnet hat, ist das Kribbeln, das Ares selbst nach so langer Zeit immer noch in ihrem Bauch verursacht ...